沢木欣一
十七文字の燃焼

荒川英之
Arakawa Hideyuki

翰林書房

沢木欣一（昭和 29年5月）

『塩田』（昭和 31 年　風発行所）

『雪白』（昭和 19 年　青陵社）

「風」創刊号（昭和 21 年 5 月）

「雪」二十句を収めた「北辰会雑誌」第百四十七号（昭和 15 年 7 月）

沢木欣一の蔵書
（山田清三郎著『日本プロレタリア文芸理論の発展』昭和 6 年　叢文閣）

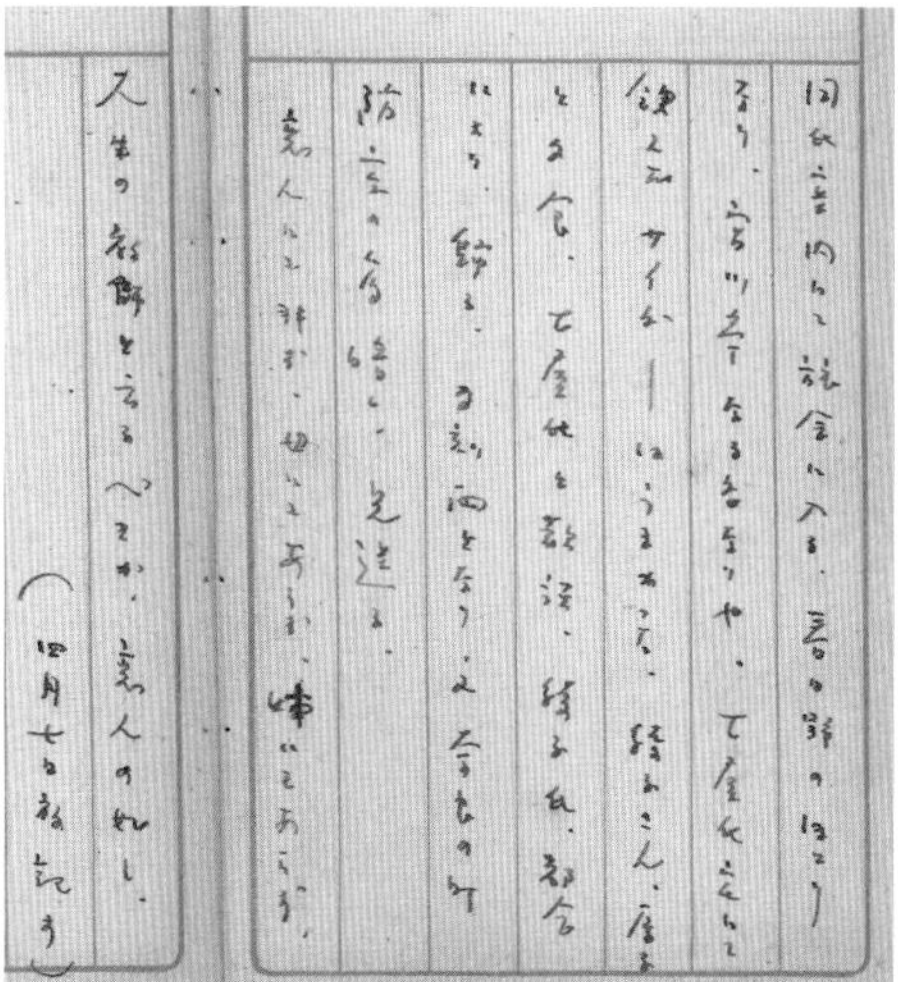

俳句手帖に書かれた日記の一節（昭和18年）（80、81頁参照）

武蔵野市境南町の自宅玄関前で細見綾子と撮ったもの（昭和31年）

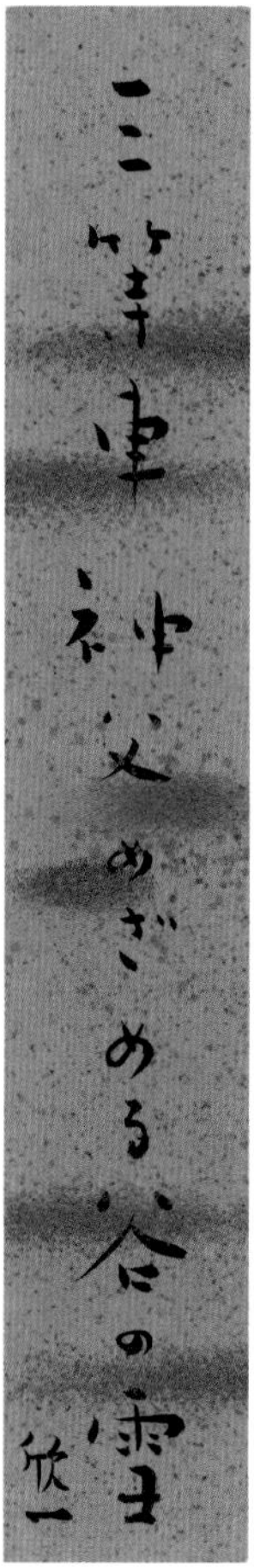

短冊「三等車神父めざめる谷の雪　欣一」

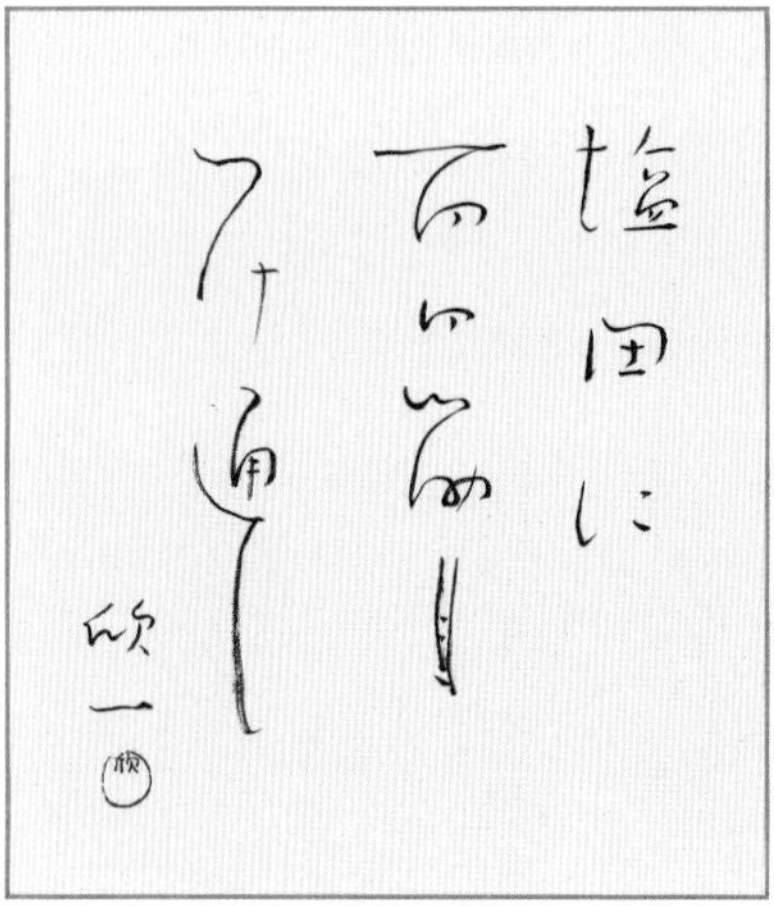

色紙「塩田に百日筋目つけ通し　欣一」

陶器皿「松風や末黒野にある水溜り　欣一」

沢木欣一　十七文字の燃焼◎目　次

第一章　俳句の文芸性——欣一の主張とその継承をめぐって——……5

第二章　欣一の初学時代・「寒雷」時代
『雪白』における写生——アララギ派歌論の受容を中心として——……27
人間の探求——ひたぶる心の流露——……40
芭蕉の継受……53
自己追求の世界……67
四高時代の二つの作品……85

第三章　欣一の社会性俳句時代
初版『塩田』に見る口語体への接近……93
思想・抒情の尊重——俳句近代化への志向——……104

「写生」の内実——社会性俳句に至る道筋を通して—— 111
新しい抒情の解放——抽象的思惟の抒情に関する考察—— 133
「社会性俳句」の本質 142

第四章　欣一俳句鑑賞（付解題）
『雪白』二十五句 181
『塩田』二十五句 233

沢木欣一年譜 285
あとがき 315

第一章

俳句の文芸性

——欣一の主張とその継承をめぐって

昭和が終焉して平成に改元した頃は、俳句流行期ともいえる時代であった。その流行現象を批判的に捉えることで俳句の文芸性を主張した人物が沢木欣一（「風」主宰）である。大正八年生れの欣一は、いうなれば昭和の人であったが、平成十三年に八十二歳で没するまで、俳壇に対して文芸性を保ったための働きかけを続けた。本章では、その所説を具体的に眺め、欣一の主張する俳句における文芸性の内実を明らかにした上で、欣一の遺志を継ぐ俳人の実践を辿り、平成俳壇の動向の一面を浮かび上がらせてみたい。

一

昭和から平成への道筋に見られる俳句の流行現象について欣一は、「俳句ブームということが長く続いている」「しかし、質が量に応じていないことも事実で、これも無理からぬことでもある」「この頃いろいろな大会の選句を頼まれることが多いが、集った句を見ると残念ながら八割ぐらいは月並句である」と述べ、俳句の裾野では流行に伴う月並化が進んでいることを惜しみ、「選句に当って大切なことは月並の句と写生句の区別をいつも明確にするということに尽きる[1]」と言明する。ここに語られた俳句の月並化と、それに抗してゆくための写生の強調は、平成という新しい時代に文芸性を保とうとする欣一の意志の表れであったといえる。

　そこで、この時期の欣一の写生観について述べてゆくと、彼は波多野爽波・岡田日郎と共に「俳句の時代を読む」というテーマで鼎談[2]に臨み、広範にわたって当節の作品に触れる機会を得た。この鼎

談の中で、欣一が写生として推称した主な作品を掲げてみると、

庇無き家並より出て水砧　　阿波野青畝
いてふ散りつづけて草も震ひをり　　波多野爽波
さげて行く柄《つか》の固さの冬薔薇　　川崎展宏

といったもので、〈庇無き…〉の句について欣一は、中国蘇州の家を「庇無き」と把握した写生を称揚し[3]、〈いてふ散り…〉の句については、草が震えるという非常に繊細な点を見届けたところに感心する[4]。これら視覚的描写の句に対して、〈さげて行く…〉の句を「この句は写生が、感覚がよく分かります[5]」と評している。これは、「柄《つか》の固さ」という感覚的な把握を写生に包摂してゆく言葉と受けとめられるもので、この辺に欣一の写生の概念の幅広さといったものをのぞかせている。

更に、平成元年十二月の爽波・日郎との鼎談「今年の俳句[6]」において写生の対象についても幅をもたせる考え方が示されている。欣一は、

原爆の遺品出てくる川ざらへ　　朝倉和江

の句を「捨てがたい」と評し、

炭坑がみんなつぶれて山桜　　早立栄司

の句を「現代の日本の実情」の表れであると述べ、それぞれの句に一定の評価を与える。しかし、爽波は「原爆の遺品」や「炭坑がみんなつぶれて」といったもの（日郎の言葉を借りていえば、風流的ではない現象）を俳句から切り捨てたいという立場を明らかにする。ここに二人の考え方の相異が表面化する訳だが、欣一は、「写生をつきつめるという面」を通じて現代が匂ってくるような「もの」が欲しいと語る。川底から現れる原爆の遺品や、閉鎖された炭坑は、現代の一面を感知させる「もの」として欣一の関心を引いたということになろう。

　現代を匂わせる「もの」の把握は、平成俳句の実態を意識したものといえる。欣一は現代の俳句全般について、「俳句の原形」というものが「流れて脆弱になっている」ことを危惧し、「なにかいい言葉を探して持ってくればムードが出る」というあり方ではなく、「自分の目で、自分の耳で、実物に接してとらえる[7]」ところから出発しなければならないと説く。欣一によって把握が弱いとされた作例を一部挙げておくと、

　針祭る妻いつまでも夢を追ひ　　稲田眸子
　少女らの終美の夏をかなしめり　　今井豊
　一つづつ死を過ぎて死へ花しぐれ　　小檜山繁子

といったもので、〈針祭る…〉の句を「常識的」である、〈少女らの…〉の句を「言葉」であり「実体」がない、〈一つづつ…〉の句を「言葉だけ」と難じている[8]。

このような「もの」の把握と、それによって現代を感じさせる写生のあり方は、俳句の文芸性に直結するものである。平成二年、欣一は、「定型と季語」「写生の重視」「韻文であることの強調」を実作の目標として来たとして、「昨今俳句界はブームと呼ばれるほどに量的な隆盛期を迎え喜ばしいことではあるが、質的には必ずしも高くない。文学としての営為よりも安直な娯楽の段階で足踏みしているように思われるのである。こういう時期にこそ文芸性は最も重視されてよい[9]」と述べる。前年から「写生」を前面に押し出して月並からの脱却を唱えた欣一は、「文芸性」を意識した作品の質的向上が不可欠であることを説いたのである。ここに、「写生」を没却した平成俳壇が「文芸性」を見失いつつあるという欣一の更なる危機意識の高まりを明瞭に見てとることが出来よう。欣一による文芸性の主張は、昭和二十一年五月の「風」創刊に遡る。その発刊の辞で「俳句における文芸性の確立」を主張し、その理念の実現に向けて「生きた人間性の回復」「新しい抒情の解放」「直面する時代生活感情のいつはらぬ表現[10]」といった作句上の三つの道標を示したが、「時代生活感情」の「表現」は、平成二年における文芸性の提唱においても実作者に求められているものと見てよい。実際に欣一は、「風」が目標として掲げた「直面する時代生活感情のいつわらざる表現」の作品化が社会性の強調によって具体的になった成果に触れ、

　こういう緊張感が現在（著者注―平成）の俳句界では稀薄になってしまった。ここ数年私は俳句綜合誌の多くの作品を通読する機会を得たが、まぎれもなく現代を生きているという実感の俳句が極めて少いことを知り愕然とした。現代は世界激動の困難を極める時期に入っているが、俳人は暖衣飽食の安易さにあぐらをかいているわけにはいかない[11]。

と記し、「現代を生きているという実感」の表現への意欲を見せているのである。

一方、能村登四郎はこの時期の俳壇を顧みて、「現代は平和で飽食時代である。それだけに血の出るような人間苦はもはや俳句のモチーフにはならなくなっている。しかし貧や苦ばかりが人間俳句ではない。平静な身辺の中に目をみはるように新しい自然の発見がある筈である」として、「孤絶した時間」から俳句が生まれるという持論を述べ、「今は国民皆俳時代で俳句玉石は量産の時代である。こんな時代に眩惑されることなく作家は孤に身を置いて、一句の中に自分の姿の見える俳句を作ってほしい[12]」と記し、平成という現代に相応しい俳句のあり方を探っている。これは、欣一と現代の捉え方を異にしているものといわざるを得ない。即ち、「人間苦」とは無縁の日本の飽食時代を指して「現代」と呼ぶ登四郎に対し、欣一は激動の世界に視野を拡げ、その緊張感の中で「現代」を受けとめようとしたのである。

ちなみに、平成元年十月から同二年九月の作品を対象とする角川の年鑑[13]によって諸家の自選五句（六〇八名、計三〇四〇句）を眺めた時、古川克巳の〈湾岸危機回避できない砂漠のガラガラ蛇〉の句を除くと、「世界激動の困難」に触れた作品は殆ど見当たらない。この作者の作風が自由律であることから、欣一の唱える文芸性との断層は否めないが、湾岸戦争の発端となる動乱を捉えた数少ない作品の一つであったという意味では一応注目してよい。

欣一は湾岸戦争の勃発に際し、

戦争の砂漠が写り蜆汁　　平3・3　風

と詠む。これを仮に、「戦争の砂漠写れり蜆汁」と中七で切った場合、この断絶は、蜆汁を啜りながら遠国の紛争を傍観する作者の眼を印象づけるであろう。欣一が日記[14]の中で湾岸戦争に触れて「五十年前の太平洋戦争勃発（昭和十六年十二月八日）の時を回想する」（平成三年一月十七日）と述べていることからも、この句は決して傍観的な立場から詠まれたものではなく、実感を伴うものであったということが知られるのであり、敢えて切れを入れないことで、「砂漠」と「蜆汁」に繋がりをもたせ、湾岸戦争を自己の日常生活に引きつけたものと考えられるのである。

　実体を通して現代を捉えているという意味でいえば、蜆汁の句は文芸性を意識したものであったということになるが、俳壇は湾岸戦争や世界情勢にどの程度反応していたのであろうか。平成二年十月から同三年九月までの角川の年鑑[15]の諸家の自選五句（六二四名、計三一二〇句）には、世界の大乱を捉えた句が散見する。それは、

　花どきの酔いが見過ごすイラクのこと　　伊藤完吾
　花火花火湾岸戦のめった撃ち　　高木青二郎

といった句で、他には、

　孤囚たる秋の雨音ゴルバチョフ　　秋山牧車
　廃レーニン毀スターリンや秋の風　　岩下ゆう二

涅槃西風ペレストロイカ騒然と　　吉田銀葉

などソビエト連邦崩壊への大詰めに目を向けた作品も見出される。だが、これらの句の価値は兎も角として、割合からいえば全体の一パーセントに満たない数であり、激動する世界に反応を示すこと自体、俳壇では極めて稀であったということを窺わせている。

二

平成七年、欣一は生きるということに伴う緊張感が俳句を生み出すという文学観を明らかにした。その言葉を引用してみると、「ぼくは今の生きている現代、世界というか、二十世紀に危機感を感じ続けています」「俳句で危機感といってもおかしい言葉になるけれど、生きているということは不安感とか危機感とかがあるはずで、それが文学を生み出していると思う」というもので、語を継いで、「それがほとんどなくて、今天下泰平のように日本人は思っているけど、とんでもない時代だぞという認識がもう少し俳句に出てもいい[16]」として、現代は「観念的な句」即ち「月並俳句」の傾向が非常に強いことを嘆き、「写生」或いは「即物具象」の重要性を説いている。

これは、現代に生きる不安感とは無縁の消閑的な俳句を生み出すことに対する認識の甘さを衝いた言葉であり、俳壇における、現実認識の甘さと、写生・即物具象の軽視は決して無関係とはいえないだろう[17]。

それでは、欣一自身、自己の生きる時代をどのように捉えていたのであろうか。ここで、彼に危機意識を植えつけたと推定される事象を日記[18]から引用してみたい。

○湾岸戦争に突入、人類の愚かさにあきれる。（中略）五十年前の太平洋戦争勃発（昭和十六年十二月八日）の時を回想する。（平成三年一月十七日）

○アメリカのイラク征伐まことに愚烈《ママ》（平成三年二月十三日）

○ソ連の食糧難極まり、また失業者一千万を越すと伝う。共産主義に失業はないというが、経済いよ〳〵行詰ったのか。銀行、証券界ほか日本資本主義の腐敗甚だし。戦後最大の日本の危機ともいうべし。（平成三年八月十七日）

○ソ連崩壊。六十八年ぶり、歴史的深刻な事件なり。世界必《ママ》、内乱が起ることを恐れし。（平成三年十二月九日）

○ゴルバチョフ、ソ連大統領辞任の声明。七十年でソ連消滅、恐るべき歴史的事実なり。徹底した理想主義がつまづいたことに考えさせられる。二十世紀は悪夢の連続の時代か？こういう時代に俳句を作っている不思議。（平成三年十二月二十五日）

○戦後、危機感を今日まで抱き続けて来た。それがわが俳句作品に表れているか？（平成四年一月二日）

○アメリカ軍事力（中略）世界制覇、暴走のおそれ、極めて危険。（平成十年六月二日）

○アメリカ軍、日本時間午前三時アフガン、スーダン爆撃、明らかな侵略、アメリカ最低の暴挙。野望にイスラム族は抗すべし。（平成十年八月二十一日）

○昭和十六年、日米開戦ハワイ攻撃、高校生のとき金沢香林坊のラジオで聞く。霰転がる。（平成十

一年十二月八日）

これらの記述によって、欣一の抱く不安感や危機感といったものが、ソビエト連邦の崩壊、日本資本主義の腐敗、世界規模で展開される戦争といった国内外の諸問題に基因するものであったということが知られるのである。

そこで、日記に照らして作品を見てゆくと、

開戦や霰たばしる香林坊　　平11・1　俳句

の句は、金沢の香林坊で太平洋戦争開戦のラジオニュースに聞き入った日のことを回想したものであるが、眼前の嘱目として詠んだ語法は、日記（平成十年六月二日、八月二十一日）に記す「アメリカ軍事力」の「暴走」に対する危機意識の表れといえる。

お茶の水駅前で
レーニンへ帰れと叫ぶ年の暮　　平3・2　風

の句は、政治的主張に対する欣一の共感を窺わせるもの。先掲の日記の中で欣一がソビエト連邦の解体を「歴史的深刻な事件」（平成三年十二月九日）、「理想主義」の躓き、二十世紀の悪夢の一環（平成三年十二月二十五日）と受けとめていたことを思い合わせれば、ソビエト連邦を樹立したレーニンへ「帰れ」

と主張する声に対する共感を示したものということになる。その叫びが歳末の慌しさの中で空疎に響く情景は、政治的思想に対する日本人の無関心を諷したものともいえる。

　　ひきがへるバベルバブルと鳴き合へり　　平3・5　風

の句は、バブル経済の破綻に着想を得た風刺であり、実態とかけ離れた平成景気による虚飾に満ちた社会、愚行を演じる世の中に対するアイロニーである。この年の八月十七日の日記において欣一は、「銀行、証券界ほか日本資本主義の腐敗」を「戦後最大の日本の危機」と見做しており、危機意識の高まりの中で詠まれた事情を窺わせている。また、これより少し前、欣一が「風」誌に「湾岸危機、ソ連の混乱、環境の汚染悪化など途方もない問題を抱えている人類は負の方向に向っているような気がしてならない。まさに世紀末である。暖衣飽食の日本人はのん気過ぎないか。バベルの塔が崩壊に向わなければ幸いである[19]」と記し、東京都新庁舎をバベルの塔そっくりであると付言していることから、中七に詠み込まれた「バベル」は、政治への不満を込めたものであり、且つ、現代社会の抱える諸問題に対する日本人の無自覚を批判したものであったということになる。

　そして、人類の抱えた「途方もない問題」は欣一に「世紀末」の感を抱かせたのであり、その不安感は、

　　今年まだ初氷見ず世紀末　　平3・1　風
　　世紀末今年の牡丹花小さし　　平10・8　風

といった身辺の自然の異変に重ねられてゆく。

晩年の作としては、内灘事件（昭和二十七年から同二十八年）のあった砂丘地に思いを馳せた、

　試射の海合歓《ねむ》の花壇となりにけり　　平13・7　風

の句を挙げたい。「試射の海」の心象風景は「合歓の花壇」を脅かすもので、日記中に見える「戦後、危機感を今日まで抱き続けて来た」（平成四年一月二日）という「危機感」の持続や、アフガン・スーダンに対するアメリカの軍事行動を「明らかな侵略」と強く非難した日記（平成十年八月二十一日）に照らし合わせれば、「合歓の花壇」がいつまた「試射の海」に逆戻りするか分からないという時代の危うさを認めていかなければなるまい。

三

平成に入り、欣一は新人の独創性や新生面に期待を込める言葉を見せているが、それは飽く迄も「写生」或いは「即物具象」に支えられた作品を価値づけるものであった。例えば、

　枯蓮の鳴りひびきゐる机かな　　岸本尚毅
　切干を放つたらかしの磧かな　　岸本尚毅

等の句を挙げ、「的確にモノを捉えて」「写生がきちんとできている」[20]と評し、別のところで、

葉牡丹に鼻血ぽとりと子供かな　　岸本尚毅

の句の独自性を称揚する[21]。これは、子供のもつ不安定な心身の状態を即物的に把握した点に着眼したものと思われる。

女流では黛まどかの句集『B面の夏』の中から、

祇園会の真只中のポストかな

の句を取り上げ、世に優れた祇園会の句が多い中で「一生面を開いた」として、「この句の真只中は空間と時間双方を含んで実感が強い」と記し、「作者の心情が即物具象化されている」点を高く評価した[22]。

しかし、俳壇は写生軽視に傾いてゆく。この風潮に対し、平成十一年、欣一は俳句を「認識、抒情もなかに含めて知的作用が重きをなす文学」に位置づけ、「一つの花でも一つの草でもよく見る。形、姿、色、硬さ柔らかさ」など「見るという作用」によって文芸としての俳句は成り立っているが、今の俳句は「流れたような何を言っているかわからないようなことばを集めて」「わざと具象を消す」ような傾向にある。「俳句の場合は何の文芸よりももっと現場を大事にして、そこに根を下ろさないと生まれない[23]」といった言葉で現場主義を唱えた。

「風」の僚誌の一つ「山繭」の宮田正和（主宰）は、平成十一年十月から同十二年九月の俳壇を振り返った角川の年鑑[24]に石鏡《いじか》の海鼠海女を詠んだ五句を発表する。この中から三句を示すと、

灘暗し浪また暗し海鼠海女
冷え切つて眼見えぬと海鼠海女
漁れる海鼠百貫石鏡海女

といったもので、灘の海の暗さ、視界を潰す波の冷たさ、百貫にのぼる豊漁が現場の臨場感を伝えている。ここに、欣一の重視する「現場を大事にして、そこに根を下ろ」す実作のあり方が示されているのであり、こうした実践の集積によって、「風」系統の俳人は平成俳句の月並に抗してゆくのである。平成十三年十一月五日に欣一は他界し、翌年三月の欣一追悼特集号をもって「風」は終刊した。

次に、欣一の手法・態度を継受した俳人の実作や言説を通して欣一没後の俳壇の一面を眺めてみたい。林徹は昭和二十六年に「風」に入会して欣一に師事し、同六十年に「雉」を創刊した。平成十七年十月に上梓した第五句集『荒城』[25]の中から、

能登瓦越えて舞ひけり浪の花
豹涼し肩が歩めば背がつづき

といった句に注目したい。前句は「能登瓦」の漆黒と「浪の花」の純白を対比させた色彩感覚、この二物を関係づける「越えて舞ひ」の写生、荒磯の響きといったものが壮麗な景を描き出す。後句は檻の中の豹の描写であるが、それが野生の貫禄をもって迫ってくるのは、「肩が歩めば背がつづき」の写

生によるものといえる。

「風」の僚誌の一つである「伊吹嶺」の創刊主宰栗田やすしは平成二十一年三月に第四句集『海光』(26)を刊行した。句集名は、

海光やこぼれて白き花月桃《げっとう》

の句によるもので、「あとがき」に、「『海光』は沢木先生が能登・大和と共に自らの母郷の一つとされた沖縄の海をイメージして付けた。私たちはあの澄みきった七彩の輝きと明るさの裡に秘められた沖縄の苦難の歴史を忘れてはならない」と記す。ここにいう「沖縄の苦難の歴史」の跡を訪ねた句に、

骨いまだ残るてふ洞窟《ガマ》滴れり

がある。「アブチラガマ（糸数壕）」の前書を付す四句中の一句で、糸数壕は玉城村（現在南城市玉城）糸数にあった病院壕である。ガマの地中に放置された戦没者の遺骨を通して、沖縄が直面している課題に踏み込んだ。ここに作者の時代感覚が息づいている。また、洞窟の滴りを把握することで、壕内部の冷ややかさ、静けさといった現場の雰囲気をよく伝えている。

同じく、欣一に師事して平成元年に「きたごち」を創刊した柏原眠雨は、第四句集『夕雲雀』(27)を平成二十七年に刊行する。東日本大震災の直後に詠まれた、

淡雪や瓦礫めくりて母探す

の句は、悲しみに耐える人間の姿を淡々と描くことで現実感を出している。苛酷な現実を直視する客観精神に、作者の深い哀悼の念が流れているのは、震災の犠牲者を包み降る「淡雪」の効果によるものであるが、この「淡雪」は、自然の穏やかな一面や、遠い記憶が「母」に焦点を結ぶ懐かしさなど、様々な連想を可能とし、写生に奥行きを与えているものといえる。

平成二十九年六月の「俳句」に、やすしは「俳句の未来[28]」と題する一文を寄せ、「日本の伝統文芸の一つである俳句を後世に正しく伝えるためには、若者の力が不可欠である」として、「若者は俳句をただの遊びとしてではなく、文芸としての俳句を目指して、徹底的に基本を学び、仲間と共に自らの俳句の高みを目指して弛まぬ努力をしてほしい」と記す。ここでは、俳句の遊芸性を拒絶し、「文芸としての俳句」を目指して「基本」を学ぶことが説かれているが、この言葉は、いうまでもなく欣一の理念を踏まえたものであり、俳句の文芸性に関わる「基本」の内容についても、欣一が平成二年に示した「定型と季語」「写生の重視」「韻文であることの強調[29]」を想定することが可能であるといえる。

では、若手俳人の句作は、基本に忠実なものであったのだろうか。平成二十九年七月の「俳句[30]」では、特別企画として四十五歳以下（昭和四十八年生まれから平成七年生まれ）の俳人の十句競詠と、選後評（奥坂まや・藤本美和子・渡辺誠一郎・鴇田智哉）を同時掲載した。この選後評の中で奥坂は、「調べに無頓着な句も見られ」たと記し、藤本も「定型感覚を磨くこと」を求め、「定型のリズムを身につけてほしい」と記す。

若手の層に兆す声調の軽視、定型感覚の希薄は、写生軽視と共に平成俳句の文芸性の後退を意味するものであり、基本の習得が疎かになっている現状に対する危機感からやすしの「俳句の未来」も記されたものと思われる。

昭和から平成に跨る俳句の流行を見て取った欣一は、俳句の量的拡大が月並化を招いている現象を憂え、俳句の文芸性を主張した。欣一没後は、彼を師系とする俳人によって文芸性の命脈を保つための句作が重ねられていったのであり、月並に抵抗する文芸精神の相承に平成俳壇の様相の一面を浮かび上がらせることが出来るのである。

注

（1）「風木舎俳話（百五十）選句」「風」第四四巻　第二号　三五頁　平成元年二月

（2）「俳句」（角川書店）の企画で、昭和六四年一月号から平成元年一二月号まで全一二回に亘って掲載。

（3）沢木欣一・波多野爽波・岡田日郎「俳句の時代を読むＰＡＲＴⅢ　第3回　新時代の俳句の作り方と典型をどう学ぶか」「俳句」第三八巻　第三号　二五九―二九六頁　平成元年三月

（4）注（3）に同じ。

（5）沢木欣一・波多野爽波・岡田日郎「俳句の時代を読むＰＡＲＴⅢ　第6回　今日の自然詠と人事詠の上手な作り方」「俳句」　第三八巻　第六号　二五五―二九二頁　平成元年六月

（6）沢木欣一・波多野爽波・岡田日郎「今年の俳句　季語の置き方と把握の方法」「俳句」　第三八巻　第一三号　二七九―三〇九頁　平成元年一二月

（7）注（6）に同じ。

（8）沢木欣一・波多野爽波・岡田日郎「俳句の時代を読むＰＡＲＴⅢ　第7回　吟行の場で自分の句をどう熟成させるか」「俳句」　第三八巻　第七号　二〇三―二五四頁　平成元年七月

（9）「創刊五百号を迎えて」「風」　第四五巻　第四号　一―二頁　平成二年四月

（10）「風」編輯同人「「風」発刊について」「風」　第一巻　第一号　表3　昭和二一年五月

（11）注（9）に同じ。

（12）能村登四郎「人間の見える俳句」「俳句」　第三九巻　第一三号　三六―三七頁　平成二年一二月

（13）「諸家自選五句」「俳句」　第三九巻　第一三号　二二七―三〇三頁　平成二年一二月

（14）沢木欣一自筆日記　平成三年一月～一二月　日本近代文学館所蔵

（15）「諸家自選五句」「俳句」　第四〇巻　第一三号　二二三―三〇一頁　平成三年一二月

（16）沢木欣一　大坪景章「新春インタビュー（下）　沢木欣一、「風」五十年を語る」「風」　第五〇巻　第二号　四三―六四頁　平成七年二月

（17）欣一は社会性俳句が盛んに論議された昭和二八年前後、即物具象を現実認識のための手段に位置づけ、現実を把握する能力の必要性を説いた。詳しくは、本書「第三章　欣一の社会性俳句時代　「写生」の内実――社会性俳句に至る道筋を通して――」を参照されたい。

（18）沢木欣一自筆日記　平成三年一月～一二月　平成四年一月～三月、六月～一二月　平成一〇年一月

〜一二月　平成一一年一月〜一二月　日本近代文学館所蔵

(19)「風木舎俳話（百七十二）正月の句」「風」　第四六巻　第一号　三五頁　平成三年一月

(20)沢木欣一・波多野爽波・岡田日郎「俳句の時代を読むＰＡＲＴⅢ　第４回　句会と吟行でどう上手に句を作るか」「俳句」　第三八巻　第四号　二四一―二七九頁　平成元年四月

(21)沢木欣一・波多野爽波・岡田日郎「俳句の時代を読むＰＡＲＴⅢ　第５回　新しい時代の季語の使い方と俳句上達の方法」「俳句」　第三八巻　第五号　二三一―二七一頁　平成元年五月

(22)「『Ｂ面の夏』の一句」「俳句」　第四三巻　第一一号　二一三頁　平成六年一一月

(23)黒田杏子　沢木欣一「黒田杏子が聞く　証言・昭和の俳句　第12回沢木欣一（その二）」「俳句」　第四八巻　第一三号　一六一―一七九頁　平成一一年一二月

(24)「諸家自選五句」「俳句」　第五〇巻　第一号　九九―一一六頁　平成一三年一月

(25)林徹　『荒城』　角川書店　二〇〇五年

(26)栗田やすし　『海光』　角川書店　二〇〇九年

(27)柏原眠雨　『夕雲雀』　角川書店　二〇一五年

(28)栗田やすし「俳句の未来」「俳句」　第六六巻　第六号　九〇頁　平成二九年六月

(29)注（９）に同じ。

(30)「若手競詠＆同時批評」「俳句」　第六六巻　第七号　六一―九五頁　平成二九年七月

第二章

欣一の初学時代・「寒雷」時代

『雪白』における写生

――アララギ派歌論の受容を中心として――

正岡子規・島木赤彦・斎藤茂吉の短歌を愛読した沢木欣一は、短歌習作期を経て、昭和十四年、第四高等学校（以下、四高）に入学した頃から本格的に俳句の道を歩みはじめた。その間の経緯を欣一は「即境俳句論」(1)に、「俳句を作る前に、私はいささか子規や赤彦や茂吉の歌を愛読し、短歌を習作したことがあつたが、もともと情に溺れるような、感傷過多の傾向があり、それが歌に露出して、我ながら嫌気がさし「アララギ」の写生道や茂吉の実相観入に共鳴していたので、短歌よりもむしろ俳句の方が自分の表現形式としてふさわしいと考えるにいたつた」と記している。また、金子兜太との対談でも、「ぼくは茂吉とか赤彦とか「アララギ」の短歌をそうとう読んでいた。それで写生ということがまあ分かったような気になって、それから俳句に入ったんだ(2)」と発言する。端的にいえば、欣一は赤彦の提唱する「写生道」や、斎藤茂吉の「実相観入」に俳句的な手がかりを得て作句を始めたということになろう。

以下では、欣一の第一句集『雪白』(3)にアララギ派の写生説の影響を探ってみたい。

一

欣一は学生時代の読書体験について、「島木赤彦が写生について書いている『歌道小見』もいい本だった[4]」と追想する。この『歌道小見』から「写生道[5]」に関する記述を要約して示してみると、

○各人個々の感情から抽象された感情の概念――「嬉しい」「悲しい」「寂しい」「懐かしい」といった所謂「主観的言語」を通じて個々の特殊な感情を表現することは難しいため、歌に写生が必要になってくる。

○子規の歌「肴の上に涙落ちけり」や、左千夫の歌「見る目の前に天し垂れたり」が、単なる「悲しみ」とか「壮大感」とかいう「抽象的言語」によって表されていたらどうであろうと考える時、「歌に於ける写生道の貴さ」が理解されるであろう。

○「嬉しい」「悲しい」といった「主観句を歌の上に頻用することが、主観を尊重する道」ではなく、「物心相触れた状態の核心を歌ひ現すのが、最も的確に自己の主観を表現する道」である。

といったもので、赤彦は「自己の主観を表現する道」を尊重するが、「主観的言語」（嬉しい、悲しい、寂しい等）の安易な使用を戒め、「物心相触れた状態の核心を歌ひ現す」道、謂わば即物性を重んじる立場に立っていたということになる。

欣一の短歌は残されていないが、感傷的で写生が不徹底であったということを彼自身、「俳句を本気で作りはじめるようになったのは昭和十四年、高校生のころであった。その前は子規や赤彦や茂吉を

愛読して短歌作りのまね事をしていた。少年のころはだれでも感傷におぼれやすい。ナマな感動を手ばなしに露出するのが詩歌であるという誤った思い込みからなかなか脱け出すことができない。『写生』ということが頭でわかっていても、いざ作るとなると気分に流れてしまう。我ながら甘ったるい感傷癖がいやになってしまった[6]」と振り返っている。

　ちなみに、欣一の感傷的傾向を示すものとして、昭和十六年十月（或いは十一月）に作られた無題の詩がある。欣一の句帖[7]に書き留められた未完の一篇であり、次に全文を掲げる。

　男は女を
　愛してゐるのやら　ゐないのやら
　女も男を
　愛してゐるのやら　ゐないのやら
　全く判りつこないやうな
　そんな僕等の
　口に出すのも汚されはしまいかと
　恐れるやうな
　けれども
　男は女を信じ
　女も男を

具体的描写は影を潜め、観念的な言葉によって男女間の「愛」に対する「恐れ」と「信頼」を吐露しているが、この詩を見れば、「気分に流れてしまう」という表現のあり方も想像されよう。

その後、欣一は、俳句において「ナマな感動を手ばなしに露出する」傾向を強く内省したものと思われ、『雪白』からは、「さびし」「かなし」といった感傷に浸るような語は一掃されており、ここに、「写生道」の体現が認められる。

欣一が昭和十五年に「一句一句熱心に読んだ[8]」という加藤楸邨の句集『寒雷[9]』から「主観的言語」を含む句を示してみると（傍点—引用者）、

　行く鴨にまことさびしき昼の雨
　虫売が街路樹に吊る灯はうれし
　雉子の雛かなしく鶏の巣に孵りぬ
　さびしくて鴨まちをれば鴨のこゑ
　教へ子等雪解たのしき昼餉どき
　白鷺の白きが寂し巣ごもれば

といったものがあるが、欣一は実作態度においては楸邨の人間探求に傾倒[10]しながらも、方法の面では赤彦の写生を踏襲していたということがいえるのである。

二

回想[11]によれば、昭和十七年、欣一は中野重治著『斎藤茂吉ノオト』[12]の「ノオト九　短歌写生の説」を通して茂吉の「実相観入」に触れ、写生への理解を深めたようだ。具体的には、「実相に観入して自然・自己一元の生を写す。これが短歌上の写生である」「写生とは実相観入に縁って生を写すの謂である」といった茂吉の説が「私の目を開いてくれた」という。以下では、欣一が「実相観入」を俳句に移植してゆく消息について述べてみたいと思う。

　昭和十八年、欣一は「現代人の芭蕉観（上）」[13]の中で、「子規が芭蕉の句に認めた積極的内容は、「雄健放大」と「ありとあらゆる変化」と「余韻」の三要素であつた」として、「此等の要素は夫々に子規の前人を離れた素手の「吟味」より把握されたものであるが、余りに俳句それ自体の――芭蕉の人間を離れた――客観的評価の故に、それ等俳句作品の醸し出す雰囲気の印象批評に終つてゐるといふ恨があり、芭蕉の「各種の俳句」の類型分類が、所謂皮相な文芸学的美の類型化となつてゐることは疑へない」と記し、子規の芭蕉観（芭蕉の人間性を離れた）に否定的な見方を示している。これは、同じ年に芭蕉の〈ほとゝきす大竹藪をもる月夜〉の句に触れて、「個々の句の印象批評をつまらないものに思ふし、又詩人の持続的な生の内容に触れたいと願ふ」[14]と述べた自身の鑑賞態度に繋がってゆく言葉であり、実作者として生の表現への志向を匂わせたものであったといえよう。

　次に、欣一の目指す生の表現を理論面で支えた「実相観入」の導入について述べたい。欣一は「現代人の芭蕉観（下）[15]」において、アララギ派の写生説の展開を辿る中で、次のような言葉で芭蕉を再認識している。

私はこゝに、子規を名実共に景仰して止まなかつた左千夫の「叫びの説」を思ひ出すのであるが、左千夫は「叫びのない歌は詩ではない」とし俳句にも及ぼして、芭蕉の俳句にはこの「叫び」があるが蕪村の句は寧ろ「話」に近いものであるとして「風流には相違ないが芸術的要素が生の全態《ママ》を基礎としてゐない」蕪村の句を芭蕉の句に比して劣ると言明してゐるのは、卓見であつて、子規の単純なる写生説が歌に於て、左千夫→茂吉と発展せしめられ、遂に茂吉の「実相観入に縁つて生を写す」といふ境に迄進み、実作上に於ても実に豊かな成果を結んだのも、アララギが万葉の伝統を母胎とした点にあると考へられ、之に比して子規以後、真に左千夫の云ふ如き「叫び」を蔵する芭蕉を発想の契機としなかつた現代俳句の性格も明らかである。

欣一は、子規の写生説が短歌において左千夫から茂吉へと伝えられ、深められてゆく道筋を説く。
ここに、

・左千夫――芭蕉に見る「叫び」（「生」を基礎とする）を重視
・茂吉――「実相観入」（「生」を写す）を主張

といった「生」を重んじる左千夫と茂吉の繋がりから、俳句と「実相観入」を結ぶ線を浮かび上がらせることが出来るのである。

では、「実相観入」を取り入れた俳句とは、具体的にどのようなものであったのだろうか。終戦直後の欣一の文章から探ってみると、昭和二十年十二月二十八日に脱稿した「新しき主体[16]」において、「子規以後」「俳句の主流（著者注―花鳥諷詠）は次第に生を写す本来の意義を忘れて単なる外面描写の末枝に走」り、「俳句的雰囲気の中に人間を束縛し」て、「現実を離れた安易な」俳壇人物を「数多く登場させた」と記す。ここでいう「生を写す」が「実相観入」を念頭に置いた言葉であったということは言を俟たない。即ち、欣一は「実相観入」を俳句の本義と捉え直し、「現実」を尊重する立場に立っているのである。翌年に発表した「芭蕉と現代人[17]」において欣一は、花鳥諷詠に対する批判を展開しつつ、現実重視の態度を芭蕉に結びつけてゆく。それは、「老成的・退嬰的・小技巧的な既成のあらゆる」「俳人意識から訣別」し、「全機能を回復した人間らしい人間の生気のこもつた素朴な唱《うた》として俳句を再出発させねば」ならないのであり、「対象が自然であらうとも人間であらうともそれは問題でない。対象に投入する人間が問題となつて来る」として、俳句の存続と発展は「芭蕉に現れた現実を直視する」「客観的精神」と「初々しい心情なくしては到底望まれない」といったもので、欣一は、「実相観入――現実重視――芭蕉」といった繋がりに加え、「対象に投入する人間」を問題としており、結局、彼が考えた「実相観入」の特質とは、「現実の相への自己投入」、言葉を換えていえば「感情移入」であったということになるのである[18]。

　このことを感じさせる欣一俳句を『雪白』から取り出してみたい。

おびたゞしき靴跡雪に印し征けり　　昭15

金沢駅前の広場で出征兵士を見送った折の作。広場の雪に入り乱れた軍靴の跡を見て「その淋しさ、空虚さが私に堪え難かった[19]」と自解する。戦時下の心理を対象（靴跡）に重ねた句といえよう。

四高卒業金沢を去る

雪しろの溢るるごとく去りにけり　昭17

この句は、金沢を去る別離の情を「雪しろ」に託したもので、「去りにけり」の措辞に、自然への自己投入（感情移入）を指摘することが出来る。

奈良

松風や末黒野にある水溜り　昭18

この句について欣一は、「美しい自然に触れて瞬間々々の生を燃焼させるというのが、私の俳句に求めた最大のものであった[20]」と記すが、鏡面のような水たまりへ清澄に響く松籟を捉えた作者の感覚に、生の燃焼を認めてゆくことが出来よう。

三

茂吉の写生説は、視覚による形象の描写にとどまらないという一特徴を有する。『短歌写生の説』においで茂吉は、「写生」を「殆ど常に視覚を以てする形象の描写」と規定する中山雅吉の説に対し、

「なぜ聴味嗅触温冷痛等の諸感覚を縁とする生の表現が「写生」で無いのか。なぜ、『鳥啼くきこゆ』『土の香ぞする』が「写生」でないのか」「特に雑誌アララギの歌には視覚以外の諸官能諸精神過程を機縁とした歌が群をなしてゐる」「写生は形象を離れない主義であるなど丶云ふのは、予には如何にも浅薄に響く」[21]と反駁して、「写生」が視覚一つを引き抜いたものではないということを強調した。

現代俳句に対する欣一の批判は、基本的に、右に示した茂吉の写生説を標準とするものであったと思われる。「現代人の芭蕉観〔下〕」[22]において欣一は、「就中眼に於ての人間の恢復といふことは子規の俳句革新に極めて重要な意味を有するが、それ以後の一般俳人が」「人間の恢復」という「重大な革新の契機を忘却し、「視覚性」をのみ重視したことは現代俳句の上に又再び固定化した月並性をもたらしたと見られるのである。故に私は明治以後の俳句はその革新を眼に於て始めた」が「眼に於て止まるといふ限界が附される限り子規の文学精神を正当に生かすものではないと思ふ」と記し、現代俳句の停滞性（感覚的把握が視覚に限定された）を非難する。

欣一の説く視覚に囚われない写生が、茂吉の『短歌写生の説』から直接受容したものであったのか、或いは茂吉の歌風や、中野重治の『斎藤茂吉ノオト』に触れることで間接的に形成されたものであったのかは定めがたいが、いずれにしても、アララギ派の写生の流れを汲んだものであったと見て差し支えない。

その実践を『雪白』から抽出すると、まず、聴覚によって対象を把握した句に、

雪と死　五句（ノ内ノ一句）

雪に立つ弔花に雪の音すなり　昭15

原子案山子金沢に来る日

寒燈に海鳴りのみを聴くものか　昭15

昼寝覚軍馬の響き頭をよぎる　昭16

ニイチエを読み拍子木が告ぐる除夜　昭17

丹波細見綾子氏の許にて　四句（ノ内ノ一句）

少女等の風琴鳴れば朝の蟬　昭18

といったものがあり、感覚的な把握としては他に、

関釜連絡船

銅鑼寒し臥体触れ合ふ外はなく　昭16

の句を見出すことが出来、嗅覚を働かせた作品に、

理髪屋に吾が髪匂ふ梅雨の壁　昭16

の句がある。

右に列挙した句の中から、〈寒燈に…〉の句について説明を加えてみると、この年の十二月、欣一は金沢を訪れた原子案山子（公平、当時三高生）と酌み交わした。中七「海鳴りのみを」は、犀川下流の日本海から響く海鳴を捉えたもの[23]。これによって喚起された作者の不安感は、座五において「聴くものか」と自己に問い詰める内攻的な心の嘆きへと深められてゆく。上五の「海鳴り」は視覚的描写ではないが、作者の暗澹たる生を感知させるという意味において、写生による対象の把握であったということになるのである。

細見綾子は「思い出をさかのぼつて[24]」に、「『雪白』は欣一がいずれ出征せねばならない時を前にして、今までの句業をまとめて置きたく思い立つたものであり、句業というより今までの二十五年の生を印する気持ちのこもつたものであつた」と記す。これは、「生を写す」ことに心魂を傾けた『雪白』時代の写生の実りを受け止めた言葉であったといえよう。

句集『雪白』は欣一が出征した後、綾子と原子公平の尽力によって上梓された。同文中に綾子は、句集が出来上がるまでの消息を、「昭和十八年の十月に」欣一が「大阪に来て句集原稿を私に託した。大阪四ッ橋の文楽座でその原稿を受け取つたのである」「句集は小さい形がよいと聞いていたのでそれを守り、浪華橋の大正印刷に頼んだ」「十一月に頼んだ原稿は三月に出来上がつた。浪華橋まで取りに行き、印刷屋の狭い事務室で赤く煮出したお茶を貰つて句集を見たが、なかなかすつきりとよく出来ており、印刷屋の主人もほめていた」「『雪白』の装幀については何も希望を聞かなかつたので、自分一人の考えで藍に白抜きの字を出すことにした。錆びた藍色をその時好ましく思つて冬山の錆びた藍色、やや明るく早春の山の色を選んだつもりであつた」と追懐している。

注

(1)「即境俳句論」「俳句」　第一九巻　第三号　四〇—四八頁　昭和四五年三月
(2)金子兜太・沢木欣一「戦後俳句の一風景」「俳句」　第三五巻　第八号　九八—一三〇頁　昭和六一年八月
(3)『雪白』　青陵社　昭和一九年
(4)沢木欣一・山田春生「新春座談㈠—風と共に40年—」「風」　第四二巻　第一号　三五—四二頁　昭和六二年一月
(5)島木赤彦『歌道小見』　岩波書店　大正一三年　一八—二三頁
(6)「私の俳句作法①」「毎日新聞」　昭和五一年一二月四日
(7)沢木欣一自筆句帖　昭和一五年一二月二四日~同一六年一二月　日本近代文学館所蔵
(8)「私の昭和俳句㈤「寒雷」創刊」「俳句研究」　第五七巻　第五号　四四—四八頁　平成二年五月
(9)加藤楸邨『寒雷』　交蘭社　昭和一四年
(10)本書「第二章　欣一の初学時代・「寒雷」時代　人間の探求——ひたぶる心の流露——」参照。
(11)「風木舎俳話(二百四十六)茂吉ノオト」「風」　第五二巻　第一一号　四〇頁　平成九年一一月
(12)中野重治『斎藤茂吉ノオト』　筑摩書房　昭和一七年
(13)「現代人の芭蕉観(上)」「俳句研究」　第一〇巻　第四号　四四—四九頁　昭和一八年四月
(14)杉浦正一郎・皆川弓彦・沢木欣一「芭蕉俳句研究㈣」「寒雷」　第一〇二号　一九—二一、二九頁　昭和一八年一〇月

(15)「現代人の芭蕉観（下）」「俳句研究」　第一〇巻　第五号　一四―一九頁　昭和一八年五月

(16)「新しき主体」「寒雷」　第五七号　二五―二七頁　昭和二二年三月

(17)「芭蕉と現代人」「風」　第一巻　第一号　二〇―二二頁　昭和二二年五月

(18) 斎藤茂吉著『短歌写生の説』（昭4　鐵塔書院）六一―六二頁に「実相に観入して自然・自己一元の生《せい》を写す。これが短歌上の写生である。ここの実相は、西洋語で云へば、例へば das Reale ぐらゐに取ればいい。現実の相などと砕いて云つてもいい」「「生《せい》」は造化不窮の生気、天地万物生々の「生」で「いのち」の義である。「写」の字は東洋画論では細微の点にまでわたつて論じてゐるが、こゝでは表現もしくは実現位でいい」、二二四頁に「造形美術の場合、短歌ならば謂ゆる客観的短歌の場合に於て、芸術家の活動をば、自己《じこ》投入《とうにふ》、感情《かんじやう》移入《いにふ》、融合《ゆうがふ》、同化過程《どうくわくわてい》などの語を以て説明してゐる」とある。

(19)「自集自註」「天狼」　第九巻　第四号　二一―二三頁　昭和三一年四月

(20) 注（1）に同じ。

(21) 斎藤茂吉　『短歌写生の説』　鐵塔書院　昭和四年　七一―七三頁

(22) 注（15）に同じ。

(23)「私の昭和俳句㈣現代俳句の出発」「俳句研究」　第五七巻　第四号　三四―三八頁　平成二一年四月

(24) 細見綾子「思い出をさかのぼつて」「俳句」　第一七巻　第六号　一〇六―一〇九頁　昭和四三年六月

人間の探求
——ひたぶる心の流露——

沢木欣一は、昭和十四年四月に第四高等学校（以下、四高）に入学した。四高時代の彼の結社遍歴を記すと、水原秋櫻子主宰の「馬酔木」を振出しに、石田波郷主宰の「鶴」や新興綜合俳誌「天香」に投句し、加藤楸邨主宰の「寒雷」に定着する。欣一は、「この頃、中村草田男・楸邨・石田波郷らは人間探求派（中略）と呼ばれていたが、われわれ青年を魅了するに足る存在であった。昭和十七年、私は俳句に深入りする覚悟で東京の大学に入った[1]」と述べ、人間探求派に追随して俳句に深く関わっていった青春時代を振り返る。ここでは、この時代の欣一の歩みについて眺めていきたいと思う。

一

欣一の第一作は、

雪晴れに足袋干すひとり静かなる　　昭15・3　北辰会雑誌

の句である。この句は実際のところ昭和十四年春の作で、この頃に沢人の号で、

日向ぼこ炭切る手許見守れる　昭14・5　馬酔木

の句が山口草堂選「新葉抄」に入選する。俳句を始めた欣一にとって、本格的な第一歩は秋櫻子の選に入ることであった。

秋櫻子選「新樹集」に、

しぐるるや窓を掠むる鳥つぶて　昭14・12　馬酔木

の句が初入選すると、翌年には、

冬の雨嶽寂光に雪降れり　昭15・2　馬酔木
新羅野は霜うちけぶり大日輪　昭15・3　馬酔木
鴨の群春潮に乗りて渚に来　昭15・6　馬酔木
あかつきの屋根石濡れて梅咲けり　昭15・7　馬酔木

といった句が秋櫻子に選ばれる。しかし、

梨売りの頬照らし過ぐ市電の燈　昭15・11　馬酔木

の句を最後に、「秋桜子選の唯美的傾向に物足りなさを感じて来た[2]」という理由から、「馬酔木」を離れたのである。

回想によれば、「馬酔木」時代は「ほとんど秋桜子の模倣であった[3]」という。『雪白[4]』からその例を示してみると、

京都
七草の花舗にゆたけし京の夜

の句は、上代語「ゆたけし」を用いて、京都の夜のゆったりとした風情を詠んだものである。松井利彦は秋櫻子と万葉集との関わりを論じ、〈はしきよし妹背並びぬ木彫雛〉や〈みちのくの雨そゝぎゐる枯野かな〉の句を例に挙げ、「はしきよし」や「みちのくの」といった短歌的な声調をもつ語を詠み入れ、「唯美感情の表出」に効果を上げている点を指摘しているが[5]、〈七草の…〉の句における「ゆたけし」の使用も同じ効果をねらったものと思われ、秋櫻子模倣の一端を窺い知ることが出来る。

しかし、〈雪晴れに…〉の句は、後の人間探求を感じさせるものといえる。欣一は俳句を始めた動機の一つとして、「金沢に住んで日本の自然の美しさに目を洗われた」こと、即ち「日本の自然の発見」を挙げている[6]。彼は幼少年期を過ごした朝鮮[7]の自然を「単調」「苛酷」であったと捉える一方で、金沢の風土は、自分の中に「眠つていた自然への愛情を噴湧せしめてくれた[8]」として、俳句入門の契機が「日本の自然の発見」にあったことを明かす。その意味でいえば、欣一の第一作は、自然への愛情が

「雪晴れ」を捉えたものであったということになるが、別のところで、「旧制の高校生はたいてい下駄を履いて通学していたので足袋は雪泥で濡れるから、いつも炬燵で乾かしたり、軒につるして日に当てねばならない。青空が出てぎらぎらかがやく雪後の天の美しさを私はこの下宿で知つた」として、「雪の景のなかでの生活のわびしさ、孤独感が稚なく出てい[9]」ると自解しているように、この句が、「足袋干す」という「生活のわびしさ」に、「孤独感」を覚える青年の内面をのぞかせているという点にも注目したい。

同時期に作られた〈日向ぼこ…〉の句は、炭を切る手許を凝視し、生活の営みを写し取ったもので、このように、俳句を内面及び生活に結びつけてゆく態度は、四高に入る前から「小説家か詩人らしいものになりたいと考え[10]」ていたという自身の散文精神によるものであろう。この散文精神と、韻文精神の統合については後述するとして、欣一の初期作品、〈雪晴れに…〉の句は「日本の自然の発見」のみに徹したものではなく、自己の内面を見つめたものであり、〈日向ぼこ…〉の句は素朴な生活に対する愛着を示すものということがいえるのであり、欣一が、この年の夏、人間探求派に魅了されてゆくということは自然の流れであったといえよう。

二

昭和十四年の夏、「馬酔木座談会[11]」と「新しい俳句の課題[12]」を読んだ欣一は、人間探求派に魅力を感じるようになる。[13]まず、「馬酔木座談会」で問題とされた楸邨の句に対する欣一の見解について見てみたい。この座談会は五月一日夜、水原病院で行われたもので、出席者は水原秋櫻子、瀧春一、加藤楸邨、木津柳芽、篠田悌二郎、石田波郷の六人である。座談会では秋櫻子が「先月卯月会があつた時に、丁度六月号（馬酔木）が出てゐて皆読んだのですが、同人の作品のうちに難しくて分らないものが沢山あるといふ説が出た」と口火を切り、難解な俳句の具体例として、

海越ゆる一心セルの街は知らず　楸邨
月蝕の謀るしづかさや椎若葉　波郷

の二句を挙げた。これに対して楸邨が「その分りにくいといふ事は、表現上の不備からくるものであるか、それとも自分が現在追求してゐる意識が本質的に難解なものであるか、その孰れであるかゞ問題であると思ひます」と発言し、後者について「自分が何か探り当てたいと思つてゐる、日常的なものの深層にあると思はれるその気持が、わかりよいといふだけの表現をとると」「出来上つた趣味感情へずれこんでゆく虞れがあるので、それを出来るだけ避けてゐる訳」で、そのために一見意味がわかりにくくなっていると弁明するが、秋櫻子は、「今の加藤君の句のやうな心境を主として表はさうとする場合、その方だけに力が入つてしまつて季語が孤立してしまふ」として「季語と心境と融け合はぬやうなことが出て来る」ことを指摘し、その例として、

鰯雲ひとに告ぐべきことならず　楸邨

の句を挙げ、季語の「鰯雲」が「孤立してその意味で一句全体がわかり難くなることがある」のではないか、「尤も鰯雲を仰ぎつゝ、と、読む方で補足すれば大分明瞭にはなるけれども、この例のやうに五音の名詞で始めが止つてゐるときなど一層季語孤立の感が深い」と分析する。

このように、「心境を主として表はさう」というねらいが季語を孤立させ、意味内容の難解化を招くという意味で〈鰯雲…〉の句に対し否定的な見方を示した秋櫻子とは異なり、欣一は「従来の俳句にない内面衝迫の切実な詩情に大きな魅力を感じた[14]」と回想している。これは、内面の衝動を表現して俳句に新生面を開いた点をより高く評価したもので、その点からいえば、秋櫻子とは逆の価値づけをしていたということになろう。

次に、「新しい俳句の課題」を欣一がどのように受け止めたのか確かめたい。この座談会は、「馬酔木座談会」で問題視された難解俳句について作者自身に語ってもらおうと山本健吉が企画したもので、出席者は当時難解俳句の作者と目された石田波郷、加藤楸邨、中村草田男、篠原梵の四人である。

座談会の席で健吉は、生活と俳句を重ねようとする草田男・楸邨・波郷の方向を取り上げ、「貴方がたの試みは結局人間の探究といふことになりますね」と問う。これに対し、楸邨が「四人共通の傾向をいへば「俳句に於ける人間の探究」といふことになりませうか」と発言したことを受け、人間探求派という呼称は生まれた。

翌年十二月の「北辰」の後記[15]の中で欣一は、俳句に於ける人間の探求は、俳句の俳句たるべき本質への肉迫であるといった言葉で人間の探求を推す。

秋櫻子の唯美的傾向に対して物足りなさを感じていた欣一は、俳句を人間の内面に近づけようとする楸邨や草田男の試みに注目した。その解りにくさを主要な争点とする俳壇の逆風を問題にせず、欣一は同派に傾倒していったということになろう。後年欣一は、当時の草田男作品について、「一句一句の心情・心理が手にとるごとくにわかっ[16]」た、「俳句でも相当に人間の表現が可能であることを知った[17]」と振り返る。

更に、松本たかしの人間探求派に対する評価が、欣一に強く働きかけている。「俳句研究」に「新しい俳句の課題」が掲載され、翌月、同誌はこの座談会に対して「『新しい俳句の課題』に就て――八月号座談会に就いての諸家回答――[18]」として、飯田蛇笏、前田普羅、松本たかし、井上白文地、石橋辰之助、林原耒井、岩田潔、瀧春一、東京三、指宿沙丘、波止影夫、大野林火、西島麦南の感想を掲載した。欣一は四高時代を振り返って、「東西の小説を手当り次第に乱読し」「散文精神と韻文精神の相剋ということが絶えず頭にあった[19]」と記す。このような相剋を絶えず意識するなかで、松本たかしの言辞に「特に関心を持った[20]」という。

たかしの評言を引用してみると、

○俳句の世界に於ける、人間、思想、倫理、心理、生活、社会、時代、散文精神との連関、醜、といつたものゝ探求が真剣に志されることは、文句のないところだと思ふ。

○他《ホカ》の詩と俳句は違ふと云つて澄ました顔附をしてゐる訳にはゆかない。

○散文精神に依つて鍛へられたものでなければ、真に偽らざる意味の詩的精神といふものは、現代に於ては見出されないのではないか。而も俳句は厳として韻文芸術なのである。五七五、十七音と云ふ上に更に季題といふ重荷まで背負ひ込んでゐる。

○「新しい俳句精神」の生死は、この関門を正当に意識し、それを突破し得るか得ないかに懸つてゐる。

というもので、欣一がたかしの考え方に共感して、「散文精神」と「韻文精神」を関連づけたとすれば、ここにも、秋櫻子に学んだ唯美的句風から脱する契機を認めることが出来よう。

欣一は「馬酔木」を離れ、「俳句の中に人間の生きることを第一に重んずる、生活の誠実を地盤としたところの俳句[21]」を要請する楸邨の「寒雷」において頭角を現してゆくのである。

三

学生時代の欣一の実作態度が内面の表出に貫かれていたということを作品に即して眺めたい。彼は昭和十五年三月四日発行の「北辰会雑誌」第百四十六号に「新羅野[22]」と題して、

雪霏々と昼の電車の灯がかなし
憤り更に吹雪に面《つら》搏たす

同年七月五日発行の第百四十七号では「雪[23]」と題して、

図書館の窓荒園に雪降れり

世の寒さ鳰のもぐるを視て足りぬ

といった句を発表している。

これらの句は、時期的にいえば「馬酔木」時代と重なっているが、唯美的傾向は影を潜め、〈雪霏々と…〉及び〈憤り…〉の句においては「かなし」「憤り」といった語で、〈図書館の…〉の句では「荒園」に「戦時下の閉塞した心理[24]」を投影することで内面を表白する。〈世の寒さ…〉の句は、自註に「戦時色が濃くなり世相のけわしさが若者にひしひしと感じられた。かいつぶりが無心に水に潜るのを見ていると心が休まった[25]」とあるように、不安感を鎮めてゆく内面描写である。

こうした実践を経て、欣一は同年十二月二十日発行の「北辰」第百四十八号（「北辰会雑誌」を前身とする）の後記[26]に人間の探求を重視する考え方を明言した。彼はその冒頭で、「現俳壇も新しきものの産みの苦みたる混沌の中にある」と述べて昭和十五年度の俳壇を回顧し、「俳句性とは何ぞや」という視点から、「旧体《ママ》依然たる老人的写生の倦怠調」と「伝統を棄てた主知主義的安価浮薄な新興派」の二派（前者はホトトギス派を暗に示す）に批判の眼を向け、「こゝに於て古典への復帰就中芭蕉精神の復興が叫ばれ」「俳句に於ける人間の探求」という課題が提示されたことは「俳句の俳句たるべき本質への肉迫であ」ると記す。人間の探求をテーマに俳句の本質に迫ろうという欣一の意欲は、前出「北辰会雑誌」第百四十六号及び第百四十七号での実践を経て、内面表出が彼の中で大きな意味をもつに至ったということを窺わせている。「北辰」第百四十八号に「断片[27]」と題して発表した十四句から二句を掲げると、

灯蛾に孤り高校生活かくて半ば
誕生日秋蟬放ち露地の暗

といったもので、前句は「灯蛾」に虚無感の漂う孤独な青春を詠み、後句は「秋蟬」を解き放した「露地」の暗闇が、晴れやらぬ作者の孤愁を感じさせる。

大学時代の句には次のようなものがある。

親不知（九句中ノ一句）
目に余る夏海なれば石擲ぐる　昭17・10　寒雷
本郷に脛吹かれゐる野分かな　昭18・11　寒雷

前句は、広大無辺の夏の海を目の当たりにした内面の衝動を打ち出したもので、自註に「断崖の腹を街道が走り、直下に夏の海。手がかりに石を投げたくなった[28]」と記す。後句は、学徒出陣が迫るなかで詠まれたもの。野分に曝す脛の描写に、うつろな気分が反映されている。「本郷」は欣一の学ぶ東京帝国大学の所在地である。戦争によって学問の道が閉ざされてゆくことに対する作者の無念を理解することで、「本郷」の地名は一句に生きてくるのである。

「北辰」第百四十八号の後記[29]において「俳句に於ける人間の探求」の重要性を明確にした欣一は、この一文を「青年はその情熱と真摯さに何より頼るべきであり、その俳句は往々にして俳句の誤解される老人趣味を脱して雄渾真純な止むに止まれぬ「ひたぶる心」の自らなる流露であるべきである」と結び、青年の俳句に、ひたむきな感情の流露を求めた。これは、人間探求において表現すべき内面の質を規定してみせたものであり、学生時代の欣一作品が、真摯な内面の作品化の流れを見せていることも肯かれるのである。

注

(1)「即境俳句論」「俳句」第一九巻 第三号 四〇—四八頁 昭和四五年三月
(2)「私の結社遍歴」「短歌研究」第一八巻 第七号 一四二—一四五頁 昭和三六年七月
(3)注(2)に同じ。
(4)『雪白』青陵社 昭和一九年
(5)松井利彦『昭和俳句の研究』桜楓社 昭和四五年 一八〇頁
(6)注(1)に同じ。
(7)富山市に生まれた欣一は、父茂正の京城第一高等普通学校への転任を機に京城府(現在ソウル)に移住し、日本統治期の朝鮮で育つ。元山中学校卒業後、二浪して四高に入学、金沢市蛤坂新道に下宿した。
(8)注(1)に同じ。
(9)「金沢雑記」「俳句」第二〇巻 第四号 一一二—一一六頁 昭和四六年四月
(10)注(1)に同じ。

(11) 水原秋櫻子・瀧春一・加藤楸邨・木津柳芽・篠田悌二郎・石田波郷「馬酔木座談会」「馬酔木」第一八巻　第七号　四六―五四頁　昭和一四年七月

(12) 石田波郷・加藤楸邨・中村草田男・篠原梵「新しい俳句の課題」「俳句研究」第六巻　第八号　一八七―二二五頁　昭和一四年八月

(13)「私の昭和俳句㈡難解俳句前後」「俳句研究」第五七巻　第二号　五二―五六頁　平成二年二月

(14) 注（13）に同じ。

(15)「後記」「北辰」第一四八号　一九八―一九九頁　昭和一五年一二月

(16) 注（13）に同じ。

(17)「私の昭和俳句㈢人間探究派」「俳句研究」第五七巻　第三号　五〇―五四頁　平成二年三月

(18)「「新しい俳句の課題」に就て―八月号座談会に就いての諸家回答―」「俳句研究」第六巻　第九号一〇〇―一一四頁　昭和一四年九月

(19) 注（17）に同じ。

(20) 注（17）に同じ。

(21) 加藤楸邨「「寒雷」に就て」「寒雷」第六六号　四頁　昭和一五年一〇月

(22)「新羅野」「北辰会雑誌」第一四六号　一九―二〇頁　昭和一五年三月

(23)「雪」「北辰会雑誌」第一四七号　三七―三九頁　昭和一五年七月

(24)「私の昭和俳句㈦金沢」「俳句研究」第五七巻　第七号　四二―四六頁　平成二年七月

(25)『自註現代俳句シリーズ第二期⑰沢木欣一集』社団法人俳人協会　昭和五五年九月　八頁

(26) 注（15）に同じ。

(27)「断片」「北辰」第一四八号　一二五―一二六頁　昭和一五年一二月

(28) 注(25)二一頁

(29) 注(15)に同じ。

芭蕉の継受

戦中の作品を収録した沢木欣一の第一句集『雪白』[1]には、人間探求派の流れを汲む作風と、同派から一歩を進めた作風が示されている。

ここでは、この二つの作風に、芭蕉の影響を探ってみたい。

一

四高時代、欣一は、「芭蕉——人間探求派」という系譜を引いている。具体的に、座談会「新しい俳句の課題」[2]を踏まえた欣一の主張[3]を引用してみると、

○本年度俳壇で最も論争された問題は「俳句性とは何ぞや」と言ふ極めてプリミチヴな問題であつた。一方に旧体《ママ》依然たる老人的写生の倦怠調あり、他方伝統を棄てた主知主義的安価浮薄な新興派ある現在に於て、改めて「俳句性」が論議される様になつたのは、極めて当然のことである。こゝに於て古典への復帰就中芭蕉精神の復興が叫ばれ「俳句に於ける人間の探求」てふ課題が提示された。

とりも直さず俳句の俳句たるべき本質への肉迫であり、純粋俳句の要求される所以である。
○青年はその情熱と真摯さに何より頼るべきであり、その俳句は往々にして俳句の誤解される老人趣味を脱して雄渾真純な止むに止まれぬ「ひたぶる心」の自らなる流露であるべきである。

といったものである[4]。

右の主張によれば、昭和十五年度の俳壇において、「旧体《ママ》依然たる老人的写生の倦怠調」と「伝統を棄てた主知主義的安価浮薄な新興派」の二つの流れが俳句性論議を呼んだ。前者は花鳥諷詠の前近代的な写生のあり方を難じたものと見てよいだろう。「ひたぶる心」の自然流露を志向する欣一の詩精神は、花鳥諷詠の醸す倦怠調と厳しく対立するものであったといえる。後者「伝統を棄てた主知主義的安価浮薄な新興派」という評言は、「新しい俳句の課題[5]」に見える楸邨の発言に依拠するものと思われる。この座談会で楸邨は、「同じ時代の普遍性ぢやなくて、時代を異にしても普遍性がある所へ行けば宜いのだけれども、概してさうでなくて同じ時代の感覚の上に踊つたといふ嫌ひがありますね」といった言葉で新興俳句運動に対する不満を漏らしている。欣一の新興派に対する「安価浮薄」といった批判は、新興派が「普遍性」を欠くものであったという楸邨の論難に同調したものといえそうだ。

このように、花鳥諷詠と新興派双方のあり方に批判の眼を向けた欣一が、「芭蕉精神の復興が叫ばれ「俳句に於ける人間の探求」てふ課題が提示された」と述べ、芭蕉精神復興の風潮と人間探求派の新動向を関係づけて「ひたぶる心」の自然流露を強調したことは、戦時下に生きる自己の痛切な心情を表現する可能性を人間探求に見出し、そこに芭蕉に通じる何かを見出すことで、自らの俳句が伝統に連なるものであるという正統性を主張しようとしたものであったといえる。

　では、芭蕉に通じる人間探求派の特質とは何か。前出の座談会「新しい俳句の課題」の中盤で楸邨が司会の山本健吉に対し、「四人（筆者注―中村草田男・加藤楸邨・石田波郷・篠原梵）共通の傾向をいへば「俳句に於ける人間の探究」といふことになりませうか」と発言した。これを契機に、草田男・楸邨・波郷を中心とする新動向は人間探求派と呼ばれるようになった訳だが、この座談会での出席者の主な発言を次に引用してみると、

○俳壇の大勢が今までの方向に於て一種の飽和状態に達してゐる。一面完成に近づいてゐる。さういふ方向では言へなかつた「生活からの声」が盛り上らうとしてゐる。（楸邨）

○勿論、この難解といふ問題は我々の「人生及び生活」に対する要求、それと俳句文芸の特質との相関関係、そこから生じる困難さといふ根本を説明しなければ説明になりませんけれども（中略）技術の不備といふことも確かに、不可避のことゝして我々に伴つてゐることはゐると思ひます。（草田男）

○俳句をやつて居る人で一定の俳句の自分の考へ方の決つた人には却つて解らなくて、さういふものをあまり持つてゐない人にも解るといふのが俳句の性質や形に囚はれない、内容的に日常生活の意識の層といふですか、さういふものに通ずる、俳句をやつて居る人でも若い人とか……。（波郷）

○吾々のやつて居ることはどつちかと言ふと今迄のものに比べて吾々の生活といふか心理といふか、人間の陰翳、さういふ人臭い点に比重を多くかけるので、その上詩形が短かいから従つて言葉数

が少いから表現しにくいし解りにくいし、失敗もし易いことがあると思ふのです。(梵)

といったもので、当時高校生だった欣一は、四人の発言から共通して俳句と生活を重ねてゆく意向を読み取ったものと考えられる。なぜなら、後年、彼は「中村草田男、加藤楸邨、石田波郷その他のいわゆる人間探求派、その他これらに同調する立場の人々の努力なくしては、俳句と生活の密着という単純明快な理も今日のものとはならなかつたであろう[6]」と回想しているからである。

翌十五年、石塚友二の「方寸虚実[7]」と題する八十句の大作に触れた欣一は、「なりふりかまわぬ生活諷詠の作風」に驚かされた[8]。この時、欣一は友二と人間探求派の交叉する点を見出したのではなかろうか。

ここで、芭蕉・人間探求派・友二の三者の繋がりを確かめてみたい。昭和十六年に発表した「意欲と表現[9]」の中で欣一は、芭蕉の〈麦の穂を力につかむ別れかな〉の句について、

○元禄七年五月八日再び芭蕉は漂泊の旅へ上らむとした。
○冥途の旅への意識せざる別離吟として此の句は残された。
○人々は——その中には彼と宿世の縁深き寿貞と更に子供達も交つて——別離の涙を注いだことであらう。
○遂に風雅の一筋にその全生命を打込んだ彼も別離に際しては愛欲との相剋に苦悶せねばならなかつた。いや彼の生涯の果に見出した風雅さへ生活と離れたものではなかつた。風雅の一筋へ愛欲を超剋せんとしてしかも越えられず、そこに麦の穂は把まれた。

○そこにあるのは生に対する烈しい意欲と一枚になつた風雅である。

と記す。欣一は、芭蕉の「風雅」が「生活」から遊離するものではなかったということを強調してみせるが、これは、生活と俳句の溝を埋めてゆく人間探求派との系譜の連なりを意識した芭蕉観であったといえる。

更に、同文中では、

生活に喰ひ下る不屈な俳人友二にして、

體もて北風に向き行き泪貌

胸重く片かげ戻る人の恩

の作者にして初めて、此の句の如きは為されるのである。そこには

あさがほに我は食《めし》くふおとこ哉　芭蕉

蕣や昼は錠おろす門の垣　芭蕉

の市隠的近似さへある。此の句に於て石塚氏は、ごつ〳〵とした素朴な誠心と生活への不屈強靱な意欲とを秘めて街を彷徨してゐるのである。

と述べられている。つまり、友二の句も、芭蕉の句も、共通して「生活」に対する意欲を秘めたものであり（同文中において欣一は、「予が風雅は夏炉冬扇のごとし」「風雅もよしやこれまでにして口を閉ぢん」といった芭蕉の言説を、「極めて消極的な謙遜さに於て却つて生活に対する烈しい意欲を示してゐる」と受けとめている）、同様に、「芭蕉――人間探求派」の系譜も「生活」を軸に繋がれたものであったということは充分に考えら

れるのである。

昭和十八年、欣一は「芭蕉程現実と理想の間隙に苦悩した詩人はないのであつて、云はは《ママ》その二元的な矛盾に真に身を裂かれる故に、彼の俳句が生活と一如であつたのだと私は思ふ[10]」と記すが、この言葉は、戦中の欣一が芭蕉を通して、俳句即生活という考えに至り着いたことを示唆するものといえよう。

尚、芭蕉の句が「生活と一如であつた」という欣一の見方は、

　　義仲寺

　行春の巷のひゞき芭蕉に芽　　昭16・7　北辰会雑誌

の句に見てとることが出来る。この句は、大津の義仲寺に芭蕉の墓所を詣でた折の作である。去り行く春のなか、蕉翁を懐かしむよすがとして植えられたものであろうか、境内に芭蕉が芽吹いていた。義仲寺界隈の市井の「ひゞき」を実感した点は、芭蕉の風雅（生活と一如の）を偲ぶ作者の心懐を窺わせている。

「芭蕉――人間探求派」という系譜に連なることで自らの俳句に正統性をもたせようとした欣一の作句姿勢が表れた二つの作品を『雪白』から取り出してみたい。

　梨売りの頬照らし過ぐ市電の燈　　昭15

　セルを着て稚き金魚買はんなど　　昭16

前句は犀川大橋での嘱目。道端に莚を敷いて梨を売る老婆の頬を市電が照らしてゆく。[11] 金沢の市井風景に愛惜を感じたものである。後句は、セルの感触が物思いを誘い、小さな金魚を買おうという気になったというもの。しかし、この衝動を「など」によって自ら打ち消したところに、作者の逡巡する思いが流露している。

このように、生活を基盤として内面を表出しようとしている点に、『雪白』の性格を考えることが出来るのである。

二

欣一は人間探求派の切り開いた道を辿る一方で、昭和十八年頃から新たな作風の形成を試みている。『雪白』所収の、

　　松江小泉八雲旧居
汗して見るヘルン愛顧の櫛の雲脂《ふけ》　昭15

の句は、島根県松江市にある八雲旧居を訪れた折の作である。八雲（ヘルン）の愛蔵した櫛のコレクションの一つに雲脂を見出したというもので、この句について楸邨は「八雲に敬意を覚える作者の気持が、「汗」ととりあげた肉体的な力で支持せられ、「雲脂」をつかみ出した点確実な把握力を示してゐる」[12]と評している。「肉体的な力」が心情表出を支えているという楸邨の読みに示唆を得たのであろ

うか、翌年の「寒雷集鑑賞[13]」において欣一は投句者の〈ぬくみ追ひ凍る手かたき胸をさする　貞〉の句を取り上げ、「兄逝くといふ前書がある。肉親追慕の激情より此の句は生れた。感情の高揚の場合やゝもすれば表現は観念に流れてしまふ。しかし此の句にあつては、作者の愛情の慟哭は執拗な肉体の動作となる。肉体の慟哭である。柿本人麿の「靡けこの山」と言つた慟哭」「芭蕉の「塚も動け」の慟哭皆感傷は肉体性に支へられてゐる」と評し、「肉体性」に支持された感情表出に着目する。

しかし、昭和十八年になると欣一は、

衰ひや歯に食ひ当てし海苔の砂　　芭蕉（「己が笑」）

の句に芭蕉の肉体的な老いの自覚を認め、これに対し、

此の秋は何で年よる雲に鳥　　芭蕉（「笈日記」）

の句は精神的老いの自覚であるとして、「「老」が肉体に止まる限り直接に「詩」とは成り得ない」「吾々の感情は肉体性に支へなければならない事は勿論であるが、それはあく迄支持に過ぎなく、肉体の露出それ自身では「詩」は成立しないといふ事であ」り、「無心の雲と鳥を生涯の象徴となす事、それはもはや肉体の喪失である。こゝに詩が生み成される秘密があるのではなからうか[14]」と述べ、「象徴」即ち「肉体の喪失」によって詩は生み出されるという考えをもつに至った。

この他、

入月の跡は机の四隅かな　　芭蕉（「句兄弟」）

の句を「机の四隅」と云ふ具象的な把握は故人に対する芭蕉の愛情の深さが、見事な象徴となつたものである」[15]と評したものがあり、このように象徴を重んじる態度が、芭蕉の自然描写を価値づけてゆくことになるのである。その消息を記してみると、欣一は、芭蕉の「嵯峨日記」二十二日の条の次の一節に注目する。

○独すむほどおもしろきはなし。長嘯隠士の曰、客は半日の閑を得れば、主は半日の閑をうしなふと。素堂此こと葉を常にあはれむ。予も又

うき我をさひしからせよかんこ鳥

とは有寺に独居しといひし句也

更に、同日記には、

○夢に杜國か事をいひ出して、涕泣して覚む（二十八日）

○人不来終日得閑（二十七日）

と記されていることから、欣一は嵯峨滞在中の芭蕉の心境を「清閑の底にやはり憂愁を堪へてゐる」ものと推断する。

これを踏まえ、二十日の条に見える、

ほとゝきす大竹籔をもる月夜　　芭蕉

の句を、「芭蕉にしては珍らしく主観の露出のない句である。しかし、主観を厳しく裏付けされてゐるといつた句で」「主観の深さを堪《ママ》へ」ている。「ほとゝきす」「竹籔」「月」で構成した風景画ではなく、「芭蕉が生来の憂愁から脱して一瞬間自然と直面したときの句」で、「小主観に色どられない純粋な芭蕉の独りごころ——造化と自己の間に何物の介在をも許さない——を感じることが出来る[16]」と評した。これは、欣一が「嵯峨日記」中の芭蕉の心境に即して〈ほとゝきす…〉の句を解釈したもので、視覚的に描写された自然が芭蕉の「独りごころ」を感知させる象徴性に、この句の真価を認めようとしたものといえる。

このような芭蕉評を欣一の実作に照応させてみたい。

奈良

松風や末黒野にある水溜り　　『雪白』

この句は、自註に「奈良飛火野あたりの景。芝を焼いた後の黒さが鮮やかで、ところどころの溜り水も澄んでいた[17]」とあるように、鮮明、清澄を印象づける自然描写であるが、この頃、欣一の胸奥は苦悩に満ちたものであったという。彼は当時の心境について「即境俳句論[18]」の中で、「学生が学業を終えて兵隊に行き、戦線に投入されるということは自明のこと」で、自分も「間もなく生死が覚束ない時期に直面しなければならない」のであり、「末期の眼にはすべての物が美しく見える。殊に自然は。美しい自然に触れて瞬間々々の生を燃焼させるというのが、私の俳句に求めた最大のものであつた。求めたというより、苦しまぎれに精神の平衡を計らざるを得なかつた」と語る。更に当時の作風を「総じて明澄な形を示している」と振り返り、〈松風や…〉の句の特色に立ち入って、「その頃の千々に思い乱れた情念とはうらはらな抑制された形をとり、寡黙静謐の趣である」として、「この点人間探求派の人々の方がよほどナマな情念を作品に持ち込んでおり、作品と作者の距離が離れていないのである」と記す。これは、当時の欣一の句と人間探求派の差異に触れたものである。その一方で、〈松風や…〉の句の自解と、〈ほとゝきす…〉の句の評釈との間には、明澄な叙景が、自然（造化）と作者の生（心）との強い結びつきを感じさせるという象徴性に相通ずるところがある。欣一俳句の芭蕉からの深い影響を認めていかなければならないだろう。

〈松風や…〉の句は、昭和十八年の春に京都、奈良、南紀を周遊した折の作だが、この時、「或るつきつめた想いを抱いて奈良や大和」を訪れた欣一は、「徴兵延期も切れて、この秋には学生全部が兵営に行かざるを得ないことが確かに判つていた[19]」という。別のところでは、「心の平衡を保つべく」「できるだけ現実から目をそらせ芸術的ふん囲気にひた」るため「大和古寺」に親しみ、「みな感傷的であつた[20]」とも語っている。

この旅で詠まれた、

木蓮や熊野路に入る一つ星　『雪白』

桃の花牛の蹴る水光りけり　『雪白』

といった作品は、澄んだ目で南紀の自然と向き合う明瞭な自然描写となっている。前句は、黒い原生林の迫る「熊野路」の口許に「木蓮」を、淡い夕空に「一つ星」を配し、絵画的な構成によって幽邃の熊野古道を描いてみせたものである。後句は、牛の蹴り上げた水の煌めきが、生命の充実を感じさせる。そして、この描写の奥に作者の感傷が潜んでいるという点は、同じ旅で詠んだ〈松風や…〉の句と同様であり、これらの句は、人間探求派とはゆき方を異にする作風が『雪白』において形成されたことを物語っているのである。

『雪白』における欣一の作風は、生活を基盤に個の感情を表出する人間探求派の影響が著しい作風と、感情を伏在させた明澄な自然描写を特徴とする人間探求派の域から踏み出した作風といった二つの流れを示しているが、いずれの作風も欣一自身の芭蕉観と深い関わりをもつものであったといえる。ここに、芭蕉を指針とする欣一の一貫した姿勢を認めてゆくことが出来るのであり、その意味で、戦中における欣一の芭蕉との触れ合いは重く受けとめられなければならないのである。

注

（1）『雪白』　青陵社　昭和一九年
（2）石田波郷・加藤楸邨・中村草田男・篠原梵「新しい俳句の課題」「俳句研究」　第六巻　第八号　一八七―二二五頁　昭和一四年八月
（3）「後記」「北辰」　第一四八号　一九八―一九九頁　昭和一五年一二月
（4）この一文について欣一は「私の昭和俳句㈦金沢」（「俳句研究」平2・7）の中で、「新しい俳句の課題」を読んだ後の感激が尾を引いていると回想する。
（5）注（2）に同じ。
（6）「楸邨俳句覚書」「俳句」　第二巻　第三号　五八―六一頁　昭和二八年三月
（7）石塚友二「方寸虚実」「俳句研究」　第七巻　第三号　一二―二〇頁　昭和一五年三月
（8）「俳句で煮染めた顔」「俳句」　第三五巻　第五号　一一〇―一一一頁　昭和六一年五月
（9）「意欲と表現」「寒雷」　第七五号　三一―三三頁　昭和一六年七月
（10）皆川弓彦、小西甚一、沢木欣一「芭蕉俳句研究㈢」「寒雷」　第九九号　八―一〇頁　昭和一八年七月
（11）「私の昭和俳句㈥波郷・楸邨訪問」「俳句研究」　第五七巻　第六号　三四―三七頁　平成二年六月
（12）加藤楸邨「寒雷集俳句の表現」「寒雷」　第六九号　一一九―一二四頁　昭和一六年一月
（13）「寒雷集鑑賞」「寒雷」　第八七号　七七頁　昭和一七年七月
（14）山崎喜好、小西甚一、皆川弓彦、沢木欣一、杉浦正一郎「芭蕉俳句研究㈡」「寒雷」　第九三号　二四―三四頁　昭和一八年一月
（15）注（10）に同じ。
（16）杉浦正一郎、皆川弓彦、沢木欣一「芭蕉俳句研究㈣」「寒雷」　第一〇二号　一九―二一、二九頁

昭和一八年一〇月

(17)『自註現代俳句シリーズ第二期⑰沢木欣一集』 俳人協会 昭和五五年九月 二八頁

(18)「即境俳句論」「俳句」 第一九巻 第三号 四〇―四八頁 昭和四五年三月

(19)「白い路㊤」「俳句」 第一三巻 第八号 三六―四一頁 昭和三九年八月

(20)「森山啓覚書」「北国文化」 第五九号 三五―三九頁 昭和二五年一二月

自己追求の世界

初学時代の沢木欣一の俳歴の輪郭を摑むため、句帖[1]に記された「俳歴」を次に掲げたい。

昭和十四年より俳句を始む
四月、第四高等学校入学
馬酔木に入選。「新樹集」
昭和十五年　四月、馬酔木「深青集」入選
鶴及天香に出句
十月、四高俳句会復興
十二月東上、楸邨・波郷に会ふ
昭和十六年　「寒雷」一月号巻頭二位となる
「寒雷」二月号巻頭三位となる

ここには、水原秋櫻子の主宰する「馬酔木」から俳句に手を染めた欣一が、人間探求派と称された加藤楸邨と師弟関係を結び、「寒雷」で頭角を現すまでの道筋が端的に記されている。「俳歴」の所述を掘り下げつつ、青春期における欣一の人間探求の受容と展開について考察したい。

一

昭和十二年に朝鮮の元山中学校を卒業した欣一は、父母の許を離れて第四高等学校の入学試験を受けるも不合格となる。彼は次年度の入試に備えるため同窓の原子公平・木村真澄と共に上京する。[2] 昭和十四年、第四高等学校文科乙類に合格した欣一は、金沢市蛤坂新道に下宿する。ちなみに、公平は第三高等学校、真澄は第一高等学校にそれぞれ入学している。

四高に入学した頃から欣一は沢人の号で水原秋櫻子主宰の「馬酔木」に投句し、同誌十二月号の秋櫻子選「新樹集」に、

　しぐるるや窓を掠むる鳥つぶて

の句で初入選する。座五「鳥つぶて」は鳥を飛礫に喩えた造語である。この鳥について欣一は、百合鷗の類であろうと回想する。[3] 時雨の渡る犀川を飛び立った百合鷗の白い冬羽が下宿の窓を掠めていったのだ。

ここで、欣一と秋櫻子の触れ合い（「選」を通しての）について述べたい。秋櫻子は随想[4]の中で、「旺玄社展で牧野虎雄氏の「松」を見た。この画家の松ははじめてゞあるが、これがまたよい出来のもので、

私は会場を出てからも昂奮がさめきらず、早速その足で六義園へ松を詠みに行つた。佳い句は出来なかつたけれど、夕焼雲の棚引く松の梢を見つゝ、時のたつのを忘れた。この頃はこういふ修行をしてゐる時が一番楽しいのである」と記し、優れた芸術作品に触れた余韻の醒めやらぬうちに実地吟詠に出るという習作のあり方を示す。翌月には「夜月集の新鮮さ[5]」において、奈良の新薬師寺の十二神将を詠みこなすことが出来ないので昭和医専の教授室に伐折羅大将の写真を掲げ、更に自宅の応接間に、山口誓子が揮毫した〈さくらを吹き且つ神将を吹きとほる〉の短冊を掛け、「常に新薬師寺といふものを念頭に置けば、今度こそ願望叶つてあの金堂の荘厳を連作に詠みあげることが出来ようかと考へてゐるわけである」と述べている。これらの発言から、当時の秋櫻子の俳句が、現実生活から離れた高雅清澄の境地を目指すものであったということを知ることが出来よう。

そこで、「馬酔木」から、秋櫻子の選（一句欄）に入った欣一作品を取り出してみると、

冬の雨嶽寂光に雪降れり　　昭15・2
新羅野は霜うちけぶり大日輪　　昭15・3

といったもので、前句は犀川に架かる桜橋の辺りから戸室山・医王山を眺めた折の作である。二山に降りそそぐ雪の微光を「寂光」と捉え、実景に仏教的世界を重ね合わせたところに、秋櫻子の影響が感じられる。

後句は本来独立した句ではなく、「北辰会雑誌」に「新羅野[6]」と題して「釜山・京城間夜急行」の

前書で発表した五句中の一句である。この句を元の連作の中に戻してみると、

月のもと新羅野霜の降るけはひ
見はるかす霜新羅野に月消えぬ
新羅野は霜うちけぶり大日輪
黎明の霜野に鷺の声透る
鵲の尾羽ひた打ちて霜野翔く

という排列になる。冒頭句〈月のもと…〉は、月明下の寒気と凄愴の「新羅野」を詠み、古代王朝の浪漫を宿している。次句〈見はるかす…〉において「新羅野」は見渡す限り霜に覆われ、月は山の端に隠れてゆく。第三句〈新羅野は…〉は、朝霜の煙る大地に新羅王朝の幻影が立ち現れてくるようだ。第四句〈黎明の…〉では、夜明けの霜野に鷺の透徹した声を捉えているが、その姿は、薄明に沈んでいる。そして、第五句〈鵲の…〉において、鵲の尾羽の躍動を視覚的に捉えることで、朝日の明るみに輝く霜野の情景を描いてみせた。

　単独で秋櫻子の選に入った〈新羅野は…〉の句は勿論のこと、その他の作品も一句としての独立性が保たれており、この連作は、各句の独立性の確保を前提に、時間的経過と空間的移動による景の展開を描写したものであったということになる。こうした特徴は、事件的移行を描く、個の作品の独立を守るといった秋櫻子の連作の特質[7]に連なりをもつものであり、ここにも、秋櫻子に追随する欣一の

実践の跡を認めてゆくことが出来る。

二

「馬酔木」に投句を始めた年の夏、欣一は自己の作句の方向性を決定づける座談会の記事に接している。それは、昭和十四年八月の「俳句研究」に掲載された「新しい俳句の課題」[8]であり、ここでは中村草田男・加藤楸邨・石田波郷・篠原梵によって俳句と生活を相互に密接に結びつけていこうという共通認識が示された。

　こうした新しい動向に注目した欣一は、新興俳句綜合雑誌「天香」や、石田波郷の主宰する「鶴」に投句するようになる。

　二誌に掲載された欣一（沢人）作品には、

雪霏々と十字路の暮ジヤズ鳴れり　　昭15・4　鶴
世の寒さ鴉のもぐるを視て足りぬ　　昭15・4　鶴
子を征かしめ遙けく見やる雪の嶺　　昭15・5　天香
木蓮の空透明に戦ふ世　　昭15・7　鶴

などがあり、〈世の寒さ…〉〈子を征かしめ…〉〈木蓮の…〉といった句には微弱ではあるが、戦争に対する青年の抵抗精神といったものが窺える。

この頃の主な国際情勢について列記すると、

ノモンハン事件　　昭和14年5月

独ソ不可侵条約締結　　昭和14年8月

第二次世界大戦勃発　　昭和14年9月

日独伊三国同盟を締結　　昭和15年9月

というようなもので、日本・ドイツ・イタリアの三国間に結ばれた軍事同盟によって日本はアメリカを仮想敵国と見做すことになる。このような時勢に〈雪霏々と…〉の句は詠まれたのであり、上五「雪霏々と」が作者の不安感の投影であるということは改めて説明するまでもないが、その不安感を具体的に読み取ってみるならば、「十字路」にキリスト教徒の十字架を重ね、そこにジャズ（敵性音楽として禁圧される）を配合することで、アメリカに抱く畏怖が暗示されていると考えられる。

このような、戦時体制下の現実に直面した作風は、現実を離れて高雅清澄を目指す秋櫻子俳句からの脱皮を意味するものといえる。

昭和十五年十月に「寒雷」が創刊された。楸邨は、「俳句の中に人間の生きることを第一に重んずる、生活の誠実を地盤としたところの俳句を求める[9]」と創刊の辞を述べ、人間中心の考え方に基づき、生活から俳句を生み出す方向性を示す。欣一は、同年十一月の「馬酔木」に掲載された、

梨売りの頬照らし過ぐ市電の燈

の句を最後に同誌への投句を打ち切り、楸邨の下で俳句に邁進してゆくのである。

この頃（「俳歴」によれば昭和十五年十月）欣一は四高俳句会を再興している。欣一の句帖[10]の覚書には、「四高俳句会・昭和十五年十一月発会」とあり、大河寥々教授を指導者に迎え、会員に目崎徳衛・木下圭紹・市川定三・泉健三・青園謙三郎・森正夫・沢木欣一等が名を連ねる。後の回想[11]によれば、句会は校庭の中央に位置する茶寮で大河教授を囲んで行われ、人数は四、五人に過ぎなかったという。四高俳句会の作品発表の場に、「北辰会雑誌[12]」があった。欣一は、「北辰」（「北辰会雑誌」を前身とする）第百四十八号の後記[13]において人間探求に立脚点を置く俳句観を明らかにしている。それは、

> 現俳壇も新しきものの産みの苦みたる混沌の中にある。本年度俳壇で最も論争された問題は「俳句性とは何ぞや」と言ふ極めてプリミチヴな問題であつた。一方に旧体依然《ママ》たる老人的写生の倦怠調あり、他方伝統を棄てた主知主義的安価浮薄な新興派ある現在に於て、改めて「俳句性」が論議される様になつたのは、極めて当然のことである。こゝに於て古典への復帰就中芭蕉精神の復興が叫ばれ「俳句に於ける人間の探求」てふ課題が提示された。とりも直さず俳句の俳句たるべき本質への肉迫であり、純粋俳句の要求される所以である。

といったものである。これを整理すると、「旧体依然《ママ》たる老人的写生の倦怠調」（ホトトギス派の写生を暗に指す）と「伝統を棄てた主知主義的安価浮薄な新興派」（定型拡充、無季容認の立場に立つ）を否定し、方法論や形式論からではなく、「人間の探求」といった態度の面から俳句性を追求している。

こうした主張に基づいて、

金剛山四句（ノ内ノ一句）
驟雨來て瑠璃岩盤に萩散りぬ
梨売りの頬照らし過ぐ市電の燈《ひ》
おびたゞしき靴跡雪に印し征けり

といった句を含む「断片」十四句が前出「北辰」第百四十八号に発表されたのである。〈驟雨来て…〉の句は、瑠璃色を発色する滑らかな岩盤に萩の散りかかる景を捉えたもので、この唯美的傾向は秋櫻子の俳風をとどめているが、〈梨売りの…〉の句は、梨売りの頬（梨のようにごつごつした頬を連想させる）を市電の灯に浮かび上がらせたものであり、〈おびたゞしき…〉の句は、雪上の無数の足跡が、戦争に対する作者の虚無感を象徴する。これら二句は唯美的感情に囚われず、俳句を生活・人生・心理に密着させたもの、即ち人間の探求を意識した作風を示すものといえる。

一方で欣一が「断片」十四句について、「作品は自然の若しくは身辺の冷厳な世界を格調高く表現しようとしたのであるが、表現の不備のため内容貧困な句がある」[14]と自省し、「冷厳な世界」の格調高い表現への志向をのぞかせたことが注目される。

このような志向は、人間の探求を土台として、どのように具現化されてゆくのであろうか。

三

昭和十九年に発表の随筆「出会《しゅっくわい》」[15]によれば、欣一は高等学校一年生の時にシュトリッヒの「ゲーテとナポレオン」を読み、「出会」という言葉を初めて知ったという。欣一は偉大な詩人と英雄の「出会」を「まことに世界的な魂と魂のめぐり合ふ美しい物語」であるとして、「この時から「出会」といふ言葉は僕の念頭を離れない」と記し、金沢時代に思いを馳せ、「楸邨さんと吾々の出会は松風の中に実に静かな暖く充実したものであつた。吾々は俳句に身を入れることに決心した」と振り返る。

ここで語られた楸邨との「出会」は、「俳歴」にも「十二月東上、楸邨・波郷に会ふ」[16]と簡潔に記されている。欣一は昭和十五年の暮れに上京し、楸邨と波郷の許を訪ねた。句帖に基づき、この間の仔細を述べてみたい。「十二月二十四日　原子と共に　犀與亭　雨」と記されていることから、欣一は来沢した公平（当時三高生）を「犀與亭」に誘い、食事を共にしたのであろう。その夕刻、欣一は、

　　英霊に大寒の雲夕焼けたり

と詠んでいる。翌二十五日（曇）、二人は東京行の急行で金沢を出立する。この時、欣一は、

　　大没日夕映え天の雲嶺にのみ

と詠んだ。

〈英霊に…〉の句は荘重の気に満ち、〈大沒日…〉の句も荘厳な描写である。冷厳な世界（自然）の格調高い表現への志向をこれらの句に見てとることが出来るが、いずれも青年の未来に暗影を投ずるような叙景といえる。

この夜、欣一は松任駅で、

遠友に闇の潮鳴寒き駅

と詠む。句意は、遠来の友と寒風吹きすさぶ駅の暗闇に立ち、日本海の海鳴りを聞いたというもので、戦時下に生きる青年の沈痛な気分が感覚的に把握されている。

欣一と公平を乗せた汽車は親不知に差し掛かる。欣一は厳冬の日本海の景観を詠んだ。

枯草に彼方の闇ゆ波がしら
波がしら迅し寒風に目瞠《ミヒ》らき
朔風の底しら〴〵と波がしら

〈枯草に…〉の句は、滅びのイメージを伴う枯草の彼方に闇を切り裂くような波頭を捉えたもので、〈波がしら…〉の句では波頭の速力に瞠目し、〈朔風の…〉の句では北風の吹き荒れる日本海の果てに白い波頭を描き出す。白くそそけ立つ「波がしら」は、切迫する不安感を打ち出したものと思われる。

事実、欣一は「歳末上京記」[17]の中で、「汽車は親不知にかゝる。列車の照す枯草の眼下の深淵にはごう

〱たる響を起して遥か彼方の暗より波頭が迅り来て真白な飛沫を噴き上げる。白い吐息を暗にはきながら、僕は人間の危機にも譬へられる深淵を寒風に目をうるませて凝視してゐた」と記し、親不知の凄愴な景観描写を通じて自己懊悩の心魂を見せているのである。

東京に到着した欣一と公平は二十八日、駒場町に波郷を訪ね（同行、木村真澄・藤本某）、三十日には坂下町に住む加藤楸邨を訪う。句帖には「十二月三十日、坂下町に加藤楸邨氏を訪ふ」と記されているのみなので、欣一の随筆の一節を引いてこの場面を補えば、「炬燵に膝を交へながら情愛深い先生の熱談に僕等は耳を傾けた。先生の下を辞し坂を下りつゝ、僕等は俳句の運命について烈しく語つた。あたりには東京に少い松の大木が黒々と暗に聳え、勁き松籟を師走の街に響かせてゐた[18]」とあり、こうした気概を欣一に抱かせた楸邨の存在は極めて大きかったものといえる。

上京するまでの作は、〈遠友に…〉の句に漂う「沈痛」や、〈枯草に…〉〈波がしら…〉〈朔風の…〉の句に表出する「危機意識」といったように、時代に対する悲愴感を醸し出しているが、楸邨との「出会」を果たした翌三十一日には、

纖き月風塵沈み年逝けり

の句を得る。この句は「纖き月」が纖細な把握であり、「風塵沈み」の描写が内面の鎮静を窺わせるもので、慄き、不安といった心の乱れを感じさせない。更に一月四日には、

雲割れて雪山の裏にある日ざし

といった厳粛な叙景のうちに明るい兆しを捉えている。

欣一の目指す「冷厳な世界」は悲愴から鎮静に転じ、希望を感じさせるものとなった。この明るさは、楸邨に触発された俳句への熱情に支えられているのである。

四

次に、綾子との「出会」について眺めてみたい。昭和十七年三月に四高を卒業した欣一は東京帝国大学文学部国文学科に進学し、小石川の千家荘に下宿する。この年、欣一は金沢・京都・大阪・名古屋の各地を遊歴する。この間の動静を句帖[19]に即して記してみると、十一月二十日午後九時に上野を発して翌日の午前八時に金沢に入った欣一は、森正夫らに会った後、黒田桜の園を訪問し、正午になって四高に大河寥々教授を訪ねた。二十三日は卯辰山を散策し、二十四日の午後一時半の急行で京都へ。同行は泉健三・森正夫らで、福井より青園謙三郎が加わる。午後七時に京都に着くと、分校太平と共に河原町に出た。二十五日、欣一・泉は分校の案内で大阪府池田市に綾子を往訪し、四人は連れ立って箕面に紅葉を見に行く。句帖には「紅葉の焚火美し。又野生の猿を見る。楸邨に寄書きをす。午後九時頃辞す。中宮寺観音の写真を細見さんより貰ふ。分校宅に泊る」とある。二十六日、欣一は午後二時半の汽車で発って名古屋に入り、米沢英之宅に一泊した。翌日は名古屋城・熱田神宮を巡り、午後十時十四分名古屋発の汽車で帰京の途に就く。
一週間の旅を終えた欣一は、句帖に、
一週間ぶら〳〵歩いたが、旅らし
い旅でなかつたので、句も出来ず、
余り人に会ふのはよろしくない。
初対面の人に出会ふのは楽
しいが、泉や分校等の雰意《ママ》
気に引込まれるのは真平なり。
いよ〳〵高踏的になつた自分を
感じる。芸術的センスに乏しい
人間や物に出会ふのは苦々しい。
細見さんとの出会は嬉しかつた。
老いるのは悲しみであることを
云ひ、人生をいかに美はしく
消耗するかを常に考へて居る
人は美はしい。

と記しており、「いよ〳〵高踏的になつた自分を感じる」という言葉から、欣一が世俗的という意味で森や分校のもつ雰囲気に対して否定的な印象を抱いていたことが推定される。ここで注目したいのは、欣一がかねてより高踏的な自己像を思い描いていたということで、それは、「芸術的センス」を具えた「人間や物」との触れ合いを通じて涵養されるものと彼には考えられていたようだ。ということは、欣一は楸邨や綾子との「出会」を通して自己の高踏的な面を育み、理想とする自己像を追求していたものといえる。

こうした自己追求のあり方に、欣一の人間探求の特色の一面が認められるのであり、高踏的な眼から眺められた世界は、前出「北辰」第百四十八号の後記に語られた、「自然の若しくは身辺の冷厳な世界を格調高く表現しようとした」という志向に連なりをもつものであったということになるのである。

句帖[20]によれば、昭和十八年三月二十六日から四月七日にかけて欣一は京都・南紀・奈良に遊び、龍安寺・平等院・法隆寺・唐招提寺・東大寺三月堂・新薬師寺といった古刹を巡る。中でも、三月堂に安置された日光菩薩・月光菩薩、新薬師寺に伝わる十二神将に感銘を受けたという。高い芸術性を誇る仏像を拝観することは、高踏的な自己のあり方を追求する欣一にとって有益なものであったと思われる。

四月三日の京都寒雷句会に出席した欣一・綾子・公平は、六日に法隆寺・薬師寺・唐招提寺を拝観した。夕刻、三人は綾子の「倦鳥」時代の俳友、古屋ひでを（後「風」同人）を訪う。この時の模様を句帖から抜き出してみたい。

　五時過ぎ、奈良着。古屋ひでを氏を訪ふ。
同氏案内にて旅舎に入る。春日野のほとり

なり。宮川亭なる名なりや。古屋氏宅にて飲んだサイダーはうまかつた。綾子さん、原子と夕食。古屋氏と歓談。綾子氏、都合により、帰る。夕刻雨となり、又、奈良の町防空の為暗く、見送る。
　恋人にも非ず、母にもあらず、姉にもあらず、人生の教師と云ふべきか。恋人の如し。

(四月七日夜記す)

　ここに自覚された綾子への慕情は、「人生の教師と云ふべきか」という言葉が示すように、前年に「細見さんとの出会は嬉しかつた。老いるのは悲しみであることを云ひ、人生をいかに美はしく消耗するかを常に考へて居る人は美はしい」と述べ、綾子の人生観に感化されたことで抱かれたものと思われる。「美はしい」は「整った美しさ」を原義にもつ言葉だが、綾子の人生観から感知された美の本質が「端正」であったということは、欣一の作風に影響しているものと見てよい。具体例を第一句集『雪白』[21]から挙げてみると、昭和十八年に次の連作がある。

　丹波細見綾子氏の許にて　四句

実となれる梨の根株の泉かな

少女等の風琴鳴れば朝の蟬
山霧に蝸牛生るゝ蔵の壁
天井に折鶴赤し星祭り

この夏、富山市で徴兵検査を受けた欣一は父母に別れを告げるため朝鮮の群山に渡った。帰京の途次、丹波に綾子を訪ねて、掲出の四句を詠む。冒頭句から第三句までは、生命の充実を、第四句は素朴な民間習俗を写生したものである。欣一の出征が十一月一日に迫っていたことを思い合わせれば、この連作が示す端正な描写は、綾子から教えられた、「人生をいかに美はしく消耗するか」といった生き方の、欣一なりの作品化であったということになろう。

学徒出陣以前の青春期における欣一の歩みを整理すると、「新しい俳句の課題」において草田男・楸邨・波郷・梵の間で確認された「生活・人生・心理――俳句」といった結びつきを重視し、「北辰」第百四十八号の後記[22]の中で俳句における人間の探求について「之は日本的なるものへの開眼である。あらゆるものは今や万葉精神に迄遡らねばならぬ」と記した。これは、人間探求派が「日本的なるもの」即ち古典を尊重する立場に立っていたことを踏まえての発言であったといえる。ここで欣一は、俳句も「万葉精神」に立ち返るべきであるという考え方を表明するが、それは、「ひたぶる心」の「自らなる流露」を目指すものであった。

人間探求の道を歩み始めた欣一は、自己のあり方・生き方を追求し、他者（世俗的な）とは異なる高踏的な自己の形成を通して作品を生み出したのである。

加えて、この時期の欣一は、芭蕉に対する自論を展開し、絵画的明晰を特徴とする芭蕉の表現方法を積極的に実作に取り入れることで人間探求派から一歩を進めた作風を示そうとした。[23] 高尚な自己の内面を形成するために古典に学ぶということは自然な発想であり、これによって欣一は独自の作風を推し進めたものといえる。

注

（1）沢木欣一自筆句帖　昭和一五年一二月二四日～同一六年一二月　日本近代文学館所蔵

（2）「歳末上京記」「寒雷」　第七一号　三五―三七頁　昭和一六年三月

（3）「私の昭和俳句㈠四高生のころ」「俳句研究」　第五七巻　第一号　五〇―五四頁　平成二年一月

（4）水原秋櫻子「椿、松。」「馬酔木」　第一八巻　第四号　一五頁　昭和一四年四月

（5）水原秋櫻子「夜月集の新鮮さ」「馬酔木」　第一八巻　第五号　九―一三頁　昭和一四年五月

（6）「新羅野」「北辰会雑誌」　第一四六号　一九―二〇頁　昭和一五年三月

（7）秋櫻子の連作の特質については、松井利彦著『近代俳論史』（桜楓社　昭和四四年　四〇九―四一一頁）を参考にした。

（8）石田波郷・加藤楸邨・中村草田男・篠原梵「新しい俳句の課題」「俳句研究」第六巻　第八号　一八七―二一五頁　昭和一四年八月

（9）加藤楸邨「「寒雷」に就て」「寒雷」第六六号　四頁　昭和一五年一〇月
（10）注（1）に同じ。
（11）「出会《しゆつくわい》」「寒雷」第一一〇号　一六―一七、一四頁　昭和一九年七月
（12）四高史『北の都に秋たけて』（作道好男・江藤武人編　財界評論新社　昭和四七年　二八一、三〇七―三〇九頁）によれば、「北辰会雑誌」の創刊は明治二八年に遡る。この年の二月、四高では生徒の総意により「北辰会」が結成された。この組織の目的は「学芸を講究し体育を錬磨し会員の徳性を涵養し以て純良なる美風を発揚する」ことで、ここに、学芸部・運動部・雑誌部の三部が設けられ、同月二八日、雑誌部において「北辰会雑誌」が創刊される。第一号には論説・史伝・文苑・雑録・批評等が発表され、四月一〇日発行の第二号からは俳句も掲載された。
（13）「後記」「北辰」　第一四八号　一九八―一九九頁　昭和一五年一二月
（14）注（13）に同じ。
（15）注（11）に同じ。
（16）注（1）に同じ。
（17）注（2）に同じ。
（18）注（2）に同じ。
（19）沢木欣一自筆句帖　昭和一七年一〇月六日～一二月五日　日本近代文学館所蔵
（20）沢木欣一自筆句帖　昭和一八年一月一日～九月一五日　日本近代文学館所蔵
（21）『雪白』　青陵社　昭和一九年三月
（22）注（13）に同じ。
（23）本書「第二章　欣一の初学時代・「寒雷」時代　芭蕉の継受」参照。

四高時代の二つの作品

沢木欣一の第四高等学校時代の句帖[1]と、東京帝国大学時代の句帖[2]は、日独伊三国同盟の締結（昭和十五年九月）、日本の米英に対する宣戦布告（昭和十六年十二月八日）に始まる太平洋戦争、ミッドウェー海戦（昭和十七年六月）など国家が総力戦に傾斜を強めてゆく闇黒の時代にあって句作に励む欣一の真摯な姿勢を窺わせている。

ここでは、四高時代の句帖を手がかりに、『雪白』[3]から二つの作品を取りあげて考察を加えてみたい。

一

芭蕉忌や己が脚嚙む寒鴉

昭和十五年の作で、初出は「寒雷」昭和十六年四月。この句について加藤楸邨は、「芭蕉忌であることを作者は心中深く覚えてゐる。芭蕉の生涯は、俳句に真率に接してゐる胸中を去来して」「この句の作者の内面を形成してゐるのであ」り、「さういふ作者の眼に、荒涼の只中に、己が脚を嘴で嚙みせせる姿が入つて、寒鴉が我と脚を嚙む眼前の覆ふべからざる事象の中に、芭蕉忌の内面の感じに響くあるはげしさを摑んでゐる」[4]と評している。芭蕉忌であることを心中深く思い、この深い想念と通い合う対象として「寒鴉」が把握されたということである。

ところが、〈芭蕉忌や…〉の句を原句と照合させてみると、実際には、楸邨の説く作句過程の逆を辿っているということが明らかになってくる。〈芭蕉忌や…〉の原形は欣一の句帖（昭和十六年二月十七日）に書き留められている（傍線部は抹消の部分である。以下同）。

一茶忌や
雪晴れや己が脚嚙む寒鴉

この句は「雪晴れ」から「一茶忌」へと、季語の代替を経て「芭蕉忌」に落ち着いたということになる。実作の首尾としては、楸邨の想定した、芭蕉忌に沈潜する内面に事象を結びつけてゆくというよりも、逆に、事象から芭蕉忌に想到したと考えるべきであろう。

そこで、「寒鴉」から「芭蕉忌」が導き出された事情について考えてみると、後に欣一は、この句について、実景かどうか定かではないが、金沢の犀川の河原で見たような気がすると振り返る[5]。とすれば、原句は、雪晴れで水量を増して豊かに流れる犀川の河原に鴉の姿を把握したものであったということになるが、「雪晴れや」を抹消して忌日の句に仕立て直した欣一の意図は何か。

当時の欣一は、芭蕉精神復興の気運を感じつつ、中村草田男・加藤楸邨・石田波郷を中心とする人間探求派に傾倒し、「北辰」第百四十八号[6]の後記に、青年の俳句は「雄渾真純な止むに止まれぬ「ひたぶる心」の自らなる流露であるべきである」と主張した。〈芭蕉忌や…〉の句形に至るまでの上五に見る、

　雪晴れ→一茶忌→芭蕉忌

といった推敲の形跡は、後記にいう「ひたぶる心」（一途な心）の具現化への道筋ではなかろうか。「雪晴れ」という景状を切り捨て、「一茶忌」とした改作句は、江戸を引き払って帰郷し、五十二歳で妻帯した後、生まれた子や妻に先立たれた一茶の遣り場のない痛嘆[7]を「己が脚嚙む寒鴉」が象徴しているものといえそうだが、それでは一茶の境涯に即した句になってしまう。自己の「ひたぶる心」を表出するためには、「一茶忌」よりも「芭蕉忌」でなければならないと判断されたのであろう。後に欣一は〈芭蕉忌や…〉の句に触れて、「今から考えると戦争下の逃避精神であつたのだろうが、「俳諧の細き一筋につながる」というような言葉に強く心を動かされ、時代への一つの抵抗のように実感されていた」[8]と述べ、当時の芭蕉観を明らかにしている。これは、青年の一途な心が捉えた芭蕉観というべきものであり、「ひたぶる心」の追求が、「一茶忌」を「芭蕉忌」と改めさせたという可能性も充分に考えられるのである。

二

原子案山子金沢に来る日
寒燈に海鳴りのみを聴くものか

昭和十五年の作で、初出は「北辰会雑誌」同十六年七月。初出の前書は「遠来の友を迎ふ」。当時三高生の原子案山子（公平）が金沢の欣一居を訪れた。欣一の下宿は犀川上流に架かる桜橋のほとりにあった。この句は、下宿に近い鮴《ごり》屋で寒さに震えながら公平と酌み交わした折の作で、欣一の回想によれば、二人は「意気甚だ揚ら」ず、海に続く犀川下流からは日本海の海鳴りが響いていたという[9]。昭和三十一年、『塩田』[10]を上梓した欣一は、この句集に〈寒燈や…〉の句を書して公平に贈っている。この厚意に触れて公平は当時の場面を追懐しているので、引用してみると、

> 僕のもらつた「塩田」には、「寒燈に海鳴りのみを聴くものか」という句が署名されてあつた。この句には、「原子公平金沢に来る」との前書があるが、僕にとつては、実に懐かしい句だ。金沢近郊の松任にある有名なすき焼屋で一杯飲んでの帰途、松任駅のホームの寒燈の下で、汽車を待つていた時のことが、昨日のことのように思い出される。海鳴りがきこえていた。ホームに人影は殆どなく、僕等二人は、徹醺に燃えた頰を寒気にさらして、快い悲哀感を味わいながら、海鳴りをきいていたのだつた[11]。

というものである。

ここにおいて、二人の思い描く作品の「場」にずれが生じていることに気づかされる。松任駅のホームで海鳴りを聞いたという公平に対して、欣一は鮴屋の室内で犀川下流の海鳴りに耳を傾けていたと自解する。

二人の間で齟齬を来しているため、欣一の句帖にあたってみると、十二月二十五日の日付で、

松任駅
遠友に闇の潮鳴寒き駅
寒燈下遠き潮鳴身のほとり
駅燈下寒き潮鳴身のほとり

と記してある。前日の二十四日に「原子と共に」「犀與亭」という記述が見られるので、一句目の「遠友」は公平を指す。ちなみに、この「犀與亭」が松任の鋤焼屋であろう。傍線を付した〈寒燈下…〉と〈駅燈下…〉は末梢句であるが、注目したいのは、これらの句が、「松任駅のホームの寒燈の下で、汽車を待つていた」時に「海鳴りがきこえていた」という公平の記憶に符合するということである。前書に場が明示されなかったことで、公平は松任駅を想起したのである。語を継いで公平は、「あれから十数年、僕等は互に鍛えられ、互に生長した。だが今日においても、二人きりになつて付き合つていると、話を止めて、じいつと聴き入るようなふうになる時がある。そんな時に、僕は、ふと、あの海鳴りを聴

くのだ。だから、この署名句は、過去の思い出としてばかりでなく、変らぬ友情の響きとして大事にしたいと思つている」と述べ、掲句の「海鳴り」を過去から現在に響く友情の証と捉えている。

注

（1）沢木欣一自筆句帖　昭和一五年一二月二四日〜同一六年一二月　日本近代文学館所蔵

（2）沢木欣一自筆句帖　昭和一七年一〇月六日〜一二月五日　日本近代文学館所蔵

（3）『雪白』　青陵社　昭和一九年

（4）加藤楸邨「寒雷集俳句の表現」「寒雷」　第七二号　一一八—一二三頁　昭和一六年四月

（5）「自句自解」「俳句」　第六巻　第九号　八八—九三頁　昭和三二年八月

（6）「後記」「北辰」　第一四八号　一九八—一九九頁　昭和一五年一二月

（7）伊地知鐵男・井本農一・神田秀夫・中村俊定・宮本三郎編『俳諧大辞典』　明治書院　昭和三八年　三六頁

（8）注（5）に同じ。

（9）「私の昭和俳句㈣現代俳句の出発」「俳句研究」　第五七巻　第四号　三四—三八頁　平成二年四月

（10）『塩田』　風発行所　昭和三一年

（11）原子公平「「塩田」を読んで」「風」　第一一巻　第八号　九頁　昭和三一年八月

第三章

欣一の社会性俳句時代

初版『塩田』に見る口語体への接近

沢木欣一は『雪白』から『綾子の手』まで生涯に十三冊の句集を刊行した。中でも第二句集『塩田』[1]は、新仮名遣いを採用した点が特異であったといえる。二十年後に再版された『定本塩田』[2]では旧仮名遣いに改められているが、ここでは、初版において新仮名遣いを用いた欣一の意図について考えてみたい。

一

戦中から昭和二十九年までに発表された欣一の作品は旧仮名遣いを主とするものであったが、同三十年より新仮名遣いの傾向を強めてゆく。「風」誌においては、

水雪に皆堪え能登の低き畦　昭30・3　風
寝間近き厨わらびの束匂う　昭30・5　風

セメントに蟻が嚙み合い城熱す　昭30・10　風

（傍線は引用者、便宜上、句の前書を省略。以下同）

といったもので、総合誌においても、

ぼろ買いの低声落葉日失う　昭30・4　俳句

新じゃが匂う塩焼小屋の厚き煤　昭30・10　俳句

という風に新仮名遣いを導入する。

このように旧仮名遣いから新仮名遣いへ移行してゆく時期に『塩田』は編まれたということになるが、本句集の表記を新仮名で統一するという構想は、俳句を口語体に近づけてゆく意図を感じさせるもので、こうした構想は、句稿を整理した後に抱かれたものと推定される。というのも、本句集の土台となった句稿(3)は、

落葉に語る獄にて白を加へし髪　昭21

藪鶯笑ひ甘藷《いも》提げ三鬼去る　昭24

顔くづれ白シヤツに指生きてゐる　昭27

といった旧仮名遣いから、

寒き壮語軍閥くずれの赤い鼻　昭30
水雪に皆堪え能登の低き畦

といった新仮名遣いへの移行の形跡を留めているからである。

参考までに初出（「風」昭21・7・8合併号）から句稿を経て、句集に収載されるまでの句形の変遷の一斑を示しておきたい。

○秋山の襞を見てゐる別れかな　初出
秋山の襞を見てゐる別れかな　句稿
秋山の襞を見ている別れかな　句集
○南天の実に惨たりし日を憶ふ　初出
南天の実に惨たりし日を憶ふ　句稿
南天の実に惨たりし日を憶う　句集

こうした改変は、仮名遣いのみならず、動詞及び助動詞の活用にも見られる。具体的な例を挙げると、

○三等車神父めざむる谷の雪　句稿　昭26
三等車神父めざめる谷の雪　句集
○七夕竹人の夕餉の覗かるる　句稿　昭26
七夕竹人の夕餉の覗かれる　句集

○星月夜生駒を越えて肩冷ゆる　句稿　昭29
星月夜生駒を越えて肩冷える　句集
○水暗し岩より生ふる曼珠沙華　句稿　昭29
水暗し岩より生える曼珠沙華　句集

というもので、句集に収録する際、文語文法を口語文法に修正している訳だが、本句集には、

戦後三年なめくじ水に溺る丶よ　昭23

の句を始め、「灼くる」「触るる」「垂る丶」「運ばるる」といった文語の活用も少なくない。

では、形容詞はどうであろうか。文語によるものとしては、

孤独の座筍煮れば青くさき　昭21

の句の他、「涼し」「青し」「白き」「明るし」「近き」「雄々しき」「完き」「遠し」「黒き」「太き」「強き」「楽し」「欲《ほ》し」「赤き」「重たき」「つよき」「暗し」「やさしき」「円き」「厚き」「するどし」「永き」「あら〱し」等など多くの例を見ることが出来る。それに対し、口語の使用は少数だが、

廃船や船具と白い貝と散り　昭23

の句を始め「暗い」「赤い」「ほしい」といったものが集中に散見する。

要するに、『塩田』は口語と文語の混在した句集であったと言わざるを得ない。

更に、一句中に文語的表現（波線部）と口語的表現（傍線部）を混用した例を示すと、

梅雨の土かゞやきて這う蛆一つ　昭21
麦熟るる匂い合歓咲く内灘へ　昭23
水暗し岩より生える曼珠沙華　昭29
岩場涼しき山頂に牛追い上げる　昭30

などの句があり、一句の中で文体が厳密に統一されていたという訳ではなかったということも付け加えておきたい。

二

昭和三十一年、欣一は「戦後俳壇新人論㈠[4]」において古沢太穂を論じ、

飢ふかしコンクリートの崖干潟へ垂る
白髪みごとしかし俺には神を説くな
疲れるな鯨のハムをパンにはさむ
牡丹雪の日と記し獄へ入るる書よ

みたび原爆は許すまじ学帽の白覆い

といった句に注目する。〈飢ふかし…〉と〈牡丹雪の…〉の句は文語体を用い、〈白髪みごと…〉と〈疲れるな…〉の句は口語体である。〈みたび原爆は…〉の句は「まじ」の文語助動詞と「覆い」の新仮名が一句中に混用されている。このような文体的特徴は『塩田』に通じるもので、文体の自在が欣一の周辺に広がっていたということを物語っていよう。実際、座談会「現代俳壇あれこれ[5]」において欣一は、「金子、鈴木、古沢らの作品をみてもある程度文語を脱却している」「ぼくの作品をみても、四、五十代の人々より口語に近づいている」と発言し、文語からの脱却を俳壇的な一つの動向と捉えているのである。

その実態を『塩田』の傾向に即していえば、仮名遣いを新仮名遣いに統一するということと、口語文法と文語文法を併用するということになろう。

口語を効果的に取り込んだ一例を示しておくと、

短夜の飢えそのまゝに寝てしまう

の句は、昭和二十一年作とあり、初出（「風」昭21・7・8合併号）から推敲を重ねて大幅に改作されたものである。その形跡を次に示すと、

短夜の飢そのまゝに寝て了る　初出

短夜の飢そのまゝに寝てしまへ　　句稿
短夜の飢えそのまゝに寝てしまう　　句集

というもので、座五の推敲の跡を辿ってみると、「寝て了る」の事実吟に始まり、「寝てしまへ」という情動の表出を経て、「寝てしまう」という虚脱感に至りつくもので、口語を取り込むことによって、敗戦後の疲弊した日本人の現実的感情をより的確に捉えている。

それでは、個々の作品の価値は別として、本句集を新仮名遣いで統一して口語への傾斜を強く印象づけたねらいは何であったのか。また、新仮名遣いを用いる一方、用言の活用において文語文法が残されているという事実を、文語から脱却する過渡期の現象と割り切ってしまってよいものであろうか。昭和三十二年の座談会「俳壇は動きつゝあるか[6]」において欣一は、「ぼくら、だんだん口語俳句になつてゆくと思ひますね、二十年、三十年ののちには」と述べ、「いまの中学校、小学校の生徒の表現能力といふものを考へるとね。これははつきり云えるね」と断じ、若い世代の表現能力に応じて口語体が選択されると予想する。更に欣一が、「詩の言葉が口語に近づく、といふことですよ。なにも口語が遣はれる、といふことぢやないんでね」と発言していること、また別のところでは、「話し言葉に近づいた方がよいのですが、俳句は韻文だから、その話し言葉から、いかに適当な詩語を選択するかということが問題だ[7]」と言っている点を考え合わせると、欣一の説く「口語俳句」とは、詩に相応しい口語を見極めることで俳句を口語に近づけてゆくものであったということになり、この見極めが若い世代に求められるということになるのである。

また、「俳壇は動きつゝあるか」において、森澄雄の「つまり文語的な表現で可能なものがまだ豊富にあるんだな。さういふ可能性を自分に課したいね」という発言に対し、欣一が「それをむりに切り捨てる必要はないんで、日本語を豊富にするといふことから……」と同調している点にも留意するならば、『塩田』に見る口語と文語の混用は、豊富な日本語を生かした俳句の将来を想定したものであったと考えられる。

三

『塩田』を上梓した後の欣一俳句（「風」同人作品欄に発表されたもの）から新仮名遣いと旧仮名遣いを取り出し、数の推移を次の表にまとめた（拗音及び促音について、小書きで表記したものは新仮名遣いに、小書きになっていないものは旧仮名遣いに分類した）。

「風」発行年	新仮名遣い	旧仮名遣い
昭31	14「匂う」「あえぎ」「かげろう」「あわび」など	1「しやれこうべ」
昭32	11「くずす」「訪う」「おり」「喰う」など	1「しゆうまい」
昭33	16「たわし」「洗う」「拾う」「たゞよう」など	6「ベツド」「じやがいも」「シヤツ」など
昭34	10「奪う」「ほうれん草」「通う」「こうもり」など	1「飼つて」
昭35	10「教え子」「匂い」「喰らい」「拾い」など	5「ジヤケツ」「コツプ」「匂ふ」など

昭36	13	「かりん」「率いる」「憩う」「伝わる」など	2	「掘って」「レジャー」
昭37	20	「飼う」「蔽い」「追う」「もみじ」など	4	「拾ひ」「楽しからむ」など
昭38	8	「吸う」「いずこ」「横たわり」「支え」など	8	「撫づる」「ゐし」「うづくまる」「洗ひ」など
昭39	7	「植え」「ゆうべ」「手応え」「めのう」など	16	「匂ふ」「あはれ」「食ふ」「思ふ」など
昭40	4	「揃え」「えぐる」「匂い」「洗う」	17	「沿ひ」「いはほ」「こずゑ」「萎へ」など
昭41	2	「マッチ」「堪え」	26	「をんな」「潤ふ」「応ふる」「あらは」など
昭42	2	「向き合い」「給う」	17	「酔ひ」「植ゑ」「喰ふ」「拭ふ」など
昭43	2	「這ひまわり」「芽ぶかん」	16	「いてふ」「給ふ」「かばふ」「虫喰ひ」など

右の表を見ると、昭和三十八年に新仮名遣いと旧仮名遣いは同数となり、三十九年以降の作品は主として旧仮名遣いによって詠まれるようになった。右の表は第三句集『地聲』（昭和三十一年から同四十三年の作品を収録）の時代にあたり、この句集では『塩田』とは逆に、初出の新仮名遣いを旧仮名遣いに改めている。

そこで、このような転換を招いた理由を考えてみると、昭和三十七年の金子兜太との対談(8)において欣一は、「たとえば戦後、新かなづかいでいろいろ問題が起ったけれども、言葉は流動していくものだから、人工的な枠をつくっても、こりゃ一朝一夕で出来ることではないでしょう」と語り、新仮名という枠組みの中だけで俳句を詠むことの限界を匂わせている。更に「新風の俳句」について、「前衛の一部をみると、粗雑な言語感覚の人が多い」といった見方を示し、「芭蕉の言語の使い方や、細かくいえば『てにおは《ママ》』とか俳句は省略の文学なんだから厳密になってほしいですね」「芭蕉の俳句を見てもね。自動詞、他動詞なんかは破格に活用して上手く句に迫力を出すという具合に用いている場合が多いわけだ。しかし、意識して効果を上げるためにやっている」のであり、「今の若い人たちの場合は、なんにも知らなくて、それが出てくるんで、ひどいものがあるんだね」と述べ、若い世代が文法規則を軽視している現状を難じた。その上で、「古いなら古いで徹底すればよい。かえって底を破れば新しかったという場合がある。むかしの本質的な仕事をした人はだいたいそうだったと思うんだけどもかえって、芭蕉なら芭蕉の表現をなぞるということも現代いいと思うね」という考え方に至りつく。

つまり、若者を中心とする言語感覚の乱れが、欣一に再び旧仮名遣いの使用を考えさせたのであり、それは、伝統に無批判に従うといった消極的な姿勢ではなく、新しさに突き当たる可能性を秘めた方向転換であったということになろう。この転換が、理論を先行させたものではなく、口語の実践をくぐったものであったという意味において、初版『塩田』の試みは重く受けとめられなければならないのである。

注

（1）『塩田』　風発行所　昭和三一年

（2）『定本塩田』　牧羊社　昭和五一年

（3）日本近代文学館所蔵の「のおとIプロレタリア文学史」と表題を記す欣一の自筆ノートに『塩田』の句稿が三三頁（内、目次一頁）にわたって編まれている。

（4）「戦後俳壇新人論㈠」「俳句」第五巻　第三号　五六―六三頁　昭和三一年三月

（5）原子公平・沢木欣一・加倉井秋を・田川飛旅子「現代俳壇あれこれ」「風」第一〇一号　一―八頁　昭和三〇年一二月

（6）中村草田男・秋元不死男・沢木欣一・森澄雄「俳壇は動きつゝあるか」「俳句」第六巻　第二号　八二―一〇〇頁　昭和三二年二月

（7）注（5）に同じ。

（8）沢木欣一　金子兜太「現代俳句をきく2」「海程」第一巻　第二号　一四―二一頁　昭和三七年六月

思想・抒情の尊重

――俳句近代化への志向――

昭和二十一年五月に金沢で「風」を創刊し、俳壇の旧弊に対する批判を展開した沢木欣一は、翌年から作句を休止し、文芸評論や小説の執筆に力を入れる。[1] 俳句から遠ざかった主な理由として、従来の俳句並びに俳人の態度への懐疑[2]と、桑原武夫の「第二芸術論」を読んだこと[3]の二つを挙げているが、この休止期間中に、「従来の俳句」を打破する覚悟を固めたのであろう。昭和二十三年六月七日作の「粟崎砂丘にて[4]」と題した連作から俳句に本格復帰する。

以下では、従来型の俳風からの脱却を説き、俳句の近代化を推し進める欣一の動向について述べてみたい。

一

欣一は昭和二十二年三月の「俳壇時評[5]」において、与謝野晶子の『みだれ髪』、石川啄木の『悲しき玩具』、斎藤茂吉の『赤光』といった歌壇の成果に比類する句集を俳壇が有していないことを一つの根拠に、俳句の著しい後進性を指摘する。

では、欣一は正岡子規以後の俳句近代化の歩みをどのように捉えていたのであろうか。彼は前年の「俳句時評」(6)において、「俳句は果して子規以後近代の道を歩いて来たゞらうか?」「大勢は、俳句と云へば花鳥諷詠詩であるといふ結論を決定的に迄到らしめてゐる。俳句界に於て近代的自我などといふ言葉は、滑稽にすら感じられる」と記し、「俳句」即「花鳥諷詠詩」の様相を呈した俳壇が近代的自我を閑却していると見ている。

こうした現状に対し、欣一は俳句の封建性からの脱却、「個」の確立、思想性の導入を説いている。それは「『風』の俳人と作品」(7)の中で語られたもので、彼は、俳句結社（師と弟子の上下関係の軸を中心とした封建的な組織）において生み出される俳句には、「個」としての文学的自覚などは皆無に等しいと断じ、「風」同人及び会員の純粋な「個」の成熟と開花を望む。その上で、原子公平に対して「思惟の強さ」を求め、中西舗土に対しても「思惟や感情の営み」の探求を期待し、更に、永田耕衣を評する中で、「広い意味で思想と云つてもよいやうな内的なものの表現即俳句」ということは「文学の第一義的な道である」という考え方を示す。この発言の中軸となっているものは、「個」の確立と、思想（広義の）の表現であり、そのための近代的自我の尊重であったということになるのである。

この翌年の三月に欣一は「新しき主体」(8)を発表し（脱稿は同二十年十二月二十八日）、戦後を「苛烈な時代」と受け止め、「俳句のために生きるのではなく生きること自体を問題として俳句」を詠まなければならないとして、「俳人に於けるユマニエテ《ママ》の再建なくしては前途に道は拓けない。俳句の革新も亦、新しい主体の確立こそ先決問題であ」ると力説する。これは、花鳥諷詠に生きるのではなく、生きることを詠むという立場に立つもので、その俳句に盛る思想内容を「ユマニテ」即ちヒューマニティーに規定したものといえる。

そこで、欣一にヒューマニティーを強く意識させた文学体験に触れたい。欣一は「中野重治素描[9]」の中で「つまり詩や小説や物語りやぐう話や評論などほとんど文芸ジャンルのすべての上で彼（筆者注―重治）の才能は開花しているのであつて、これはもちろん彼の生来の文学的素質のよさに基くものであるが、もつと大切なことはそれらを貫く彼のユマニテエの一貫性である」と記し、具体的に重治の短編小説「国旗」に触れて「その底に流れるヒユーマニスチックな正義感はすでに正しい方向の時代、社会感覚を胎している」と評し、重治の中に「被圧迫者に対する人間的な心情」を認め、「かわいそうなものの側に自ら立つこと」が重治の作品に底流するヒューマニティーの特質であるとして、「一見文学と最も縁遠いと思われる政治をも詩的な発想よりうたい、訴えているのである」と述べている。こうした重治文学への傾倒が欣一に「俳人に於けるユマニエテ《ママ》の再建」を立言させたということになるのであり、更に、「戦後文学に最も欠けて、いるものは、表面の意匠のざん新さとうらはらな人間への愛情の欠如ではなかろうか[10]」と記し、「人間への愛情」に文学的価値を認めてゆくのである。

ヒューマニティーを文学の基盤とする欣一の姿勢は、彼の育った環境や、戦争体験に関わりをもつものと思われる。欣一は「回想の故郷[11]」において、日本帝国主義下の朝鮮を追想し、「ぼくは大正末年より昭和二十年までの日本植民地に官吏（学校教師ではあるが）の子供として育ったわけで、植民地の実態がいかなるものか少しは実感をもつてわかるような気がする」と述べ、日本の皇民化政策に対して、「これほどの民族的侮辱はない。公に自国語を話すことのできないこと以上に悲惨なものはない」といった反感を示している。また、自己の戦争体験について、「敗戦のときも京城（筆者注―現在ソウル）に鉄かぶとをかぶつて兵隊としていた」と語り、京城の朝鮮人が朝鮮解放に酔う有様に「激しい感動を覚えた」として、その時の「複雑な気持」を「戦争の終つた喜び、今まで帝国主義下にじっとたえてきた朝鮮の人たちの解放の喜びへのいくらかの共感、それと共に二十年近く育ったぼくの故郷ともいうべき地からの別離の情であつた」と振り返る。

こうした体験を経た欣一が、重治のヒューマニティー（被圧迫者に対する人間的な心情を特性にもつ）に共感を覚えることは自然の流れであったといえよう。

弱者に視点を合わせた欣一の作品を挙げてみると、

玻璃越しに冬のマラソン食なき街　昭21・9　寒雷
残り音の虫に家なき児とその母　昭22・12　寒雷

といったものがある。〈玻璃越しに…〉の句は、敗戦直後の貧困と飢えに苦しむ民衆を冬のマラソンが勇気づけている。〈残り音の…〉の句は、空襲で住む家を焼失して防空壕や焼け跡のバラックに身を寄せ合う母子に晩秋の虫の音が寄り添っているのである。

二

ヒューマニティーを思想の基軸とする欣一は、俳句の近代化を更に前進させるため、抒情の変革に着手した。彼は「俳句に於ける抒情と近代性[12]」において、「抒情の回復が俳句近代化への一歩の前進」であると力説する。つまり、抒情詩は主観的であるため、「個」に最も強く結びつき、抒情詩と「個」の結びつきは、「本質において人生如何に生くべきかの直接的な表白」即ち「近代的自我」の「露出」であるというもので、このような捉え方が、欣一に「近代化の強力な一要素として抒情を強調したい」と語らせたのである。

ここでいう抒情とは、質的にいえば、旧来の情緒的な抒情（繊巧朦朧、微温、色目、甘滑といった観念によって表される）ではなく、茂吉のいう「重厚、明徹、灼熱、凝視、苦渋」の表出を指し、「草田男氏の苦渋は殆んど近代性を抜にして、この場合考えられない」として、欣一は特に「苦渋」を示す草田男の抒情に近代性を見出している。要するに彼は、従来の情緒的な抒情を脱して、より人生的な重みを表す抒情への質的な転換によって近代性を獲得しようとしたのである。

この「苦渋」を帯びた抒情を感じさせる欣一作品として、

電線に椋鳥父母に家欲しき　昭22・5　俳句人

流れ木無縁波の白さを見て生きたし　昭23・9　風

戦後三年なめくじ水に溺るゝよ　　昭23・11　風

といったものを挙げたい。〈電線に…〉の句は、朝鮮から家族（両親、妹）が引き揚げて来た頃の作。町の椋鳥は、人家の戸袋等、建物の隙間を見つけて営巣し、巣箱にもよく入る。こうした椋鳥の習性に寄せて、「父母に家欲しき」と「苦渋」の心の内を詠んだ。〈流れ木無縁…〉の句は、暗い現実を生きる苦しみに孤独を覚える内面の表白といえる。〈戦後三年…〉の句は、水中にもがく蛞蝓の有様に、陰鬱な内面を重ね合わせている。

以上、近代的自我に基づく思想の表現と、旧来の抒情からの脱皮の両面から俳句の近代化を推し進めようという戦後の欣一の動向について眺めて来た。

尚、欣一は細見綾子の句を「絶対的な個の歌として自立してゐる」として、綾子を「抽象的な思惟的抒情の俳人[13]」と評しているが、ここにも、「個」の確立を前提に思想と抒情の両面から俳句の近代化を推し進めようという欣一の意図が窺える。また、思想詩は抒情詩のなかの中心の位置を占めるものだという茂吉の見解を肯定する欣一の立場[14]も、彼の主唱する俳句近代化に深い照応を示しているものといえる。

注

（1）欣一は「「風」の行方」（「俳句」昭和28・7）の中で、「風」八号（昭和22・2・3合併号）の頃より「実作欲なく、中西舗土、小西政二両君がそれ〴〵経営、編集を担当した」こと、二三号（昭和23・9）より実作に復帰し、「粟崎砂丘にて」（三〇句）を発表したことなどを振り返る。実作を休止している間、「風知草と五勺の酒」（「文華」昭和22・7）、「中野重治の歌」（「寒雷」昭和22・11）等の文芸評論に加え、小説「踏切」（「赤門文学」昭和23・6）を発表した。

（2）「戦後俳壇新人論㈠」「俳句」　第五巻　第三号　五六―六三頁　昭和三一年三月

（3）「社会性について二、三」「俳句」　第四巻　第一一号　七八―八三頁　昭和三〇年一一月

（4）「粟崎砂丘にて」「風」　第二三号　一四頁　昭和二三年九月

（5）「俳壇時評」「文華」　第一四号　三八頁　昭和二二年三月

（6）「俳句時評」「風」　第一巻　第四号　三九頁　昭和二一年九月

（7）「『風』の俳人と作品」「風」　第一巻　第六号　一九―二三頁　昭和二一年一一・一二合併号

（8）「新しき主体」「寒雷」　第五七号　二五―二七頁　昭和二二年三月

（9）「中野重治素描」「文華」　第一七号　八―一二頁　昭和二二年六月

（10）「森山啓覚書」「北国文化」　第五九号　三五―三九頁　昭和二五年一二月

（11）「回想の故郷」「北国文化」　第五六号　四二―四四頁　昭和二五年九月

（12）「俳句に於ける抒情と近代性」「現代俳句」　第三巻　第一二号　一五―一九頁　昭和二三年一二月

（13）注（7）に同じ。

（14）「俳句の近代化過程」「風」　第二五号　二一―二五頁　昭和二三年一一月

「写生」の内実

——社会性俳句に至る道筋を通して——

一

学生時代における沢木欣一の実作態度は人間の探求を重視するものであったが、実作方法についてはアララギ派の写生に学んでいる。(1) 彼は自身の作句動機を振り返り、「事物に即しようという気持」から俳句という詩形を選んだこと、アララギ派の影響を受けて短歌を習作するも「アララギ派の方向を突きつめると俳句に行くのではないか、それならば短歌を止めて俳句をやろう、「アララギ」的な俳句を作ろう(2)」という思いに至った由を明かす。まずは、虚子流の写生を否定し、子規や茂吉の写生を自らの指針とした欣一の戦中の歩みを眺めていきたい。

四高在学中、文化部文芸班編集委員に名を連ねた欣一は、昭和十五年の「北辰」の後記(3)において「旧体《ママ》依然たる老人的写生の倦怠調」といった言葉で虚子を師表と仰ぐホトトギス派の写生を暗に批判し、「俳句に於ける人間の探求」という課題を「俳句の俳句たるべき本質への肉迫であり、純粋俳句の要求される所以である」と価値づける。また、同誌に発表した「断片」十四句について自ら批評を加え、「自然の若しくは身辺の冷厳な世界を格調高く表現しようとしたのであるが、表現の不備のため内容貧困な句がある」[4]として、「未だ独自な立場を持てず、明彩を欠くのであるが、どうしても自然のために自然を描写することに安住出来ない」と述べた。これは、「自然」に忠実な描写に満足するのではなく、対象（自然・身辺の事物）を通して自己の世界観を表現してゆくあり方に踏み込もうというもので、いってみれば、虚子流の外面描写に対し、自己の内面世界に重きを置いた発言であったといえよう。

昭和十七年、欣一は「寒雷集鑑賞」[5]において、投句者の〈早春のましろき真帆は近づかず　和子〉の句を「何か作者の意思の閃く心理的な句である。視覚の先端に潜む意思といふべきであらう」と評し、〈冬の日や塩鮭の尾にあまりたる　正泰〉の句について、「たしかなデッサン《ママ》である」「軽い味の句であるが、好ましい心境の吐露である」と述べ、「心理」や「心境」といった内面の表出と共に、視覚的表現に注目する。

内面世界の視覚的表現を欣一に語らせた直接的な因は何であったのか。俳句に手を染める前、欣一は茂吉の歌集『赤光』を模倣して短歌を試作したという[6]。『赤光』には、〈あま霧《ぎら》し雪ふる見れば飯《いひ》をくふ囚人《しうじん》のこころわれに湧きたり〉や〈雪のなかに日の落つる見ゆほのぼのと懺悔《さんげ》の心《こころ》かなしかれども〉等、視覚的表現から内面描写を導き出す手法が見られることから、この歌集が欣一の写生に示唆を与えたものと考えてよいだろう。実際、『赤光』に対する共感を経て俳句に入った欣一は、

世の寒さ鳰のもぐるを視て足りぬ　昭15・4　鶴

と詠んでいる。これは、戦時下の殺伐とした世相の中で鳰の潜水を見て心慰められたというもので、視

覚と内面の直結に茂吉の歌の影響を指摘することが出来る。

また、茂吉は、視覚に偏向しないことがアララギ派の写生を特色づけているとも主張する。[7] その実践例を『赤光』に探ってみると、〈山川《やまがは》のたぎちのどよみ耳底《みみぞこ》にかそけくなりて峰を越えつも〉の歌は聴覚による山越えの写生であり、〈木のもとに梅はめば酸《す》しをさな妻ひとにさにづらふ時たちにけり〉の歌は梅の酸味から幼妻の紅潮した頬を連想したもので、〈猫の舌のうすらに紅《あか》き手《て》ざはりのこの悲しさを知りそめにけり〉の歌は皮膚感覚による悲しみの発見などが挙げられる。

視覚以外の諸感覚を働かせるアララギ的な写生に親しんだ欣一が、

凍土を汽車とゞろきて去りにけり　『雪白』

遠来の友を迎ふ

寒燈に海鳴りのみを聴くものか　昭16・7　北辰

というように、初期の頃から聴覚の機能によって対象を把握する句風を示したのは当然のことであったといえる。

昭和十七年の夏、加藤楸邨に同行して北陸を旅した欣一は、市振に向かう汽車の中で中野重治著『斎藤茂吉ノオト』を読み、[8] 視覚を含む全感覚（全機能）を用いる写生の根本に触れる。同書の「ノオト九　短歌写生の説」において重治は、「ともあれ子規において、写生は、全身の機能のうち視覚一つだけを引きぬいて来たものでなかつた。彼は、埋没してゐたこの機能を恢復することによつて、全身の機能を恢復したのであつた。彼において、視覚の恢復は人間の恢復だつたわけである」と記す。重治のこの言葉は、欣一の写生観に強く働きかけたものと思われ、昭和十八年に発表した「現代人の芭蕉観〔下〕[9]」において欣一は、「眼に於ての人間の恢復といふことは子規の俳句革新に極めて重要な意味を有するが、それ以後の一般俳人」が「人間の恢復」という子規の革新の契機を忘却し、「視覚性」のみを重視したことは「現代俳句の上に又再び固定化した月並性をもたらした」と述べ、視覚性に偏向する現代の俳風を難じている。この時期、欣一が、

ニイチエを読み拍子木が告ぐる除夜　　昭18・2　寒雷

丹波細見綾子氏の許にて　四句（ノ内ノ一句）

少女等の風琴鳴れば朝の蟬　　『雪白』

といった感覚的な句を示しているのは、重治を介して、子規の俳句革新の真価に触れたことによるものといえよう。前句は、ニーチェの書を読んで思索に耽る孤愁が、除夜を告げる拍子木の音によって深められてゆくというもの。後句は、同時作の〈山霧に蝸牛生るゝ蔵の壁〉を踏まえれば、山気涼々たる朝の景であり、瑞々しい生命の交感を感覚的に捉えたものであったといえよう。

このように、アララギ派の写生の根本に触れた欣一だが、昭和十八年十一月一日に金沢の山砲隊に入営し、朝鮮に輸送される。昭和十九年六月の「寒雷」に満州から投句された欣一の作品六句が掲載されており、そのうちの一句に、

「雪白」一本入手
吾の詩集掌に蒲公英は荒土に

がある。この頃、欣一は胸部疾患を患い、牡丹江陸軍病院で療養していた。細見綾子・原子公平によって三月に上梓された欣一の第一句集『雪白』は、海を渡って、彼の病床に届けられたのである。

同時発表作に、

雪解けて大き枯野に戻りけり
鳥雲に掘り起されし枯野かな

があり、「荒土」や「枯野」の語が示すように、満州は荒寥とした景であった。そこに咲いた蒲公英に自祝を込めて、〈吾の詩集…〉と詠んだのである。『雪白』を「句集」ではなく、「詩集」と詠み入れたところに、欣一の文芸意識が感じられる。

二

昭和二十年十月に朝鮮から復員した欣一は、同年十二月二十八日に「新しき主体[10]」と題する一文を脱稿した。この中で彼は、俳句の主流が「生を写す」という本来の意義を忘れ、「外面描写」に走り、人間を放棄しているという見方を示す。「外面描写」や「人間放棄」は花鳥諷詠に対する非難であり、

「生を写す」とは茂吉の実相観入[11]を念頭に置いた言葉であるといえる。つまり、欣一は虚子流の写生とアララギ的な写生を対峙させることによって、俳句の本義を見定めようとしたのである。

しかし、この翌年、「風」を創刊した欣一は、アララギ派とは別の流れに立ってリアリズムを主張する。彼は「風」の投句者に対し、「われ〳〵は第一に、欺らない感動、実感の上に俳句を打立てたい」と作句の土台を示し、次に、技巧の問題に言及して、「その感動を如何に自分流に正確に具象化するか」「如何に正確に自分のものを表現するか、そこにレアリズムの問題があり、又レアリズムよりの飛躍が生れる」[12]と説く。「感動」や「実感」を基盤とする実作のあり方は、「人間の恢復」或いは「生を写す」といったアララギ的な写生に通ずるものと思われるが、詩因の具象化において正確性を追求する姿勢は、アララギ的な写生からの一つの展開を感じさせる。

それでは、欣一のいう正確な表現を重視するリアリズムは何に立脚するものであったのか。ここで、欣一のプロレタリア・リアリズムへの接近が考えられる。欣一の蔵書にあった山田清三郎著『日本プロレタリア文芸理論の発展』[13]は、昭和二十二年までに読み込まれたものと推定される[14]。この書の「六、プロレタリア・レアリズムの提唱（上）[15]」には、「生活組織としての芸術と無産階級」と題する蔵原惟人の文章がある。その一部を引用すると、

○現在わが国のプロレタリア作家、芸術家は、現代生活の隅々にまで沈潜して、そこからその生活の正確なる、客観的、具体的記録を取つて来なければならない。

○わが国のプロレタリア芸術家は、これまで余りに多く、直接的な「煽動」「宣伝」にその芸術的関

心を向けてゐた。成程「煽動」も「宣伝」も必要である。だが、これ等はパンフレット或は演説会等に於いても為し得るところであるに対して、この現代生活の客観的「叙情詩的」展開こそは、何物によつても代へることの出来ない芸術の重要なる任務である。

○かくて我々は、現代は現代生活の記録を必要とする。しかし此処で最も重要なことは、第一にその記録が真実を描いてゐること、第二にその描写が正確であることである。

（傍線は、欣一による。以下同）

と記されている。蔵原は正確にして客観的、且つ具体的な生活の記録をプロレタリア作家に要請している。

ここで右の蔵原の主張と欣一の「選後雑感」を照らし合わせてみると、次のようになる。

「生活組織としての芸術と無産階級」（蔵原）	「選後雑感」（欣一）
第一にその記録が真実を描いてゐること	われ〳〵は第一に、欺らない感動、実感の上に俳句を打立てたい。
その生活の正確なる、客観的、具体的記録を取つて来なければならない。	その感動を如何に自分流に正確に具象化するか
第二にその描写が正確であることである。	如何に正確に自分のものを表現するか

右の表が示すように、偽りを排し、具象（具体）的且つ正確な表現を追求するという点において、欣一の態度及び表現方法は蔵原の唱えるプロレタリア・リアリズムに深い連なりをもつものであったと考えられるのである。

また、蔵原の言葉にはない「自分流」或いは「自分のもの」といった「個」の確立の奥に潜在していたものとして、敗戦後の欣一の文学観を捉えてゆくことが出来る。彼は、「戦争のいまわしい渦に弱さから自己を失つて巻き込まれていた人々も、新しい世界に一時のとまどいはあつたものの、自ら放棄していた個を人間をまた自らの手で発見し再建しようという意欲を得つつある」[16]と述べ、戦後文学の胎動を指摘しているが、ここにいう「個」或いは「人間」の「再建」は、実作者に対して「自分のものを表現する」という言葉で示されたのであり、その根底を子規の俳句革新（人間の恢復）の精神が占めていたということになるのである。

とすれば、「正確に自分のものを表現する」という欣一の言葉は、プロレタリア・リアリズムにおいて描写の正確性を強調した蔵原の説と、子規写生における「人間の恢復」を絡め合わせることで、花鳥諷詠に抗してゆく姿勢を投句者に浸透させようとした実践的な手ほどきであったといえよう。

次に、こうした写生観と「風」の道標との関連に触れておきたい。昭和二十一年五月、「俳句における文芸性の確立」を理念に掲げて「風」を創刊した欣一は、「生きた人間性の回復」、「新しい抒情の解放」、「直面する時代生活感情のいつはらぬ表現」といった三つの道標を示す[17]。

第一の「生きた人間性の回復」は、「人間の恢復」を真意とする子規の俳句革新を承けた、諸感覚・諸機能を働かせて対象を把握するアララギ派の写生の流れを汲むものと見てよい。第二の「新しい抒情の解放」[18]に関する見解はこれまで具体的に示されていないが、同年、欣一は俳句における抽象的思惟の抒情に注目している。これは、欣一の写生の一面を形成するものと考えられるが、その輪郭については三で述べたいと思う。第三の「直面する時代生活感情のいつはらぬ表現」は、「現在わが国のプロレタリア作家、芸術家は、現代生活の隅々にまで沈潜して、そこからその生活の正確なる、客観的、具体的記録を取つて来なければならない」といった先の蔵原の主張に照応させることが出来よう。

　このような道標に基づき、欣一は、

　短夜の飢そのまゝに寝て了る　　昭21・7・8合併号　風

　西瓜の赤封じ込めたるガラス函　　昭21・9　風

といった句を示している。前句は「飢」という感覚が虚脱に進行したもの。「短夜」は明け易い夜を惜しむ季語であるが、そのような季題趣味を拒否するように、一句には切迫した生活感情が鬱々としている。後句の上五「西瓜の赤」は、西瓜の輪郭（形象の描写）を否定した色彩感覚が冴え、印象的な把握を示している。仮に、上五を「赤き西瓜」とすれば平板な視覚的描写にとどまっていたであろう。高価な西瓜の納まる「ガラス函」が、庶民の閉塞感を象徴する。

　これらの作品が示す鋭敏な感覚は、第一の「生きた人間性の回復」に連なりをもつものであり、敗戦直後の深刻な食糧不足に耐えなければならない悲哀の表出は、第三の「直面する時代生活感情のいつはらぬ表現」を志向するものであったということになるのである。

三

二で述べたように、欣一は「風」の会員に対して、偽らない感動、実感の上に俳句を打ち立てたいと立言する。その言葉通り、彼は会員の作品に対して、

○感傷が流れないためには生活の実感が裏付けされねばならぬ。[19]（「風」昭21・10）
○把握に実感があつてよい。[20]（「風」昭22・2・3合併号）
○作者がぢかに自分の皮膚で感じた句が少い。[21]（「風」昭23・11）
○生活に根ざした作者の眼が感ぜられる。[22]（「風」昭24・3）

といった選後評を示し、生活の実感・感動に基づく作句態度の定着に力を注いでゆく。

この頃、具体的にいえば昭和二十四年四月十五日、「風」の新進作家川口重美が山口市内で自ら命を絶つという出来事があった。この件について欣一は、「戦後二十代の鋭敏な青年が我々ですらもが音を上げそうな生活の辛苦、精神の苦悩、我々をとりまく悲しい日本の現実に直面して、自ら破れていったことを考えると涙を禁じ得ない」「たゞ生きることとすら困難なこの頃の現実である[23]」と述べた。翌年の「選後評[24]」で欣一は、「貧しさと悲しみの多い時代」には「個人が直面している生活の抵抗が俳句にも当然現れて来るであらう」という考え方を明らかにし、「一九五〇年下の日本の現実に生きる個人としての生活の実感の幅を拡げ深め多くの物、事件にふれたならば、個の内側からそれがほとばしらなければならぬ」として、「社会の現実に対して個の眼を曇らせるな！」「レアリズムはやはり俳句に於

ても大道である」と説いた。

ここにおいて、作句の基盤は、個の「生活」から「社会の現実」に押し広げられ、それを即物的に捉えるあり方が示されたのである。

重美の死が象徴する悲しい日本の現実へと作句の基盤が広げられたとはいえ、欣一の作風は現実に対する非難を前面に押し出すというものではなく、ヒューマニティーを基調とするものであったようだ。欣一は「森山啓覚書[25]」の中で、「森山啓を書くことは昭和の初頭から敗戦後の今日にいたる二十数年間のプロレタリア文学史の流れの一断面を描くことですらある。中野重治とはまた異なつた意味において、よりわれわれに身近な存在である」と述べ、森山の諸作品を貫流する「無名の人々へのあたたかい愛情の深」さに敬意を抱き、戦後の文学一般について、「田舎にひしめいている無名の人々の、しかも真面目に生活しているが、どうにもならない人々の実態をレアルに作品化することがもつとあつてほしい」「一般的な話であるが、戦後観念の化物を作るよりは、人の目につかないまた見落しがちな事実の客観的描写を残して置いた方が後世のためにたしかになるに違いない」と記し、現実社会に生きる無名の人々の実態を客観的に描くことの有用性を力説する。

二において、蔵原の主張するプロレタリア・リアリズムの影響を明らかにしたが、森山の作風も又、欣一に有益な示唆を与えたものと見てよい。「田舎にひしめいている無名の人々」の「生活」の「実態」に触れたリアリズムを感じさせる欣一の作品としては、

稲刈りの遅々たる歩み地上の群　　昭27・1　風
寒燈は採鉱夫の影足下に置き

といったものが挙げられよう。前句は稲刈りの有様を「遅々たる歩み」と写し取った鳥瞰景であり、そのゆるやかな時間の流れに対象への温かい眼差しが感じられる。後句は強い明暗によって現実感を出したもので、寒燈の映し出す冴え冴えとした影が、気を張りつめた採鉱夫の内面に通じている。いずれも、無名の人々の生活の実態を客観的に描き込んだ筆致に、作者のヒューマニティーの精神が脈打っているものといえよう。

この前年、欣一は「風」会員に対して表現技法を重点的に強化する方針を伝えている。その言葉を引用すると、昭和二十六年の「選後感」[26]の中で、「第一に写生、或は写実、レアリズムを重んずる」として、表現技術としての写生を体得しなければ感動を表現することは出来ないと断じ、「第二に俳句が散文でなく韻文であること」を強調する。これまで見て来たように、昭和二十一年の「風」創刊以来、欣一は、子規・茂吉の写生や、プロレタリア・リアリズムに立脚して、実感・感動に基づく作句態度の育成に指導の力点を置いて来たが、二十六年に至って、「写生」「レアリズム」を掲げ、「韻文」という俳句の特性に言及することで、投句者に対して選句基準を明示した[27]。これは、態度という土台の上に方法を築き上げていこうという指導方針に他ならない。

こうした指導の流れは、俳句の改革を視野に入れたものであったと推定される。昭和二十五年、楸郁との対談[28]において欣一は、「文芸普遍の問題を解決してゆくことで、同時に、表現の面も新しくなつてゆくのではないか」と述べ、新傾向の俳句運動や新興俳句の運動を例に、外側（表現の面、形の新しさ）からの改革の限界を示し、今後は「人間の在り方、個人の具体的な行動と関連させて、内側から俳句を改革して進めてゆくといふ努力が必要だ」として、「内側から自然に要請された人間の質の新しさ」によって俳句を新しくする道を説いてみせる。「人間の質の新しさ」といった内側の改革、いうなれば自己革新に伴って表現面も新しくなるという欣一の考え方は、無季や自由律の容認、超季の立場、近代的素材の導入といった形式の変革によって花鳥諷詠に対抗したこれまでの運動とは一線を画するものであり、彼が「風」の会員を指導する上で表現技術に先行して作者の内側（態度）に働きかけを行った意図も理解されよう。

そして、生活実感の幅を社会的感覚にまで押し広げようとしたところに、欣一のいう内側からの改革の内実を認めてゆくことが出来るのであり、その社会的感覚への広がりを支えたものがプロレタリア・リアリズムであったということになるのである。

それでは、現代生活を正確、且つ具体的に記録することを要請した蔵原の説や、森山作品に触発された無名の人々の実態を客観的に描写するというあり方は、欣一の手によってどのように俳句に移植されたのであろうか。欣一は、「写生」とは「対象に即した感動を、それに最も適当な、その時一回限りの動かない言葉で描写する」もので、「散文と異つた言葉の煮つめた使ひ方が要求される[29]」と説明するが、散文と異なる言葉の煮詰めた使い方とは、定型への圧縮を意味するものといえる。彼は別のところでも、「表現技術として写実に徹すること」を強調し、言葉の「散文的傾向」から脱するためには「定型を厳守し定型への圧縮から日常語と異つた一次元高い詩語として力を発するよう工夫あるべきこと」[30]を説く。「写生」とは「定型への圧縮」を要するものであるという考え方に基づく選評を取り出してみると、投句者の、

　星屑を負い教職の秋六度　　　たけし

の句について欣一は、「夜の道を帰つて行く教師たる自分、ちりばめた如き星は背に感じているのだが、生活の重さ、人生の重さを背負つて生きて行かねばならない作者、否現代人吾々の心持ちが、「星屑を負い」と言う短い言葉の中に圧縮されてゐる」[31]と評している。これは、「星屑」に生活・人生の重さを込めた即物的把握、「星屑」と作者を「負い」の一語によって効果的に関係づける写生といった技法による言葉の圧縮に着眼したものである。ここに、写生による定型への圧縮を以て無名の人々の生活を具体的に描くという、プロレタリア・リアリズムの俳句的表現が例示されたということになるのである。

　この頃、欣一は日常性を脱する描写に価値を見出している。彼は、

　寒さ中枕木割れば木色生く　　　榎本冬一郎

の句を挙げて、「事物に触れた感動即描写となつているので、作者の敬虔な気持がよく滲み出ている佳品である」と述べ、冬一郎の描写への意欲を一応評価するが、それが「日常性の域に止まつている」

こと、それによって「描写のある割に常識的である」という欠点を指摘した上で、

　ジープより赤き薔薇落つはね飛びぬ　　平畑静塔

の句を、「日常性の割れ目から現実に対する作者の抵抗感がふきあげ、それが見事に定着された句であ」り、「対象に触れた描写のリズムが出ている[32]」と高く評価した。これは、無骨なジープから薔薇がこぼれ落ちたという意外性——抵抗感が生き生きとした描写のリズムを生み出しているという考え方である。常識的な描写を否定する欣一の言葉は、一例を挙げるならば、

　出征旗まきつけ案山子立ち腐る　　昭25・4・5合併号　風

といった自己の実作体験に裏づけられたものであったといえる。武運長久の祈りを込めた日章旗が、案山子と共に朽ち果てようとしている。戦中と戦後の価値観の反転に触れ、作者の常識は修正を迫られているのである。ここに、現実に対する抵抗感、謂わば日常性を脱する手応えがあり、それを表現するために「出征旗」と「案山子」の二物を結びつける写生が用いられたといえる。

二で、「プロレタリア作家、芸術家は、現代生活の隅々にまで沈潜して、そこからその生活の正確なる、客観的、具体的記録を取つて来なければならない[33]」という蔵原の言葉を紹介したが、「生活の正確なる、客観的、具体的記録」において日常性を打破しようという欣一の描写は、プロレタリア・リアリズムからの展開を感じさせるのである。

ここまで、主にプロレタリア・リアリズムとの関わりにおいて欣一の写生を眺めて来たが、この間、描写が思惟を支えるというあり方について彼は模索を続けていた。昭和二十七年、欣一は「風」の投句欄「風作品」の中から、

炊煙が陽包み昇りみな貧し　　　茎

の句を取り上げ、「一軒一軒の炊煙が中空で融けあい更にそれが冬の太陽をも包んで空の高みに昇つてゆくのである。この風景に対して、作者は貧しいのは自分だけではない、炊煙を一つに融け合はしている日本人の家々全部が貧しいのだという実感を把握したわけである。抽象的思惟における感動を表現しているのであるが、「炊煙が陽包み昇り」という感じ方が即物的で鋭い感性に支えられているために成功している」[34]と評した。ここにいう「抽象的思惟における感動」とは、貧困の時代を生きる日本人の家並を眺め、その景から「みな貧し」という一般性を捉えた情動をいうのであろう。それが、「炊煙が陽包み昇り」という即物的、感性的な描写によって個の実感に深められている点を欣一は称讃したものと思われる。

抽象的思惟における抒情の典型を示す欣一作品を挙げたい。

南天の実に惨たりし日を憶ふ　　昭21・7・8合併号　風

佐世保に復員して丹波に綾子を訪ねた折の作で、句意は、南天の実の美しさに触れ、戦争の記憶が

遠ざかってゆくのを実感したというもの。復員兵ならば誰もが折に触れ「惨たりし日」を振り返るであろう。その一般性を誘発したものが南天の実であったというところに作者の感性が示されている。

アセチレン臭き夜祭戦争《いくさ》遠かれ　　昭24・1　寒雷

この句は、夜店に漂うアセチレンガスのにおいに郷愁を覚えたものだが、作者の感覚は、感覚にとどまらず、座五において「戦争《いくさ》遠かれ」という風に、平和思想を打ち出す契機となっている。

昭和二十六年、欣一は「描写と観念[35]」において、茂吉の「抽象的思惟に於ける抒情」の新しさは俳句の分野でも開拓すべき一つの方法であるとして、「抽象的思惟に於ける抒情」では「描写即ちレアリズムの放棄或ひは中断はあり得ない」と記し、「俳句——抽象的思惟の抒情——描写」といった繋がりに言及した。

その翌年、「風作品」の中に〈炊煙が…〉の句が見出されるのである。

抽象的思惟の抒情を俳句の分野に生かそうという新たな試みは、即物的、感覚的な把握を要するという意味において、欣一の写生の一面を特色づけるものであったということになるのである。

以上、戦後における欣一の写生が、

①子規の写生

②茂吉の写生及び抽象的思惟の抒情

③プロレタリア・リアリズム

を土台として考えられ、実践化された消息を眺めて来た。特に②と③は、他の文芸ジャンルと共通の「場」に立って俳句の文芸性を考えてゆく欣一の立脚点を示すもので、ここに、文芸一般から孤絶して俳句の特殊性を重視した花鳥諷詠に相反する写生観の形成を見ることが出来る。

そして、欣一の手法が、一貫して即物性を念頭に置くものであったということを見逃すことは出来ない。「感覚的即物性(36)」や「感覚的具象性(37)」といった欣一の言葉を引用するまでもなく、即物具象とは感覚を通した対象の把握であるが、「詩は現実認識の最も感性的具体的な形式である(38)」という言葉は、即物具象を「現実認識」のための手段に位置づけたもので、この線上に、欣一は「現代の俳句において最も欠けている点はわれ〳〵の生きている現実を把握する能力の殆んど無いことである。これは詩として根本的に失格の運命にある。現在、社会性を云うのは流行でも何でもない、また若い世代のみの問題でもない。俳句が現代詩として堪え得るか否かの根本的な問題である(39)」と記し、ここに、「即物具象――現実把握――社会性」といった「現代詩」への道筋が示されたのである。

最後に、社会性俳句に対する批判に答えた欣一の言葉を見ておくと、彼は「草田男の場合(40)」の中で、「世人は俳句に社会性を持込むといゝ、その場合難解になるというが、これは妄想である。われ〳〵が正しい社会認識の上にあつて現実に密着すればする程、具体的になり、普遍的になつてわかりやすくなるべきものであり、且つ実際にそうなのである」と述べ、

宮城《みやゐ》はうつ、受影は永久の冬の水　　草田男
焼跡に遺る三和土や手毬つく　　草田男

の二句を対比させ、「第一の主観的想念表白の傾向から年代的に徐々に第二の具象的現実へ密着する傾向に草田男は進んでいるようである。個人的哀歓から社会的人間としての共通の意識の中に入り込んで行くわけである」として、「社会的事象が具体的に見えて来るということはそれ故大きな進展である」と記し、社会性への志向が難解な表現を招くという批判に対して実証的に反駁した。ここにも、社会性（態度）と即物具象（方法）の密接な繋がりを見出すことが出来るのである。

注

（1）学生時代における欣一の実作態度については本書「第二章　欣一の初学時代・『寒雷』時代」の「人間の探求――ひたぶる心の流露――」を、実作方法については同章の「『雪白』における写生――アララギ派歌論の受容を中心として――」を参照されたい。
（2）「架橋を望む」「短歌研究」第一五巻　第一号　七〇―七二頁　昭和三三年一月
（3）「後記」「北辰」　第一四八号　一九八―一九九頁　昭和一五年一二月
（4）欣一は、戦時下の自己の内面を打ち出す「人間の探求」をくぐって、「自然の若しくは身辺の冷厳な世界」の格調高い表現を可能とする高尚な内面の確立を目指した。謂わば、俳句を通した自己追求であるが、詳細については本書「第二章　欣一の初学時代・「寒雷」時代　自己追求の世界」を参照されたい。
（5）「寒雷集鑑賞」「寒雷」　第八七号　七七頁　昭和一七年七月

（6）注（2）に同じ。

（7）茂吉は「短歌に於ける写生の説」（『短歌写生の説』昭4　鐵塔書院）において、詩歌で写生を論ずる場合、諸感覚（聴味嗅触温冷痛等）を縁とする「生の表現」を「写生」に含めると記す。

（8）欣一は「風木舎俳話（二百六十二）茂吉ノオト」（「風」平11・3）において、「中野重治の『斎藤茂吉ノオト』が出たのは昭和十七年六月。すぐに買ったが、この本を持って七月、金沢から佐渡の旅をした」「写生の意義を本当に理解したのはこの本のおかげである」と往時を振り返る。

（9）「現代人の芭蕉観〔下〕」「俳句研究」　第一〇巻　第五号　一四—一九頁　昭和一八年五月

（10）「新しき主体」「寒雷」　第五七号　二五—二七頁　昭和二二年三月

（11）茂吉は「写生といふ事」（『短歌写生の説』昭4　鐵塔書院）において、「写生とは実相観入《じつさうくわんにふ》に縁《よ》つて生《せい》を写すの謂である」と記す。

（12）「選後雑感」「風」　第一巻　第二号　三二頁　昭和二一年六月

（13）山田清三郎『日本プロレタリア文芸理論の発展』　叢文閣　昭和六年

（14）プロレタリア文学史について整理した沢木欣一の自筆ノート（日本近代文学館所蔵）の表紙には横書で五行に分かち「のおと／I／プロレタリア文学史／1947／沢木欣一」と記されており、昭和二二年（一九四七）までに成立したノートであることが知られる。主な内容は、山田清三郎著『日本プロレタリア文芸運動史』（昭5　叢文閣）及び『日本プロレタリア文芸理論の発展』（昭6　叢文閣）から要点を書き抜いたものである。

（15）注（13）　一三六—一四五頁

（16）「風知草と五勺の酒」「文華」　第一八号　四四—四七頁　昭和二二年七月

（17）「風」編輯同人「「風」発刊について」「風」　第一巻　第一号　表3　昭和二一年五月

（18）「『風』の俳人と作品」「風」　第一巻　第六号　一九—二三頁　昭和二一年一一・一二合併号

(19)「選後感」「風」第一巻　第五号　三一頁　昭和二一年一〇月
(20)「選後感」「風」第八号　三二頁　昭和二二年二・三合併号
(21)「選後」「風」　第二五号　三二頁　昭和二三年一一月
(22)「選後評」「風」　第二八号　三六頁　昭和二四年三月
(23)「編集後記」「風」　第三一号　表4　昭和二四年六月
(24)「選後評」「風」　第三九号　三七—三八頁　昭和二五年三月
(25)「森山啓覚書」「北国文化」　第五九号　三五—三九頁　昭和二五年一二月
(26)「選後感」「風」　第四七号　二九—三〇頁　昭和二六年三月
(27)昭和二二年一〇月の時点で「風」の選後評に示された欣一の「選句標準」は、「作者の内に流れている詩精神の深さと高さ、独自性」であり、「写生」については触れられていない。
(28)加藤楸邨・沢木欣一「世代と俳句」「寒雷」　第八八号　三四—四一頁　昭和二五年一月
(29)注(26)に同じ。
(30)「選後感」「風」　第五〇号　四九頁　昭和二六年六月
(31)「風作品の佳句」「風」　第五五号　三〇頁　昭和二六年一一・一二合併号
(32)「描写と観念」「風」　第四八号　一—六頁　昭和二六年四月
(33)注(13)一四三頁
(34)「風作品の佳句」「風」　第五八号　三三頁　昭和二七年四月
(35)注(32)に同じ。
(36)「風作品の佳句」「風」　第五六号　三三頁　昭和二七年一月
(37)「静塔、暮石、影夫、予志」「天狼」　第五巻　第一〇号　一五—一九頁　昭和二七年一〇月

(38)「風作品の佳句」「風」第五七号　三三頁　昭和二七年二・三合併号
(39)沢木欣一他「俳句と社会性」「風」第八八号　一―一六頁　昭和二九年一一月
(40)「草田男の場合」「俳句」第二巻　第一一号　四二―四七頁　昭和二八年一一月

新しい抒情の解放

――抽象的思惟の抒情に関する考察――

昭和二十年十月、佐世保に復員した沢木欣一は、丹波の細見綾子を訪ねた。

南天の実に惨たりし日を憶ふ　　昭21・7・8合併号　風

の句は綾子宅の内庭で詠まれたものである。「南天の実」に触れた復員直後の心境を「惨たりし日を憶ふ」と抽象的、思惟的に詠んだ。このような、対象と抽象的思惟の結びつきを特色とする方法を一つの手がかりとして欣一は俳句近代化に取り組んだ。以下では、この手法の理論と実践について考察してみたい。

一

復員した翌年に「風」を創刊した欣一は、発刊の辞を記し、「俳壇の固陋頑迷な封建性」[2]に対して、「新しい抒情の解放」[1]を掲げた。新しい抒情としての「抽象的思惟に於ける抒情」の提唱は、虚子の主導する「ホトトギス」派に抗するためのものであったといえる。欣一は「『風』の俳人と作品」[3]において、綾子と中村汀女（「ホトトギス」同人）の作風を比較し、そこに「個」の濃淡を指摘してみせる。その言葉を引用すると、汀女の作品について「おしなべての「主婦の歌」であり、そこに「個」は稀薄である」と物足りなさを述べたのに対し、綾子の作品を「絶対的な個の歌として自立してゐる」「さういふ根本的な立場」から「抽象的な思惟的抒情」の追求が行われていると評した。つまり、「個」の確立された綾子の作品は、従来の俳句の枠を一歩踏み出して、抽象的思惟の抒情の世界を示しているというのである。同文中において欣一は、俳壇に根強い結社意識こそ、個と個の対決・理解・反発を避けさせ、代わりに世俗的な馴合いを通用させる原因であるとし、「風」において実作者の純粋な個が百花繚乱と開花することを望むと述べ、俳壇（「ホトトギス」を中心とする）と「風」の対立軸を明らかにする。このような俳壇への抵抗を背景に、汀女と綾子は比較されたのであり、綾子が体現する「絶対的な個の歌」を目指したところに、「風」創刊の一つの意義を認めることが出来よう。

「個」の確立は、俳句の近代化を視野に入れた主張であった。俳句界の後進性を揶揄した欣一は、「俳句は果して子規以後近代の道を歩いて来たゞらうか?」「子規以後、二三の革新運動はあつたにせよ、大勢は、俳句と云へば花鳥諷詠詩であるといふ結論を決定的に迄到らしめてゐる。俳句界に於て近代的自我などといふ言葉は、滑稽にすら感じられる」[4]と述べている。ここでは、子規の近代性を断ち切った虚子の花鳥諷詠に非難の眼を向け、「近代的自我」の尊重を匂わせている。また、別のところでは、「元来俳壇とは封建意識の標本のやうな処で」「近代人の生活と思惟から遠く遊離した道を説いたりすることが常套であ」り、「批評があるにせよ、一句の微細なテニオハ《ママ》論に過ぎず、吾々の生の歩みとは無関係である」[5]というように、俳壇の封建意識が近代化を妨げていると見ている。つまり、欣一のいう「近代的自我」とは、俳壇の封建的体質、花鳥諷詠という絶対的価値観の支配から脱却し、「生活」に即して「個」の「思惟」を表出する、謂わば「生の歩み」を表現するための意識のあり方であった。

花鳥諷詠を主流とする俳壇の前近代的な構造（封建意識――没個性）を打破し、「近代的自我」を得ようとする欣一が、前出「『風』の俳人と作品」において、原子公平の句に「思惟の強さ」を求め、中西舗土に「思惟や感情の営み」の探求を期待したことは当然のことといえる。殊に綾子を「抽象的な思惟的抒情の俳人」と推称するなかで、

藤はさかり或る遠さより近よらず　綾子
昼顔や線路が忘れられてゐる　綾子

といった句について、「或る抽象的なるものの追求が行はれてゐる」として、「感覚が感覚として止まらず、又写生が、単なる物の描写の平盤《ママ》を脱却してゐる」と評した。「単なる物の描写の平盤《ママ》」が虚子的な写生（描写主義）を念頭に置いた言葉であったということはいうまでもない。前句は、ある一定の距離から美の極点を捉えようとする作者の思惟の働きに、描写主義からの脱却を認めたものと思われる。後句は、「忘れられてゐる」という想念によって寂寞たる景が追求されており、これも描写の偏向

を脱したものと欣一は評価したようだ。

このように抽象的思惟の抒情は、態度（思惟の営みを尊重する）と方法（写生に奥行を与える）の両面において花鳥諷詠と対立するものであったといえるのである。

二

欣一の説く抽象的思惟の抒情は、中野重治から示唆を得たものであった。欣一は「「歌のわかれ」の青春[6]」の中で、重治の「抒情的性情乃至は抒情的方法」に触れ、

○抒情は、孤独な心情ばかりにては成立たない。絶えず具体的なものとの結合を要求する。痛烈に、外へ対象を探すのである。

○充たされざる心による永遠の「対象探し」それが抒情の見取り図だ。

と自論を展開し、具体的に重治の小説「歌のわかれ」を取り上げ、安吉の佐野に対する報復行為が実現されず、その行為の中断が、安吉の「内訌的な独白」に仕上げられているのを、「行為中断による思惟的抒情への飛躍」として、安吉の青春を「行為の非充足に基く痛烈な「対象探し」である」と分析してみせる。

要するに、欣一は、重治を論じるなかで、抽象的思惟の世界において対象を探し続けるという抒情のあり方を提示した訳だが、これを俳句の分野に転用するために、欣一は抽象的思惟の「対象探し」を、抽象的思惟と対象との結合、即ち対象の描写のあり方にまで突き詰めていかなければならなかっ

たであろう。このことは、即物性を重んじる俳句的性格を考えれば当然のことといえるし、事実として欣一は、「中野重治が齋藤茂吉に指摘した「抽象的思惟に於ける抒情」の新しさは、勿論俳句の方でも開拓すべき一方法で」「こゝでは描写即ちレアリズムの放棄或ひは中断はあり得ない[7]」と言明しているのである。

　こうした考え方が「風」作品の評に反映された具体例を示してみると、

　炊煙が陽包み昇りみな貧し　　莖　　昭27・4　風

の句について、座五「みな貧し」は抽象的な表現であるが、炊煙の描写に支持されて、一句は具象的、感性的な作風を示していると評している[8]。また、

　霧の中鳩鳴き移る母は亡し　　三冬子　　昭27・11　風

の句を挙げ、「母は亡し」という「抽象的な誰にでも通用する一般的な概念の言葉」が「霧の中鳩鳴き移る」という「作者独自の感じ方、把握した具体的なもの」に支えられて「詩を成立させている[9]」と説明する。この句評において、抽象と具象のいずれが先行するかという実作の核心に触れた欣一の発言は注目に値する。彼は、「具体的な自然現象に触発されて、「母は亡し」という言葉がひらめいたわけである。これが逆に観念が先にあつて、具体的な対象の把握が後になされるということは絶対にない。そんな逆の場合があつたとしたら、それは偽物である」と断じた。これは、「対象の把握↓観念の

獲得」といった創作の一過程について述べたもので、前出「「歌のわかれ」の青春」において欣一が述べた抒情のあり方（「抽象的な思惟の世界」における「対象探し」）とは逆の道筋を辿るものであったということに気づかされるが、この反転は、重治文学における抽象的思惟の抒情を俳句に適用する欣一の新機軸であったといえよう。

欣一が俳句の分野に導入を考えた抽象的思惟の抒情を、彼の実践の表現構造に求めてみると、冒頭に掲出した〈南天の…〉の句は、南天の実の美しさに、苛酷な兵隊生活の日々が遠ざかってゆくのを実感したもので、「惨たりし日を憶ふ」は個人的体験の回想であると同時に、戦争を経験した全ての日本人に通じてゆくという意味で、抽象性の強い思惟といえる。それが、「南天の実」の把握によって作者の「個」の感性に深められているのである。

甘藍の巻かざる夏過ぎ若さ欲《ほ》し　昭22・11　風

アセチレン臭き夜祭戦争《いくさ》遠かれ　昭24・1　寒雷

前句は、結球することなく広がってしまったキャベツの葉に哀感をそそられた作者が、若さへの憧れを抽象的に吐露したものである。キャベツの結球は、瑞々しい思いを内に秘めた青春を感じさせる。後句は、夜店を灯すアセチレンランプの臭いに郷愁を覚えたもので、感覚の表出にとどまるのではなく、「戦争《いくさ》遠かれ」と抽象的思惟で結句し、平和への思いを打ち出している。

このように、敗戦直後から欣一の作風には、抽象的思惟を表現しようという一つの流れを見て取ることが出来るのであり、対象の感覚的な把握に欣一の「個」の発露、即ち抒情を認めてゆくことが出来るのである。

三

「新しい抒情の解放」を一つの道標として、抽象的思惟における抒情の俳句への導入を推し進めた欣一の戦後の歩みを眺めて来た。最後に、その後の展開について触れておきたい。

社会性を俳句に詠むとき、欣一は抽象的表現を後退させ、思惟の描写に徹している。

唐招提寺（十句ノ内ノ一句）

赤錆の秋篠川に葦垂直　昭28・7　天狼

内灘にて（五句ノ内ノ一句）

鉄板路隙間夏草天に噴き　昭29・1　風

前句は西東三鬼・秋元不死男・谷野予志といった「天狼」同人と奈良を旅して、米軍基地付近を流れる秋篠川の水質汚濁を詠んだもの。後句は米軍試射場として接収され、鉄板道路が敷設された内灘砂丘での作である。これらの句において、「赤錆」や「鉄板路」など社会的問題を象徴する現実描写、「葦直」や「夏草天に噴き」など現実への抵抗精神を込めた自然描写という風に、描写によって現実への抵抗精神を表現してみせたところに、作者の思惟の働きを認めることが出来よう。

昭和四十三年、欣一は中村草田男の作品を例に挙げ、描写に徹した「思惟的な抒情」のあり方を説く。参考までにその一文を紹介すると、

咲き切つて薔薇の容《かたち》を超えけるも　　草田男　昭31

の句について、「薔薇の花としての美しさの最高に発揮されたときの姿が「薔薇の容」である。作者の脳裡にはこの容が厳然と保たれているわけで、咲き切ってみにくく開いた薔薇の花と二重写しになっている」「本来の「薔薇の容」のデッサンと、咲き切った薔薇のデッサンの違いとの対比、ここに作者の思惟が見られる。こういう句を思惟的な抒情の句と言い得る」[10]と評し、薔薇の美醜を二重写しに表現したところに作者の思惟の働きを認め、これを「思惟的な抒情の句」に位置づけた。

この頃の欣一の作品に、

黒板に繭玉の影受験塾　　昭43・2　風

がある。受験競争が熾烈を極めた時代、正月の夜も塾の窓は煌々と灯っている。黒板には合格祈願の繭玉が影を落とし、塾生の努力は極まった感がある。受験一色に塗りつぶされた青春の昏さを湛えた句で、繭玉の「影」に焦点を合わせたモノトーンの世界が、沈潜する作者の思惟を窺わせている。

このように、思惟の描写を志向する欣一だが、彼のなかで抽象的な表現が絶えた訳ではなかった。

嫁が君飢ゑの記憶の遠くあり　昭47・1　風

これは、「嫁が君」に触発されて「飢ゑの記憶の遠くあり」という抽象的思惟を導き出した歳旦吟である。正月三が日に沢木家で鼠が姿を見せた。その鼠を「嫁が君」と称して言祝ぐ気になったのも、飢えの記憶が遠ざかってゆく心のゆとりによるものである。敗戦後の食糧難の記憶を微かにとどめて、欣一は新たな年をつつましい気持ちで迎えたのである。

注

（1）「風」編輯同人「「風」発刊について」「風」　第一巻　第一号　表3　昭和二一年五月
（2）「描写と観念」「風」　第四八号　一―六頁　昭和二六年四月
（3）「『風』の俳人と作品」「風」　第一巻　第六号　一九―二三頁　昭和二一年一一・一二合併号
（4）「俳句時評」「風」　第一巻　第四号　三九頁　昭和二一年九月
（5）「編輯後記」「風」　第一巻　第四号　四八頁　昭和二一年九月
（6）「「歌のわかれ」の青春」「赤門文学」　第二号　一三三―一三七頁　昭和二三年一一月
（7）注（2）に同じ。
（8）「風作品の佳句」「風」　第五八号　三三頁　昭和二七年四月
（9）「風作品の佳句」「風」　第六五号　表3　昭和二七年一一月
（10）「「美田」の句二、三」「萬緑」　第二三巻　第三号　七―九頁　昭和四三年三月

「社会性俳句」の本質

一

昭和三十年、沢木欣一は「社会性について二、三」[1]の中で、「社会性」や「人間性」に重きを置く俳句に対して否定的な考え方をもつ虚子に反駁するため、「昭和初頭に始まり、秋櫻子、誓子を先導として展開された新興俳句運動、引き続いてそれの内面的深化であつた草田男、楸邨、波郷らのいわゆる人間探求派の成果、更に戦後写生という俳句的擬似写実に対抗して人間実存の深層より唱おうとするより文学的な三鬼、静塔、不死男らの仕事、更に社会的現実と個の深いつながりのなかから作品を産もうと努めている兜太、公平、太穂、鬼房、六林男、ぼくらいわゆる社会現実派ともいうべき人々の仕事、その他、一石路や夢道らのプロレタリア俳句、林火、斌雄、友二、桂郎らの個性ある仕事、これらすべて根本は花鳥諷詠のアンチテーゼではないのか」と述べている。

欣一自身、昭和十四年に水原秋櫻子主宰の「馬酔木」から俳句を始め、同十五年の「寒雷」創刊を機に加藤楸邨に師事し、戦後は同志と創刊した「風」を根城に俳句の後進性を批判して、社会性俳句を推し進めた。この歩みを先の俳句運動史に照らし合わせてみれば、欣一の俳句は、「花鳥諷詠のアンチテーゼ」に貫かれていたということになる。

花鳥諷詠に対する欣一の批判は、断片的ではあるが、戦中に始まっている。昭和十五年に彼は、「旧体《ママ》依然たる老人的写生の倦怠調」「低回趣味」といった言葉で暗に花鳥諷詠を難じ、「芭蕉精神の復興」が叫ばれ「俳句に於ける人間の探求」という課題が提示されたことは俳句の俳句たるべき本質への肉迫である[2]と説く。翌年には、「芭蕉にとつて風雅とは単に花鳥諷詠ではなかつた」と述べて芭蕉の風雅を花鳥諷詠と峻別し、芭蕉の「予が風雅は夏炉冬扇のごとし」「風雅もよしやこれまでにして口を閉ぢん」といった言葉について、「芸術家としての生活への心構へを示すのみならず、逆にこの極めて消極的な謙遜さに於て却つて生活に対する烈しい意欲を示してゐる[3]」という考え方を明らかにする。更に、蕪村に注目し、「うれひを発想とせずして抒情はいつの日にも在り得ない僕は只、蕪村の嘯月賞花が、決して現今末流の花鳥諷詠と軌を一にしないことを云ひたい[4]」と説いた。

これらの所論は、

・「人間の探求」対「花鳥諷詠」
・「芭蕉」「蕪村」対「花鳥諷詠」

といった対立構造を通して、「人間」「生活」「うれひ」から遊離する花鳥諷詠のあり方に疑義を呈したものであり、ここに、虚子流の俳句に抗してゆく土台が築かれていったということになる。

戦後、欣一は俳句の近代化という視点から、花鳥諷詠に対する否定的態度を尖鋭化した。その言葉を昭和二十一年から同二十六年までに限って引用してみると、

○子規以後、二三の革新運動はあつたにせよ、大勢は、俳句と云へば花鳥諷詠詩であるといふ結論を決定的に迄到らしめてゐる。俳句界に於て近代的自我などといふ言葉は、滑稽にすら感じられる。[5]

○花鳥諷詠とか季題主義、もつと大きくいえば俳句における趣味的なもの、そういうものがわれ〳〵がこれから俳句を作る場合に非常に抵抗になります。[6]

○従来の俳句は文芸の普遍面と結びつかない特殊芸でした。その趣味性と関係深い俳人意識の中にある対社会的無反応に大変不満です。俳句近代化はまだ入口をうろついていますので、これから以後真にそれがなされるでしよう。そして俳句もより人生と社会に密着したものとなるに違いない。[7]

○子規のすぐれた近代性をはらむ写生説がなぜに次第に虚子らによつて水をさされ薄められてきたか（中略）俳句の世界においても自覚された俳人には虚子流の写生はもうほとんど前代の遺物である。[8]

といったもので、特殊性・趣味性に沈殿する花鳥諷詠に対し、欣一は俳句の近代化を目指して、人生・社会との密着を力説している。

このように一貫して花鳥諷詠に反発する欣一だが、戦中と戦後では、その立脚点を異にする部分が大きい。具体的にいえば、戦中において人間探求派に追従した欣一[9]は、戦後、俳句に社会性を導入するため、新たな拠り所を求めてゆくことになるのである。

二

昭和二十二年三月に公にされた「新しき主体[10]」（昭和二十年十二月二十八日に脱稿）と題する一文の中で欣

一は、富安風生の姿勢（他の文芸ジャンルに引け目を感じながらも力一杯に「戦争の御用」を務め、戦争が終われば、やはり花鳥諷詠を以て「新しい日本国土の美」を称えるべく「俳句よ今こそ起ち上れ」と説く）を、「無定見な矛盾だらけの論理」と駁した。これは、平和思想に貫かれていない花鳥諷詠の曖昧さを厳しく非難したものであり、風生の「俳句の前途も決して平坦ではないけれど、この山村の秋だけは和やかである」という言葉に対し、「今の苛烈な時代に余りにも和やかではないか」として、「今こそ氏等の立つ花鳥諷詠の立場があらゆる観点から鋭く反省されるべき時ではないか。我々新人はすべて白紙から出直さなければならぬ」と述べ、花鳥諷詠との対決姿勢を鮮明にした。欣一は筆を進めて、俳句に近代精神を吹き込むために子規を範とする考え方を示す。「子規文学の本質」は「固定的な雰囲気〈美〉の打破によるレアリズム精神の確立」即ち、視覚の機能を通しての「人間の復活」であり、そこに「近代精神の日本に於ける俳句並に短歌分野の新しい開拓があつた」が、子規以後の俳句は近代化の逆コースを辿って「人間放棄」の様相を呈し、「固定された俳句的雰囲気」の範疇に人間を束縛しようとしたというもので、「人間の全機能をすこやかに回復した新人」が現われることを期して筆が擱かれる。欣一は、子規の近代精神・リアリズム精神を通して、因襲的な季題趣味に立脚する花鳥諷詠に批判を加えたのであり、ここに、子規とその近代性を尊重する欣一の戦後の出発点を見出すことが出来るのである。

「新しき主体」以後、欣一は中野重治や宮本百合子といったプロレタリア作家を対象とする評論を相次いで発表する。二人の代表的プロレタリア作家について論じるなかで、欣一は発展的な文学観を示そうとした。まず、「中野重治素描」[11]において、大正十年七月の「北辰会雑誌」第九十一号に掲載された重治の短編小説「國旗」に底流する「ヒユーマニスチツクな正義感」は、以後の重治の「被圧迫者に対する人間的な心情」に繋がってゆくものであると見て、その「詩精神」は凶暴な現実との摩擦によって高揚されるものであったと説く。また、別のところでは、百合子の「風知草」と重治の「五勺の酒」を比較して、後者に、現実の壁に立ち向かってゆく業の深さを指摘し、「文学における政治性と芸術性の問題も中野文学により深い一致と調和を期待出来るのではなかろうか[12]」と記す。つまり、ヒューマニティー（弱者に向けられる）を基調とする詩精神は、苛酷な現実社会への抵抗を通して高められてゆくものであり、その表現者たる重治によって「政治性」と「芸術性」の調和した文学のあり方が示されるであろうと予想したのである。更に、昭和二十三年七月の「新日本文学」（第二巻第七号）誌上に発表された「創作コンクール入選作品」の一篇で竹本員子の「遺族」と題する小説について、「文学に興味を持つより前に、政治に関心を得て、そこから文学的表現の場に臨んでい」る作者の姿勢に注目し、「戦後の文学が広い現実と密着するためには、どうしてももっともっと素人が自ら筆を取らなければならない[13]」と戦後文学の展望を語っている。

子規の近代精神とリアリズム精神に基づき「人間の全機能」の「回復」を求めた欣一は、次の段階として、その人間に、政治等を通して現実との接点をもたせようとしたのであり、この志向は、昭和二十三年十二月発表の「俳句に於ける抒情と近代性[14]」において語られるのである。その要点は、

○少くとも俳句の世界に関しては、私は抒情の回復が俳句近代化への一歩の前進であると確信をもつて言ひ得る。

○このように抒情詩は最も人生に密着する文学であり、素材としての苦悶そのものが、そのまゝ抒情の内容となるものである。
○それから抒情詩が「切願せられた世界と現実の世界との不調和について痛恨の表現を成す」ということは単に作家内部に於ての孤立した自我の存在はもはや許されない事を示す。それ故この閉ぢられた自我はさらに現実把握の方法を求め、現実改変えの意志を持たなければならない。ヴアレリーのいう「宇宙感覚」リルケの「デイング」の世界も、社会的実践的な自我へ拡充されねばならぬ。

といったものである。
ここにいう「現実改変え《ママ》の意志」即ち「社会的実践的な自我」を感じさせる欣一作品として、次の五句が挙げられる。

内灘にて　　　　昭29・1　風

熱砂上異国旗給水塔に萎へ
鉄板路隙間夏草天に噴き
坐り込む筵はみ出て合歓に乳児
硝煙と熱砂の匂ひ裸身搏つ
こゝの雲雀咽喉擦り声もあら〳〵し

これは、石川県河北郡内灘村（現在内灘町）の砂丘地に設置された米軍砲弾試射場をめぐる全県的な反対闘争（昭和二十七～二十八年）を題材とした連作である。〈鉄板路…〉の句について欣一は、「夏、内灘が試射場となつた。反対闘争も空しかつた。ぼくは鉄板路なるものを初めて見た。隙間から既に草の穂が出ていた。この草のように民族の意志は死なゝいだろうと思つた(15)」と自解する。この句は、基地闘争の空しさを「鉄板路」に象徴させると同時に、「現実改変」への意志は不滅であるとの思いを「夏草」に託したものといえよう。別のところでは、「決定的に敗北の刻印を打たれ、絶望的な憂色に包まれた時期であつた。丁度手も足も出ない苦境に追いつめられていた(16)」といった闘争の実情を振り返る。

これらの句は、「絶望的な憂色」に染められた内灘闘争の苦境、反対住民の敗北感に真摯に向き合ったものということになるが、そうした現実から遊離したものを欣一は古沢太穂の連作に感じていた。内灘闘争に身を投じた太穂は、その体験に基づき「四十路一歩」と題する十五句をなした。欣一は、「太穂の党生活者として闘争に身を挺している前のめりの姿勢と気魄が凝集している」として、この連作を「高揚された行動の詩」と評し、「行動者として政治と俳句を密着させた、しかも芸術的な密度を以て密着させた」点を称揚する。その一方で、〈白蓮《しろはす》白シャツ彼我ひるがえり内灘へ〉の句に触れて、太穂の決意と行動者の健康さが描かれて颯爽としており、そこが苦境に追いつめられた内灘闘争の実情と乖離し、一連の句には、敗北の色が濃厚となっていた基地闘争の「現実のきびしさ」が見落とされているという。

文学における芸術性と政治性の一致（重治から示唆を得た）を太穂の実践に見出した欣一だが、「現実把握の甘さ」という作品の基底部の脆弱性に対する不満を述べることで、基地反対運動への参与を理想的に描くというあり方に対し、俳句をより現実に密着させることの必要性を説いたのであった。

三

社会性、政治性への関心から現実を重んじた欣一が、その現実を、「個」ではなく「階級」という視点で捉えようとしたことは当然の流れといえる。昭和二十三年九月に行われた座談会[17]の中で欣一は、楸邨の第一句集『寒雷』を取り上げ、この句集には「インテリゲンチャの意味が出ている」つまり「苦しさが個人の問題でなく、あの当時に於けるあゝいう階級、田舎教師でもいゝがそういうものが多少は出ておる」と述べ、中村草田男についても、「一応智識人の俳句ということは言える」として、二・二六事件の衝撃を詠んだ、

この日雪一教師をも包み降る　草田男

の句を、「これには大体階級的な自覚とか何とかはないが、あの当時の一つの正しい批判精神というか、人間としてのインテリゲンツが出ているように思う」と評した。自覚の有無にかかわらず、知識階級の抱く「苦しさ」や「批判精神」の表出を価値づけた欣一は、昭和二十九年十二月の「風」の座談会「俳句性と社会性[18]」において、平畑静塔の「四、五十年代（筆者注―山口誓子以下西東三鬼、静塔ら）は個我の悲しみが主となつているということだが、これはつきりそういうものがあるだろう。しかし、民

衆の悲しみを詠つているという鬼房の俳句（筆者注—彼のボスか花火さかんに湾《ウミ》焦す）を例にとつたが、民衆の悲しみというものは、これは政治的立場がはつきりしなければはつきりしないだろうね。只、民衆の悲しみ〳〵という言葉だけでは一種の傍観的立場に過ぎない」という発言に対し、「実は社会性とか政治性とかいう言葉は曖昧な言葉であつて、本当は階級という実体のある観念を導入しなければ解決出来ないと思います」と答え、語を継いで「「俳句」八月号の座談会でも冬一部《ママ》氏の俳句が問題にされ、安東君が冬一郎のメーデーの句を反動そのもだ《ママ》と云うし、古沢君は冬一部《ママ》氏の内省の悲しみを認めて解釈しているが、これは結局榎本冬一郎の階級性の解釈の相違から結論が岐れているわけですね」と述べ、「階級性」という新たな視点を提示してみせた。

　このように、「階級という実体のある観念」を俳句に持ち込むという発想は、昭和二十七年頃から欣一の眼が労働者階級に向けられるようになったことと深い関わりをもつものといえよう。この傾向を明らかにするため、欣一が「風」で取り上げた投句者の「風作品」を評と併せて列挙してみると、

電柱に変圧器吊り雪ちらす　　母屋
「労働の一瞬間の緊張が充分表現されているところに力感が漲つている。」

馘首報雪の排気管のゆたかな水　　母屋
「働く人々の悲哀が心の底から訴えられている。」　（「風作品の佳句」昭27・2・3合併号）

草引けば手とゞく麦に雲雀の子　　百合子
「農民生活からぢかに拾いあげられた珠玉のような瑞々しさがある。」

田打ち終へ新芽太きが夕日吸ふ　由鬼男

「実際に働く者の息吹が感ぜられる。「新芽太きが夕日吸ふ」というところ、働いた後の充実した静けさが出ている。」

（「風作品の佳句」昭28・5　風）

（「風作品の佳句」昭28・7　風）

稲の花粉消ぬがに湧くや胸を張る　昇

「農民の喜びがきめ細かく表現されている。」

青田夜明トラック大声に話し過ぐ　一巳

「この句なども農村の夜明けの感じを新鮮にとらえている。」

（「風作品の佳句」昭28・10　風）

西日濃し赤土背丈に投げあげて　たみ

「工夫の動作を的確に描いている。「赤土背丈に投げあげて」という見方には工夫に対する作者のいたわりの気持が動いている。」

（「風作品の佳句」昭28・11　風）

焚火去りし彼や堆肥の湯気の中　一巳

「健康な勤労者の生活感情がうかゞわれる佳句である。農民に対する作者の親密な感情がうそいつわりなく極めて自然に流露している。」

パンの袋土工焚火の火つけとす　武嗣

「土工らしい類型で安心してしまわずに、類型を破つてその奥に土工そのものの動作を把握しているわけである。」

（「風作品の佳句」昭29・3　風）

航を待つ焚火に朝の身を焦し　　秋郊

「秋郊君は七尾阜頭の汽船会社に勤めている人だが、その勤めに即した能登の港の風景ととりくんで新鮮な句を前から発表し続けている。」（「風作品の佳句」昭29・4　風）

山焼くや炭木あまさず竈へ詰め　　孫二

「健康な農村人の生活の息吹が感ぜられる。」

麦踏むや没日背負ひつ真向ひつ　　秋蜂

「健康な、働く人々の息吹が感ぜられる。」（「風作品の佳句」昭29・5　風）

砂粗き痩田植えあげ指熱し　　孫二

「農民の生活の実感がきわめて強く表現されている佳句である。」（「風作品の佳句」昭29・7　風）

手鼻かむ吾等農夫に蛭集ふ　　百合子

「健康な農民の生活感情をぶちまけた句である。作者は農民であることに誇りを感じて、力強く詠い上げている。そしてその底から農民の苦しみが現実感を以て滲み出ている。」（「風作品の佳句」昭29・9　風）

夏果つ夜水飲みし口うたい行く　　草雨

「「水飲みし口」がいつわりなく夜働く人の実感を現している。」（「風作品の佳句」昭29・10　風）

といったもので、他にサラリーマンや教師を扱った句も散見するが、主に肉体労働に関わる作品を意識的に推す傾向にあった。これらの作品からは、現実との摩擦がもたらす悲哀や苦しみというよりも、むしろ働く者の生気、充実感、喜び、健全な生活感情、誇りといった積極的な感情が取り出されている。このことの意義については後述するとして、欣一は投句者の作品のみならず、飯田蛇笏・誓子・草田男の作品についても階級的視点から評価を加えている。蛇笏については、「ロマンテシズムが地主のロマンテシズムであるといふ想念に及んだ」とし、蔵原惟人の説（ロマンチシズムは没落しつつある地主階級の文学であり、近代自然主義は新興ブルジョアジーの文学である）を引き、「私は正面から地主のロマンテイシズムを排撃するものではないが、蛇笏氏ほど見事に俳句の世界においてそれを積極的な意味で典型化してゐる人はないのではあるまいか？[19]」と述べ、蛇笏の俳句に階級性を指摘した。

また、誓子の、

労仂の汗臭くしてよき句作る　『和服』

の句について欣一は「誓子の善意の溢れた暖かい句である」として、「労仂者に対する積極的な関心、共感が素朴に出ている点、この句は注目すべきものがある[20]」と記す。

他に労働を見つめた作品として草田男の、

耕せばうごき憩へばしづかな土

の句を挙げ、「土が生き物であるという実感は古来からの農民の積み重ねて来た生活実感である。それを草田男はこんなに見事な瞬間的把握で具体化している。草田男は勿論農民ではないが、健康な、すぐれた労働讃歌である。俳句として間然するところない名品で、恐らく戦後俳壇の最高傑作であろう。蛇足を加えるならば、この句は従来の自然を静的に受動的に受け入れる花鳥諷詠的東洋自然主義の句ではない。それから脱出した労働＝行動を以て自然に立ち向う積極的な詩であることを見落してはならないのである」[21]と評した。欣一は、自然に対して静的・受動的な花鳥諷詠からの脱却を良しとし、行動的・能動的なこの句を労働讃歌の傑作であると賛辞を惜しまない。

　このように、欣一の選句の標準が階級的視野をもち始めたことは、彼自身が実作面で労働を主題とする方向を辿り始めたことと一体をなす。その傾向が分かる欣一の作品を「風」誌から引用すると、

電柱に工夫四肢張る野分の上　　昭26・11・12合併号
野分中機関車の掌が旗に応ふ　　昭26・11・12合併号

H父子

炭運ぶ相似の父と子金木犀　　昭26・11・12合併号
稲刈りの遅々たる歩み地上の群　　昭27・1
寒燈は採鉱夫の影足下に置き　　昭27・1
行商の荷に油紙能登の雪　　昭27・2・3合併号
田掻馬蹴る泥水に顋ぬらす　　昭28・7

海女（八句ノ内ノ一句）

海女浮ぶ掌にえご草の一握り　昭28・9

新しき藁塚縛す父と子と　昭28・12

丘の上小石捨て〳〵耕せり　昭29・4

漁夫の頬冬の日焼けの血色生く　昭29・12

冬日逃げるな河原の穴に石取女　昭30・2

漁婦深く眠りに落ちぬ雪の汽車　昭30・3

働く人鉄と同色橋造り　昭30・4

炎の海逃れ来しごと海女歓呼　昭30・9

　能登町野町の塩田　十句（ノ内ノ一句）

塩田夫陽焼け極まり青ざめぬ　昭30・10

　六林男の工場にて　三句（ノ内ノ一句）

織娘帰る鉄道沿ひの月見草　昭30・10

　丹波にて　八句（ノ内ノ一句）

岩涼しき山頂に牛追い上げる　昭30・10

　糸引女（九句ノ内ノ一句）

一筋の糸引出すや繭躍る　昭30・11

といったもので、対象は農民に限らず、採鉱夫、行商人、海女、漁夫、織子、塩田夫、糸繰り等々多岐に及び、階級への意識が、欣一に多様な労働の姿を捉えさせ、この時期の作風を特色づけているものといえるのである。

四

欣一は昭和二十四年十月の「風」で実施されたアンケート「平和を将来するにはどうしたら良いと思われますか」に対して、「社会民主々主義の徹底、経済制度の合理化[22]」と回答した。同年、彼は「風」の若手作家である川口重美が自ら命を絶った出来事に触れ、「僕の心をうちのめしたことがある。それは川口重美君自殺の報である」「戦後二十代の鋭敏な青年が我々ですらもが音を上げそうな生活の辛苦、精神の苦悩、我々をとりまく悲しい日本の現実に直面して、自ら破れていつたことを考えると涙を禁じ得ない」「たゞ生きることすら困難なこの頃の現実である[23]」と語り、重美の自死の因に苛酷な社会環境を捉えている。

それでは、平和のため、政治・経済両面からの社会変革を望む欣一は、実作者として「悲しい日本の現実」とどのように向き合ったのか。昭和二十五年三月の「選後評[24]」の中で彼は、「吾々に強く明るい生活の充実感をあたえてくれる俳句がほしいが、今の日本の環境はそう手放しで明るい状態にはない。むしろ貧しさと悲しみの多い時代であ」り、「個人が直面している生活の抵抗が俳句にも当然現れて来るであらう」という認識を示す。これは、俳風が社会環境に規定されるということ、具体的には、困難な社会にあっては生活の抵抗を詠み、幸福な社会においては生活の充実感を素直に詠むというあり方を述べたもので、後者を理想とする欣一が「社会民主々義の徹底、経済制度の合理化」に未来を託したのも肯かれる。

そして、重美の死が突きつける悲しみに満ちた現実社会において、力強さ、明るさ、充実感を感じさせる俳句は期待出来ないという見込みから、欣一は困窮する人々の実態を記録してゆくことに考えが及んだのではなかろうか。このことを窺わせる欣一の言説を同年発表の「森山啓覚書」[25]の中から引用すると、

○万人が幸福になることは無名の人々が幸福になることである。しかし現実の社会は容易ならざるものがある。しかも万人が幸福になることが不可能に近いような現実において、無名の人々のなかの美しいもの、信ずべきもの。強く健やかなものに無限の信頼を置くということは、口頭では容易であつても真実は難事である。

○文学にはいろいろの形式や表現のものがあるが、結局は人間への愛がその底に深く多面的に存在してないならば、それはツクリモノ、装飾品に過ぎない。

○戦後文学に最も欠けて、いるものは、表面の意匠のざん新さとうらはらな人間への愛情の欠如ではなかろうか。戦争中から人間圧殺が戦後におよんでいるのであろうが、めまぐるしい世相の転変と共にこの最も単純なことが、どこかへ吹飛んでしまつたようだ。

○戦後の風俗描写にしても都会のパンパンかヤミ屋的人物に限られているようであるが、これも風

俗小説の域を越えて、社会の根本理法に肉薄する必要はもちろんのこと、素材の範囲も都会ならず、田舎にひしめいている無名の人々の、しかも真面目に生活しているが、どうにもならない人々の実態をレアルに作品化することがもつとあつてほしい。

といったもので、要するに欣一は、「人間への愛情」を基盤として、社会を律する根本理法に鋭く迫ること、田舎にひしめく無名の人々の生活（苦）の実態をリアルに作品化することを戦後文学に要請したのであり、俳句では、これらを縒り合わせることで「生活の抵抗」が表れてくるものと欣一は考えていたのであろう。

以後の欣一の「風作品」（昭和二十七年～二十九年）における選句態度は三に掲げた通りであるが、作品を通して描き出された無名の人々の実態には、「働いた後の充実した静けさ」「農民の喜び」「健康な勤労者の生活感情」「健康な農村人の生活の息吹」といった評言が加えられてゆくのであり、特に、〈手鼻かむ吾等農夫に蛭集ふ　百合子〉の句に対する「作者は農民であることに誇りを感じて、力強く詠い上げている。そしてその底から農民の苦しみが現実感を以て滲み出ている」といった欣一の評は、現実の苦しみを乗り越えようとする「生活の抵抗」が、彼の理想とする「強く明るい生活の充実感をあたえてくれる俳句」に矛盾なく結びつけられたものであったといえよう。「万人が幸福になることが不可能に近いような現実において、無名の人々のなかの美しいもの、信ずべきもの。強く健やかなものに無限の信頼を置くということ」は「難事である」と断定的に述べた欣一にとって、「風」作品に見出された労働の充実感や喜び、健康的な生活感情の具現化の数々は予想外の収穫であったのではなかろうか。

であるとすれば、これは、欣一の実作に重大な示唆を与えるものであったと予想される。例えば

山国の小石捨て〳〵耕せり　『塩田』

の句は昭和二十九年に丹波で作られたもので、自註に、「山地なので土地が痩せ、耕すと鍬に小石が当って音を出すぐらい[26]」とある。痩せ地を守る山国の農民の姿は哀れを催すが、「コイシ、ステテ」の軽やかな律動が労働の充実感、春耕の明るさといったものを感知させる。

炎の海逃れ来しごと海女歓呼　昭30・9　風

の句は、海を「炎」に見立てて生活の糧を得る苦しみを詠むが、座五「海女歓呼」において労働讃歌へと鮮やかな転換を遂げており、労働即喜びといった欣一の理想の具現化として注目されてよいだろう。

単作のみならず、連作を通して欣一は労働の理想的なあり方を表現してみせる。それは、昭和三十年十月の「俳句」に、「能登塩田」と題して「輪島よりバスで二時間町野町に一寒村あり、最も原始的な塩田を営む、嘗て二十余を数えたが衰えて二、三遺る、二十五句」の前書を付して発表した二十五句であり、そのうちの十五句を抽出してみると、

汐汲むや身妊りの胎まぎれなし

塩田に百日筋目つけ通し
塩一石汗一石砂積み崩し
塩田夫陽焼け極まり青ざめぬ
貧農が海区切られて塩田守る
赤い目の老婆かなしみ塩田滅る
一家額集め地の隙《すき》塩雫
塩焼く火守る老婆を一人遺《のこ》し
大釜に煮詰まる塩と夜明け待つ
天地固唾《かたず》呑んであり〳〵塩結晶
暗がりの塩箱満たす塩の光沢《つや》
塩ぎつしり祈る形に掌差し入れ
塩握り緊め塩のなか塩の音
ぬくき塩撫し嘗《な》め指頭桃色に
塩田さらば汗ほしいまゝ崖能登路

といったもので、連作を通して表白される人間感情の流れは、「忍苦」から「充実感」へとせり上げられてゆくものであったということに気づかされる。その構成は、〈大釜に…〉の句までを前半部として、重労働や貧しさに耐えて塩田を守る一家の姿を記録し、後半部、〈天地固唾《かたず》…〉以下は塩の出来栄えを感覚的に捉え、それによって労働の報われた充実感を打ち出してゆくもので、この二部構成によって、塩田が衰滅に向かっているという現実への抵抗、そして「強く明るい生活の充実感をあたえてくれる」[27]という理想の俳風は撞着することなく結びつけられ、一つの流れとして労働の価値ある姿が示されているということになるのである。

五

欣一が重治文学に政治性と文学性の調和の実現を期待したことは前に述べた通りである。一応振り返っておくと、それは、昭和二十二年五月の「中野重治素描[28]」の中で語られた、重治は文学と最も縁遠いと思われる政治を詩的な発想より詠うというもので、同文中において欣一が、重治の詩精神は凶暴な現実との摩擦によって高揚されると述べていることを考え合わせれば、欣一のいう「詩精神」とは、現実（政治）と対決することで高揚されるものであったということになり、更にいえば、このことが欣一の実作態度を規定する面があったものと思われる。例を挙げてみると、

湯浅芳子女史来沢、半日共に兼六園を歩く
落葉に語る獄にて白を加へし髪　昭22・1　風

の句は、湯浅芳子（プロレタリア文学運動に参加して「戦旗」「プロレタリア文学」等を主な活動拠点としたが、昭

和八年に検挙、拘禁された）の抵抗精神を「獄にて白を加へし髪」と即物的に把握してみせたものである。

東大事件を想ふ二句（ノ内ノ一句）

手錠足錠寒の舗装路擦過して　昭27・6　風

東大事件（東大ポポロ事件）は、昭和二十七年二月二十日に東京大学の教室で劇団ポポロの公演中に私服警察官（本富士署員）の潜入が発覚、同署員は身柄を拘束されて警察手帳を奪われ、学生からある種の暴行を受けたというもの。[29]〈手錠足錠…〉の句は、連行されてゆく学生の姿を捉えたものであろう。その陰惨な描写は、警察の行為によって大学自治が侵され、思想の自由が制限されてゆく危うさを感じさせる。

いずれも現実（政治）との摩擦を描いたもので、このような作風はごく少数にとどまるとはいえ、重治の影響を窺わせるものとして注目されてよい。

しかし、昭和二十八年、欣一は「京大俳句」を再評価することで、「社会への抵抗精神」を俳句の第一義とする立場に立った。その言葉を引用してみると、

○僕の机上に今「京大俳句」数冊がある。今、この雑誌とその時代を考え、その社会への抵抗をこよなく価値あるものに思う。

○「風」の将来、自覚して進むべきところ、社会への抵抗精神の強化にあるとする。いかなるスタイルにせよ、この精神の燃えざるところ、真の詩は産れ得ないであろう。[30]

というもので、政治から社会へと文学的抵抗の「場」は広げられたのであり、そこには、無名の人々の働く姿を価値あるものとして詠むことで社会性を帯び始めた欣一なりの「抵抗精神」を浮かび上がらせることが出来よう。更に、このような無名の人々の生活が基地反対闘争に盛り上がりを見せる有様を「内灘にて」という題の五句（二四七頁参照）として詠んだ欣一は、この連作において「社会への抵抗精神」の「強化」を具現化し、社会性俳句の一つの実りを示したといえるのである。

　こうした実作体験を経て、昭和二十九年十一月の「風」における「俳句と社会性[31]」と題するアンケートに対する回答の中で、欣一は社会性俳句を定義づけている。その全文を前半部と後半部に分割して掲げたい。

> 社会性のある俳句とは、社会主義的イデオロギーを根底に持つた生き方、態度、意識、感覚から産まれる俳句を中心に広い範囲、過程の進歩的傾向にある俳句を指す。従つてそれへの過程にある自然発生的なもの、意識してなくとも民衆の日常生活から体得され発展の方向を示すものを拒否すべきではない。

　これによれば、欣一は、「社会主義的イデオロギー」を根底にもつ俳句への発展を感じさせる、「自然発生的なもの」「民衆の日常生活から体得され発展の方向を示すもの」を尊重するという。「発展の方向を示すもの」とは具体的にどのような作品を指すのか、欣一の選句によって確かめてみると、彼は、「風」作品の〈遠野火や鉄路づたひに寝に帰る　松太郎〉の句を、「この句も別に取立てゝ巧い句というのではないが、自分の生活の断片を愛することによつて生れた句である。そこに素朴でつゝましい、しかし将来に発展すべき源泉がある」と評し、〈昨日の牛今日も冷やすや道濡らし　左舵〉の句に対して「華やかさもない平凡な句であるかも知れないが」こうした「傾向の句を作り続けることによつて今迄の俳句に求め得なかつた発展性のある生活句に到る[32]」と説明している。欣一が、生活の断片を愛する素朴で慎ましい人間感情に発展性を感じていたのは、それが、労働の充実感、更には社会運動の原動力に繋がってゆくと見ていたからではなかろうか。

次に、アンケートに対する回答の後半部を示したい。

> 現代の俳句において最も欠けている点はわれ〳〵の生きている現実を把握する能力の殆んど無いことである。これは詩として根本的に失格の運命にある。現在、社会性を云うのは流行でも何でもない、また若い世代のみの問題でもない。俳句が現代詩として堪え得るか否かの根本的な問題である。

「現実を把握する能力」の失われた俳句は「現代詩」の領域から落伍するものと欣一は危機感を抱いている。翌年、これを「社会性について二、三[33]」の中で、「現実を把握する能力」の体得は「社会主義的イデオロギーの立場に立たなければ不可能に近い」と再説した欣一は、俳句の評価規準に言及し、「「政治性」或は「生き方の基準」というようなことのみで、それに傾斜を置いて作品を評価するつもりもない。作品の良し、悪しは「俳句性」「芸術性」においてしか見ることは出来ない。若し社会性俳句というものがあり得るとするならば、最も俳句の特性を具え、最も芸術的でなければならない」と立言した。ここに見る「政治性」の後退と、「俳句性」及び「芸術性」の強調は、「社会主義的イデオロギー」という語が俳壇で「政治のことば」として受け取られ、非難を受けたことに対する反省を込めた弁明であった[34]。しかし、重治文学に政治と文学の調和を期した欣一[35]が、「政治に関心を得て、そこから文学的表現の場に臨ん」だ竹本員子の姿勢を推称したのも、「戦後の文学が広い現実と密着するため[36]」であったことを思い返せば、「現実を把握する能力」を前面に押し出した弁明は、欣一にとって自己の考え方の一貫性を示すという意味合いをもつものであったといえよう。

このように、欣一の定義する社会性俳句とは、生活を愛惜する大衆の心を原点に発展してゆくもの、現実を把握する能力を要請するものということになり、その評価規準を、「最も俳句の特性を具えた最も芸術的」であることと規定することで、社会性俳句は、「俳句における文芸性の確立[37]」という「風」の理念を最高水準において体現するための方途に位置づけられたのである。

ここにいう「俳句性」及び「芸術性」は、昭和二十六年の「選後感[38]」の中で欣一が「選句態度、基準」として投句者に示した、「第一に写生、或は写実、レアリズムを重んずること」「第二に俳句が散文でなく韻文であること」に連なりをもつものと考えれば、より明確となるであろう。

欣一の社会性俳句が、写生（即物具象）を通して現実を表現するという前提に立つものであったと考えられる[39]ことからも、「写生」の質は、社会性俳句における芸術的完成度を示すものといえるのである。

六

ここまで眺めて来たように、欣一は俳句を通じて、

・階級という観念の導入
・社会への抵抗精神の昂揚
・社会主義的イデオロギーを基盤とする実作態度

といった現実への対し方を示した訳だが、次に、プロレタリア文芸理論の受容について具体的に述べてみたいと思う。

　プロレタリア文学史についてまとめた欣一の自筆ノートがある。表紙には横書で五行に分かち、「のおと／I／プロレタリア文学史／1947／沢木欣一」[40]（以下「のおと」）と表題をペンで記す。「のおと」の冒頭で欣一は、「プロレタリヤ文芸理論の発展段階」と題して、プロレタリア文芸理論の発展段階を三期（第一期は一九一七―一八頃から一九二五―二六年に至るまで、第二期は一九二六年後半から一九二八年初期に至るまで、第三期は一九二八年初期から現在に至るまで）に分け、第一期の特色について、「民衆芸術論の提唱から、多少共意識的なるプロレタリヤ文芸理論の発生、及プロレタリヤ文学の成立と存在理由が、一応理論的に確立されるまでの期間」と記し、第二期について「文芸運動における目的意識的方向転換（アナーキストとの分離）の問題を中心とする、左翼文芸の陣営における収拾すべからざる理論的混乱と闘争の時代、一面福本主義的政治理論の文芸理論の領域への移入、反映の時代と名づけることも出来る」と述べ、第三期について「左翼芸術運動における理論的統一のための激烈な内部論争から、それにつゞく理論の共産主義的高揚、発展への質的転化」と記す。これらの叙述は、多少の異同はあるが、山田清三郎著『日本プロレタリア文芸理論の発展』[41]の「結言」の一部の敷き写しである。

表題の通り昭和二十二年（一九四七）までに編まれた「のおと」は、プロレタリア文学に関する欣一の知識・理解に触れることが出来る貴重な資料といえる。「のおと」は『日本プロレタリア文芸理論の発展』を一つの拠り所として整理されたもので、実際に欣一の蔵書として残されていたため、書中の線引きや書込みを手がかりに、プロレタリア文芸理論と俳句をどのように関わらせたのか、明らかにしてみたい。

山田清三郎は『日本プロレタリア文芸理論の発展』の「第一期」の「一、民衆芸術論の提唱[42]」において、加藤一夫の民衆芸術論と、小川未明の『民衆芸術の精神』（一九二一年九月）の一節を引用する。

（引用文中の傍線は欣一の書込み）

○新らしい民衆とは直ちに平民もしくは労働者を意味しない……民衆とは即ちヒユーマニテイーを遺憾なく生き得るもの、少くともヒユーマニテイーに生きようと努力するもの、全人類をヒユーマニテイーの自由なる活動とせんとするものである。

○無産階級にとつて心からの喜びは、物質的に救はるゝこと……それも、要求の一つであらうが……むしろそれよりも強く共鳴して止まないものは、どんな苦しみでもいつしよにしようといふ、愛でなければならない……人類に根ざす共存の愛の精神は全くブルジヨア階級に死んで、独り無産階級のみに生きてゐる……

といったもので、前者は加藤一夫の主張であり、後者は、これを再認識した小川未明の説であるが、ここにいう民衆（ヒューマニティーに生きる）の概念や、階級意識の芽生えといったものは、

・戦後文学に最も欠けているものは人間への愛情であると指摘[43]。（昭和二十五年）

・階級という実体のある観念の導入[44]。（昭和二十九年）

という欣一の戦後の歩みを支えていたのではなかろうか。

次に、『日本プロレタリア文芸理論の発展』の中から「階級」に関する記述の一斑を引用すると、

○文学、芸術における歴史性、時代性及び階級性を、唯物史観の鏡にかけて闡明することによつて、彼は、ブルジョア文学者によつて彼等の唯一の盾としてゐた藝術の『永遠性』及び『超階級性』の牙城に肉薄して行つたのである[45]。
（この一文を欣一は「のおと」に抄録する）

○（一）芸術の永遠性の観念と闘つて芸術の歴史性及び階級性を明かにし、（二）芸術運動もまた階級闘争の一つであるといふ新たなる観念を打ち立てる[46]
（この一文を欣一は「のおと」に抄録する）

○プロレタリアの文芸運動……それは階級戦である[47]。

○階級闘争の実際戦場は、大別すれば経済闘争と、思想闘争との二大戦場に分る。経済闘争は主とし組合運動において結晶し、思想闘争は主として社会主義運動に結晶する[48]。

○無産階級は悲惨だ、支配階級は怪しからぬ。――さう云つた意識なのだ。階級意識とはそんなものではない。

○真の階級意識は、大衆が唯物論者の分析並びに基準を社会階級、範疇、集団の活動、並びに生活のすべての形態に適用することを理解した時に生ずる[49]。
（この一文に欣一は上括弧を付す）

といったものである。

これらは、プロレタリア文芸における「階級性」や「階級意識」といったものに対する欣一の関心の強さを窺わせている訳だが、特に、

階級闘争――思想闘争――社会主義運動

という関連づけが、欣一に社会運動の実態に迫った連作「内灘にて」を詠ませ、「社会主義的イデオロギー」を語らせるきっかけになったものとすれば、欣一の社会性俳句において「階級」は極めて重要な位置を占めていたといわざるを得ない。

また、欣一は「階級」を糸口に、佐藤鬼房・金子兜太・古沢太穂の句に新生面を見出している。昭和三十年四月の「風」に掲載された座談会「三十代俳人をめぐつて」[50]の中で欣一は、鬼房の俳風について、「組織の中の労働者としての新しさがある」と発言する。ここに具体的な作品は示されていないが、この言葉が、

友若し火口《ひぐち》吼えしめ鉄管切る　　鬼房　昭29・10　風

といった類の句を指しているものとすれば、鬼房の句に見出した「組織の中の労働者としての新しさ」とは友愛の表出であったということになろう。実際、欣一は友愛の情に基づく他者への呼びかけを新しい俳句の根幹とする考え方に傾いていた。同座談会で欣一は、

意志ある温き手梅雨河ひととこ白波立つ　　兜太

の句の「意志ある温き手」に着眼し、「同志の―対他者への親しみ」即ち「我じやなくて我々という感情」から出発している点に「新しさ」を認め、四十、五十代の俳句がモノローグ的であるのに対し、「三十代の方向は、他に対する呼びかけの精神が根底にあ」り、「社会性」を獲得しようとして「自分の外にあるものに対する連帯感を出そうとしている」と説き、世代間の本質的な相違を明らかにする。

翌年には「戦後俳壇新人論㈠[51]」において、

白髪みごとしかし俺には神を説くな　　太穂

の句を「対他的なつぶやき」であり、「ダイアローグ」であるとして、「彼（筆者注―太穂）は明快に群の一人としての共感にくゞり入り、しかもその共感を倍加し、純粋化して他に呼びかける」と述べ、そうした作風の典型として、

啄木忌春田へ灯す君らの寮　　太穂

の句を挙げ、「この句には働く者への純粋な親和感と暖かい励ましの心が芸術的完成度をともなつて形象化されている」と説明し、ここに草田男や楸邨にはない新しさを認めた上に、

疲れるな鯨のハムをパンにはさむ　　太穂

の句について、「庶民の一人として御馳走である鯨をせめても喰らつて、お互に疲れないように活動し

ようではないか」という「庶民のなかの一人としてのヒューメンな共感がある」と評した。

　このように、昭和三十年から翌三十一年にかけて欣一は、鬼房の「組織の中の労働者としての新しさ」を手がかりに、「我々」や「群」の意識から「他者」に対する連帯と親愛を「形象化」するあり方を説いた。この論調から、プロレタリア文学の影響が容易に想像される訳だが、より具体的に立脚地を指摘してみるならば、それは、『日本プロレタリア文芸理論の発展』に引用する「労働文学の主張」における、「ブルジョアが依他的な癖に利己的であると反し」て、「プロレタリア」は「純粋自立を欲すると共に愛他の念に燃えてゐる」[52]とする「宮島資夫」の説であり、鬼房・兜太・太穂の作品から欣一が読み取った、働く者同士の（或いは働く者への）友愛・連帯感の表出という新たな作風の形成と、それによる社会性の獲得には、プロレタリアの精神を特徴づける「愛他の念」の働きかけがあったと考えられるのである。

　ちなみに、次の**七**で詳述するが、山田清三郎によれば、プロレタリアの「愛他の念」を説いた「労働文学の主張」は、「プロレタリア的な文学的主張といふには、勿論甚だ粗雑である」[53]という。この主張は、謂わばプロレタリア文芸理論の発展途上に位置づけられるものであり、このことは、欣一が必ずしも理論的に整理されたプロレタリア文芸理論を自身の俳論に取り込んだという訳ではなく、プロレタリア文学の歴史を基礎から辿りながら、その中に、俳句との交点を探っていたということを示唆している。

七

六において、欣一の俳論が『日本プロレタリア文芸理論の発展』から示唆を得たものであったということを明らかにしたが、欣一は同書の主張に反する作品評価や実作態度を示す。『日本プロレタリア文芸理論の発展』に見える作品の評価規準は、全く政治的なものであった。それは、

○マルクス主義批評家にとつての作品評価の根本規準は、それ故に純然たる政治的規準である。マルクス主義作家及び批評家は先づこの規準を認めなければならない。
○何となれば、彼は芸術家である、批評家である以前にマルクス主義者でなければならぬからである。
○政治的価値と芸術的価値とは遂に「調和」し得ないと私は信ずるのである。両者を統一する芸術理論はあり得ないと信ずるのである。マルクス主義文学理論は両者の統一ではなくて、政治的価値に芸術的価値を従属せしめ、これをそのヘゲモニーのもとにおかんとするものである。[54]

（引用文中の傍線は欣一の書き込み）

といったもので、ここでは作品評価において、

・政治的価値（主）――芸術的価値（従）

といった厳然たる主従関係が示されている。

それに対して欣一は、「「政治性」或は「生き方の基準」というようなことのみで、それに傾斜を置いて作品を評価するつもりもない。作品の良し、悪しは「俳句性」「芸術性」においてしか見ることは

出来ない。若し社会性俳句というものがあり得るとするならば、最も俳句の特性を具え、最も芸術的でなければならない[55]」と述べ、「政治性」を評価規準から駆逐している。

つまり、欣一は、社会性俳句における評価規準を「俳句性」と「芸術性」に限局したということになる。ここに、マルクス主義的な作品評価のあり方を絶対視するプロレタリア文学理論と欣一の目指す社会性俳句との断層を指摘することが出来るのであり、それは自覚的なものであったといえるのである。

また、プロレタリア文芸理論とは異なり、欣一はヒューマニティーを重んじる。山田清三郎は『日本プロレタリア文芸理論の発展』において、階級意識がヒューマニティーを超克すると説く。「新らしい民衆とは直ちに平民もしくは労働者を意味しない……民衆とは即ちヒューマニテイーを遺憾なく生き得るもの」であるという加藤一夫の超階級的な「民衆」の概念から発展した「無産階級」（小川未明）の概念（山田の言葉を借りていえば、階級的な芽生え）によって導かれた『労働文学の主張』（宮島資夫）や『第四階級の文学』（平林初之輔）の理論を、山田は「プロレタリア的な文学的主張といふには、勿論甚だ粗雑であることをまぬがれなかつた。しかし乍らそれは次のやうな意味において、人道主義的民衆芸術論を克服するに充分の役割を果すことができたのである[56]」として、宮島・平林の理論の果たした役割を三点に整理する。要約すると、

①新たなる文学、芸術の依存階級に関する一応の規定を試みている。従来の民衆芸術論のうちに現れていたような漠然とした「民衆」なる言葉の概念は姿を消して、新たなる文学、芸術は、あくまで「被掠奪階級」の「プロレタリア」の「第四階級」のものでなければならない。

②美・善・道徳に関する観念が、階級別によって異なる。民衆芸術論の場合は超階級的な衣によって覆い隠されていた。

③階級闘争に関する観念の発生。

といったもので[57]、山田は、「民衆」（超階級的、ヒューマニティーに生きる）と「第四階級」（被掠奪階級であるプロレタリア）の二つの概念を対立させ、前者に後者が打ち克つというプロレタリア文学の史的展開を語っている。

右の①から③の内容を「のおと」に採録した欣一は、戦後文学における「人間への愛情の欠如[58]」を非難し、社会性を獲得するために、「対他者への親しみ[59]」を要請する。「風」作品の〈だれもみな皮膚汚れゐて雪の晴　ぜんじ〉の句を、「「だれもみな」というところに作者の他の人間に対する暖い共感が出ている[60]」と評したことも、ヒューマニティーへの志向の表れであったといえる。

この志向に基づき、欣一は、

冬日逃げるな河原の穴に石取女　　昭30・2　風

と詠む。句意は、冬の太陽よ、今しばらく天にとどまってほしい。河原では女が寒暮に耐えて採石作業に従事しているのだからというもの。ここに階級性はあるが、「被掠奪階級」の現実を押し出したものではない。入日への呼びかけに、ヒューマニティーの高潮を見てとることが出来よう。

欣一は自己の俳句に脈打つ人間愛が、プロレタリア文学の発展からいえば階級意識によって克服されるべきものであるということを知りつつ、敢えて両者を絡み合わせる方向を辿っていったということになり、プロレタリア文学では成立しなかったヒューマニティーと階級性の両立、そして、芸術性の尊重といったところに、プロレタリア文芸理論をくぐった欣一の社会性俳句の独自性を認めてゆくことが出来るのである。

注

（1）「社会性について二、三」「俳句」 第四巻 第一二号 七八―八三頁 昭和三〇年一一月
（2）「後記」「北辰」 第一四八号 一九八―一九九頁 昭和一五年一二月
（3）「意欲と表現」「寒雷」 第七五号 三一―三三頁 昭和一六年七月
（4）「蕪村随想」「寒雷」 第九八号 九―一三頁 昭和一八年六月
（5）「俳句時評」「風」 第一巻 第四号 三九頁 昭和二一年九月
（6）神田秀夫・原子公平・志摩芳次郎・金子兜太・加倉井秋を・沢木欣一「続現代俳句批判座談会」「風」 第二二号 一―二一頁 昭和二四年七・八合併号
（7）「風同人特集㈠」「風」 第三四号 一―四〇頁 昭和二四年一〇月
（8）「写生文派と自然主義」「北国文化」 第六四号 一六―二〇頁 昭和二六年五月
（9）本書「第二章 欣一の初学時代・「寒雷」時代 人間の探求――ひたぶる心の流露――」参照。
（10）「新しき主体」「寒雷」 第五七号 二五―二七頁 昭和二二年三月
（11）「中野重治素描」「文華」 第一七号 八―一二頁 昭和二二年六月
（12）「風知草と五勺の酒」「文華」 第一八号 四四―四七頁 昭和二二年七月

（13）「二つの作品」「文華」　第三三号　五九―六〇頁　昭和二三年一〇月
（14）「俳句に於ける抒情と近代性」「現代俳句」　第三巻　第一二号　一五―一九頁　昭和二三年一二月
（15）「自集自註」「天狼」　第九巻　第四号　二一―二二頁　昭和三一年四月
（16）「戦後俳壇新人論㈠」「俳句」　第五巻　第三号　五六―六三頁　昭和三一年三月
（17）原子公平・安東次男・金子兜太・菊池卓夫・沢木欣一「現代俳句批判座談会」「風」　第二六号　一―二二頁　昭和二四年一二・一合併号
（18）平畑静塔・西東三鬼・金子兜太・沢木欣一・鈴木六林男「座談会　俳句性と社会性」「風」　第八九号　一―八頁　昭和二九年一二月
（19）「「雲母代表作家句集」によせて」雲母　第三五巻　第一一号　一九―二二頁　昭和二四年　一一月
（20）「和服鑑賞」「天狼」　第八巻　第五号　四五―四八頁　昭和三〇年五月
（21）「中村草田男」「俳句」　第四巻　第六号　四五―四九頁　昭和三〇年五月
（22）注（7）に同じ。
（23）「編集後記」「風」　第三一号　表4　昭和二四年六月
（24）「選後評」「風」　第三九号　三七―三八頁　昭和二五年三月
（25）「森山啓覚書」「北国文化」　第五九号　三五―三九頁　昭和二五年一二月
（26）『自註現代俳句シリーズ第二期⑰沢木欣一集』　社団法人俳人協会　昭和五五年九月　五〇頁
（27）注（24）に同じ。
（28）注（11）に同じ。
（29）『日本歴史大事典』3　小学館　平成一三年三月　四三頁
（30）「「風」の行方」「俳句」　第二巻　第七号　六六―七〇頁　昭和二八年七月

(31) 沢木欣一他「俳句と社会性」「風」　第八八号　一―一六頁　昭和二九年一一月

(32) 「風作品の佳句」「風」　第八七号　三〇頁　昭和二九年一〇月

(33) 注（1）に同じ。

(34) 富安風生は「社会性俳句寸感」（「俳句」昭30・4）において、欣一の「社会性のある俳句とは、社会主義的イデオロギーを根底に持った生き方、態度、意識、感覚から産まれる俳句を中心に広い範囲、過程の進歩的傾向にある俳句を指す」という発言に触れ、「そして社会性を追求すると、当然作家のモラルの問題が登場して来る。そのモラルとは、各人の「生き方の基準」であり、作家の思想と切離せない肉体的なものであつて、このモラルを尺度に作品が評価されると君は説得力ある文字で論じてゆく。思想が生活とか肉体とかと結びつくそこまではいいのだが、その「思想」がいつの間にか社会主義的イデオロギイとすりかえられようとしていることに気がつくと、わたしなどは考え込んでしまうのである。「各人の」といいながら実はその「生き方の基準」が特殊なものに限られているような臭のすることに不安が感ぜられる」と述べている。欣一の弁明は、主にこの風生の見解に対するものであった。

(35) 注（12）に同じ。

(36) 注（13）に同じ。

(37) 「風」編輯同人「「風」発刊について」「風」　第一巻　第一号　表3　昭和二一年五月

(38) 「選後感」「風」　第四七号　二九―三〇頁　昭和二六年三月

(39) 本書「第三章　欣一の社会性俳句時代　「写生」の内実――社会性俳句に至る道筋を通して――」参照。

(40) 沢木欣一自筆ノート「のおとI　プロレタリア文学史　1947」日本近代文学館所蔵

(41) 山田清三郎『日本プロレタリア文芸理論の発展』　叢文閣　昭和六年　二―四頁

(42) 注（41）三―八頁

(43) 注(25)に同じ。
(44) 注(18)に同じ。
(45) 注(41) 一九頁
(46) 注(41) 二四頁
(47) 注(41) 二一頁
(48) 注(41) 三九頁
(49) 注(41) 七四―七五頁
(50) 青木重之・林徹・柏禎・北市都黄男・高島筍雄・豊田昇・沢木欣一「三十代俳人をめぐって」「風」第九三号 一―九頁 昭和三〇年四月
(51) 注(16)に同じ。
(52) 注(41) 一〇―一一頁
(53) 注(41) 一二頁
(54) 注(41) 二〇八―二〇九頁
(55) 注(1)に同じ。
(56) 注(41) 七―一二頁
(57) 注(41) 一二―一三頁
(58) 注(25)に同じ。
(59) 注(50)に同じ。
(60) 「風作品の佳句」「風」 第六九号 三三頁 昭和二八年四月

第四章

欣一俳句鑑賞（付解題）

『雪白』二十五句

雪白　ゆきしろ　第一句集　昭和十九年三月三十日、青陵社刊。非売品。菊半截、一八〇ページ、一ページ二句組み。加藤楸邨の序句一ページ、目次一ページ、「跋に代へて」六ページ、奥付一ページ。昭和十四年から同十八年に作られた作品から三〇六句を制作年代順に収録する。所収句は「馬酔木」「北辰会雑誌」（のち「北辰」）「鶴」「天香」「寒雷」「俳句研究」に発表された作品を主とする。

雪晴れに足袋干すひとり静かなる

初出「北辰会雑誌」昭和十五年三月。昭和十四年の作。冬の句。季語は雪晴れ。「愛雪抄」と題して十句発表したうちの一句。同時発表作に、

冬の雨嶽寂光に雪降れり
雪霏々と昼の電車の灯がかなし
雪しづか十字架《クルス》に翳がふれゆける
雪とぎれ卓に白磁の光り増す

等があり、雪をテーマに繊細な句風を示している。

掲句は、第四高等学校（以下、四高）に入学した頃の下宿生活の一断面を描いた第一作である。

大正八年に富山市で生まれた欣一は、同十年、両親に連れられて日本統治下の朝鮮へ渡る。「故郷の夏」[*1]と題する随想の中で欣一は、「日本の記憶は残念ながら一かけらもない。記憶に残つている最古の映像は夏の夜の関釜連絡船のピカピカに磨かれた金具であるらしい。いわばこの時からぼくは故郷を喪失したわけである」と述べ、別のところでは、内地への憧憬を強めていった消息について、「父母がいつもなつかしげに北陸の自然や人情について話しているのを聞いていて、私に失われている故郷を

取り戻そうとする心意が生じたのは極く自然である」[*2]と語っている。朝鮮の元山中学校を卒業後、進学先に四高を選んだ動機は、北陸に「未知の新しい故郷《ハイマート》」[*2]を求めていたからに他ならない。

昭和十四年、欣一は二浪の末、四高に入学する。雪泥で濡れた木綿の足袋を下宿の軒に吊るしたとき、彼は「ぎらぎらかがやく雪後の天の美しさ」[*3]を発見したという。季語「雪晴れ」には、異邦者の眼で日本の自然を捉えた清新な感動が打ち出されているが、〈足袋干すひとり静かなる〉と続けて、雪景色の静寂に孤独感をのぞかせたことで、この句に心理的な陰翳がもたらされた。

＊1　「故郷の夏」（「天狼」昭29・8）
＊2　「自作ノート」（『現代俳句全集』第二巻　昭52　立風書房）
＊3　「金沢雑記」（「俳句」昭46・4）

しぐるるや窓を掠むる鳥つぶて

初出「馬酔木」昭和十四年十二月。沢人と号した。冬の句。季語はしぐれ。「鳥つぶて」は、飛礫のような鳥の飛翔という意味を込めた欣一の造語で、「鳥」と「つぶて」の二つの要素を組み合わせて創出したものである。

これに類する手法が、斎藤茂吉の、

かぎろひの夕べの空に八重《やへ》なびく朱《あけ》の旗《はた》ぐも遠《とほ》にいざよふ　『赤光』

の歌に見出される。「旗《はた》ぐも」*1は、「旗」と「雲」を結合した造語であり、長旗のようになびく雲を意味する。

二つの語を結びつけ、それが比喩表現となっている、という点で、掲句の「鳥つぶて」と、茂吉の「旗ぐも」は近似しているということ、欣一が俳句を始める前の文学体験について、「茂吉の「赤光」などの真似をして歌を作ったこともあります」*2と語っていることを思い合わせれば、作句を始めて間もない欣一が見せた造語力に、茂吉の影響がなかったとは言い切れない。尚、『赤光』には他に、「夕《ゆふ》細道《ほそみち》に柿の花落つも」の「夕細道」や、「我《わ》を生《う》まし乳足《ちた》らひし母よ」の「乳足らひし」といった造語が積極的に用いられ、同歌集を特色づけている。

欣一は水原秋櫻子主宰の「馬酔木」を自己の俳句人生の出発点に位置づける。[*3] 金沢市の宇都宮書店で同誌を手に取ったとき、「表紙絵の高雅さと雑誌全体の芸術的な香り」[*4] に魅せられて投句を始め、掲句で秋櫻子選「新樹集」に初入選を果たした。

欣一の下宿は犀川のほとりにあり、二階の障子を開ければ医王山が望まれる。彼は当時を、「恵まれた自然にむかって私の心は子供のようにいきいきとした。あらゆるものが初めて見るもののように新しく目に飛びこんで来る。この瞬間の「鳥つぶて」のように」[*5] と追想する。

＊1　茂吉の「旗ぐも」は、万葉集に見える中大兄皇子の歌〈渡津海《わたつみ》の豊旗雲《とよはたぐも》に入日さし今夜《こよひ》の月夜《つくよ》ま清《さや》かにこそ〉（巻一―一五）の「豊旗雲」に想を得たものか。

＊2　「架橋を望む」（「短歌研究」昭33・1）

＊3　「秋櫻子著「現代俳句論」」（「馬酔木」昭46・10）

＊4　「秋櫻子先生の大きさ」（「俳句」昭56・10）

＊5　「私の俳句作法」（「毎日新聞」昭51・12・4）

雪霏々と真昼の電車灯し来る

初出「北辰会雑誌」昭和十五年三月。冬の句。季語は雪。「愛雪抄」と題して発表した十句中の一句。金沢の香林坊を通る市電を描いたものである[1]。初出の句形は、

　雪霏々と昼の電車の灯がかなし

となっているが、句集に収録する際、「灯がかなし」の主情的な表現を後退させ、「灯し来る」の客観的描写に悲哀を託した。この改作を志城柏は、「過剰な情緒を切り捨てたのは無論改善にちがいないが、それはそれとしてもここにはもう優に新進の名に値する一作者がいた[2]」と評している。また、林徹は〈雪霏々と…〉の句を始め、〈おびたゞしき靴跡雪に印し征けり〉や〈雪しろの溢るるごとく去りにけり〉等、四高時代の作品七句を抽出し、「青春の情感をみずみずしくたたえながらも、気分に押し流されるということなく、いずれもが骨格正しい俳句となっている。短歌から俳句へ進み、詠嘆から具象へと表現を切り換えた時の、その悟りの早さは、二十歳そこそこの青年と思えぬ賢明さと言わねばならぬ[3]」と述べているが、掲句の推敲の形跡は、この見方を裏づけるものといえる。

　短歌から俳句に転身した事情を欣一は次のように[4]回想する。正岡子規・斎藤茂吉・島木赤彦等の短歌を愛読し、茂吉の『赤光』を手本に歌を作ったが、それは「甘くて感傷的」で「万葉調の格調」に

程遠く、「その甘さが日支事変下の現実感とそぐわない」こともあり、短歌を断念した。そして、「もっと事物に即しようという気持」から、それまで親しんだ「アララギ派の方向を突きつめ」て、アララギ的な俳句を作ろうという考えに至った。

欣一は〈雪霏々と昼の電車の灯がかなし〉と詠んだのちに、改めて、「事物に即しよう」という初志に立ち返り、この句を推敲したものと思われる。

吹雪に漏れる淡い「灯」は作者の悲哀を描出したもので、改作句では、その感情の増幅が、座五「灯し来る」によって客観的に把握されたのである。

＊1　『自註現代俳句シリーズ第二期⑰沢木欣一集』（昭55　俳人協会）
＊2　志城柏「沢木欣一の生活と文学」（「俳句」昭43・6）
＊3　林徹「沢木欣一論」（「俳句研究」昭54・10）
＊4　「架橋を望む」（「短歌研究」昭33・1）

巨き雪死にゆく人のひそかなり

初出「馬酔木」昭和十五年四月。冬の句。季語は雪。初出の句形は〈巨き雪死にゆく人も静かなり〉で、「深青集」[*1]に入選した「雪と死」と題する三句中の冒頭句。沢人の号で発表した作である。句集に収める際、「雪と死　五句」として五句の連作とした。掲句はその冒頭句で、後に、

巨き雪遺骸を橇に載せゆけり
雪に立つ弔花に雪の音すなり
葬ると鍬巨雪に沈めたり
葬ると雪堀《ママ》れば雪層なせり

の句が続く。後年、欣一は「「雪と死」と題する連作は昭和十五年の豪雪を詠んだもので、言語に絶するほどの大雪であった」「私の連作は街中の嘱目で、自然の猛威と人間の非力をまのあたりに感じた素朴な作である」[*2]と記す。

「馬酔木」で実践された連作の傾向に関する先行研究を一つ紹介しておくと、松井利彦は連作の流行した昭和六年の「ホトトギス」と「馬酔木」の作品を較べ、「ホトトギス」の一部で行われた「一題を角度を変えて詠むという方法」即ち「観察を精細にしようというゆき方」に対し、「馬酔木」の連作

は常に「一句で詠みえない時間」の克服を試みたもので「それはそのまま感情の大幅な表出ということを意味するものであった」[＊3]と指摘する。

　このような「馬酔木」的な連作のあり方が（昭和十五年までに連作俳句の興隆期は峠を越していたとはいうものの）欣一の連作を規定していたということは、「一句で詠みえない時間」を連作によって補った「雪と死」の構成から窺えるのであり、そこには作者の感情の広がりといったものが表現されていなければならない。そこで、「雪と死　五句」に見る感情の広がりについて見てみると、掲句において「ひそかなり」と死に静寂の趣を見出し、次句で遺体を載せた橇の行方を追い、〈雪に立つ…〉の句で再び「弔花に雪の音すなり」と静けさを捉え、次いで埋葬の様子を詠み、最後の句で「雪層なせり」と自然の美を重厚に描いてみせた。一連には、死の静寂に親しむ気分から、雪の層に瞠目するまでの唯美的感情の高まりが認められるのであり、ここに、松井の言う「馬酔木」の連作を踏まえた「感情の大幅な表出」を見て取ることが出来るのである。

＊1　山口誓子選の連作投句欄。
＊2　「私の昭和俳句㈠四高生のころ」（「俳句研究」平2・1）
＊3　松井利彦「昭和初年代の俳句運動㈡新興俳句」（『昭和俳句の研究』昭45　桜楓社）

図書館の窓荒園に雪降れり

初出「北辰会雑誌」昭和十五年七月。冬の句。季語は雪。四高の図書館で詠んだもので、「戦時下の閉塞した心理が荒園という語を選ばしめたのであろう」[1]と自解する。

欣一は「馬酔木」から俳句に入門した当時を、「日本の自然美をキメ細かく柔軟に表現する秋桜子の句風を最初に学んだことは私にとって意義が大きい。もう既に戦時色は濃くなりつつあり、美が純粋に保たれることがあぶなく感じられるような世相であった」[2]と振り返る。

冬の雨嶽寂光に雪降れり　沢木沢人　昭15・2　馬酔木

あかつきの屋根石濡れて梅咲けり　沢木沢人　昭15・7　馬酔木

といった作品からは美を保とうとする意識が感知されるが、次第に唯美的傾向に物足りなさを感じるようになった[3]欣一は、人間探求派の一人と目された石田波郷の主宰する「鶴」に投句し、昭和十五年四月、七月、十一月の同誌の波郷選「鶴俳句」に入選している。

このように、秋櫻子から人間探求派へと立脚点を移してゆく過程で、掲句のような人間心理の追求に比重を置く作風が生み出される。

掲句の「荒園」は、「こうえん」と読めば荒れ果てた庭園を意味する漢語だが、自註[4]によれば、「あらぞの」と読ませるので、欣一の独創ということになろう。独創的な詩語という意味でいえば、彼は「鳥つぶて」や「新羅野」といった造語を駆使している。

しぐるるや窓を掠むる鳥つぶて　昭14・12　馬酔木

の「鳥つぶて」は、「鳥」の飛翔を「つぶて」に喩えて表現したものであり、

釜山・京城間夜急行（五句ノ内ノ一句）
新羅野は霜うちけぶり大日輪　昭15・3　北辰会雑誌

の「新羅野」は、新羅王朝の栄華の幻を原野に浮かび上がらせている。
これらの造語に対し、「荒園」は内攻してゆく作者の心の鬱積を反映したもので、自然の相（鳥の飛翔の躍動・歴史を感じさせる場）よりも、自己の心理状態に執した造語のあり方に、人間探求への移行の跡を見て取ることが出来るのである。

＊1　「私の昭和俳句㈦金沢」（「俳句研究」平2・7）
＊2　「自作ノート」（『現代俳句全集』第二巻　昭52　立風書房）
＊3　「私の結社遍歴」（「短歌研究」昭36・7）
＊4　『自註現代俳句シリーズ第二期⑰沢木欣一集』（昭55　俳人協会）

世の寒さ鳰の潜るを視て足りぬ

初出「鶴」昭和十五年四月。初出の句形は、〈世の寒さ鳰のもぐるを視て足りぬ〉。沢人の号で発表した作である。冬の句。季語は寒さ。「鳰」は、かいつぶりの古名である。この句に触れて欣一は、「犀川には鳰が多かった」[*1]と振り返る。

上五「世の寒さ」は、国家総動員法の成立（昭13）、同法に基づく国民徴用令の公布（昭14）等、国家の総力を戦争に集中させてゆく時代の昏さを感知した心理である。鬱然と沈む作者の眼が、水脈を引く一点のかいつぶりを捉えた。淡い冬羽の地味な水鳥は、すっと潜水し、少し間を置いて、ぷかりと浮かび上がる。その姿を見て、青年の心は満ち足りてゆくのである。

ほぼ同じ時期に作られた、

冬の雨嶽寂光に雪降れり　昭15・2　馬酔木

の句は、秋櫻子の作風、つまり欣一の言葉を借りていえば「日本の自然美をキメ細かく柔軟に表現する」[*2]ゆき方を踏まえたものと思われ、戸室山と医王山に降る雪の微光を捉えた繊細な筆触に秋櫻子の影響を認めることが出来る。

このように、「馬酔木」と並行して波郷の主宰する「鶴」に投句した欣一は、「次第に秋桜子選の唯美的傾向に物足りなさを感じ」る一方で、「街をさまよって酒を飲み句を作る」[*3]というような、いわば「市井彷徨の気分」[*4]が表れた「鶴」の俳風に引かれてゆく。

　掲句と同時発表作に、

　　雪霏々と十字路の暮ジヤズ鳴れり

　　雪に雨そそげり書舗は戸を閉ぢぬ

といった句があり、これらの句には、暗い谷間の時代に市井を彷徨する青春のあり方が描かれているということになろう。

＊1　「私の昭和俳句㈠四高生のころ」（「俳句研究」平2・1）

＊2　「自作ノート」（『現代俳句全集』第二巻　昭52　立風書房）

＊3　「私の結社遍歴」（「短歌研究」昭36・7）

＊4　「似非風狂の周辺」（「俳句」昭46・11）

驟雨来て瑠璃岩盤に萩散りぬ

初出「北辰」昭和十五年十二月。秋の句。季語は萩。金剛山の岩盤は驟雨に濡れて瑠璃色を発色し、萩は薄紅色の花を散らしているというもの。この夏、朝鮮の元山に帰省して原子公平（当時、三高生）と金剛山に登った折の作。「金剛山四句」の前書で発表した四句中の第三句で、句集に「金剛山」として収めた。他に、

岩灼くる光の底に蛇ゆけり
一本づつ夕焼け終る天の松
残照の海見ゆるところ林檎熟れ

の句がある。掲句の「瑠璃岩盤」、〈岩灼くる…〉の「光の底」や、〈一本づつ…〉の「天の松」は、深山幽谷の神秘を表現したものである。欣一は、「元山から汽車で三時間位南に金剛山がある。一夏、公平とぼく、その他二人の友人と四、五日かゝつて金剛山一周をしたことがあつた」「高校一年のときであつた。その頃から大分俳句に熱を入れはじめた。金剛山何十句かをお互に作つて熱を上げた」[*1]と記し、多産の夏を振り返っている。

同文中に欣一が「全山これ巌のきざはし」と記し、その険しい山容を伝えているように、金剛山は

奇岩絶壁で知られる名山であるが、その景観の特性によって内金剛、外金剛、海金剛に分けられ、外金剛は男性的な山岳美を誇り、内金剛は女性的な渓谷美で知られる。[*2]

掲句の「瑠璃岩盤」は「なめらかな岩の美しさ」[*3]を強調したもので、このような女性的景観は内金剛に照応するものといえそうだ。

後年、欣一が掲句に馬酔木調を認めているのは[*4]、急雨の去った岩盤の壮麗な彩色や、「萩散りぬ」と余情を含んだ唯美的な詠みぶりによるものであろう。

＊1　「故郷の夏」（「天狼」昭29・8）
＊2　「朝鮮民主主義人民共和国」（『朝日百科　世界の地理』8　昭61　朝日新聞社）
＊3　『自註現代俳句シリーズ第二期⑰沢木欣一集』（昭55　俳人協会）
＊4　「私の昭和俳句㈧続・金沢」（「俳句研究」平2・8）

汗して見るヘルン愛顧の櫛の雲脂《ふけ》

初出「北辰」昭和十五年十二月。初出の句形は〈秋霖やヘルン愛顧の櫛の雲脂《ふけ》〉。「松江小泉八雲旧居」の前書で発表し、句集には同じ前書で改作句を収めた。夏の句。季語は汗。この年の夏、朝鮮の父母の許に帰省して原子公平らと金剛山を踏破した欣一は、金沢への帰途、島根県松江市の小泉八雲旧居を訪れた。小泉八雲の本名は、ラフカディオ・ハーン（ヘルン）。八雲旧居に展示された櫛のコレクションは、八雲の日本への愛着を物語っている。上五「汗して見る」は、小さな調度品に日本人の美意識を見出した八雲に対する作者の深い共感を窺わせる。この句について楸邨は「八雲に敬意を覚える作者の気持が、「汗」ととりあげた肉体的な力で支持せられ、「雲脂」をつかみ出した点確実な把握力を示してゐる」[*1]と評した。この頃、欣一は、

梨売りの頬照らし過ぐ市電の燈　沢木沢人　昭15・11　馬酔木

の句を最後に「馬酔木」を離れ、「寒雷」の加藤楸邨選「寒雷集」に、

はらからの蚊帳に眠るや遺影の間　沢木露地　昭15・11　寒雷

の句で初入選する。

掲句は、三誌に発表してゆくなかで、

　　松江小泉八雲旧居
秋霖やヘルン愛顧の櫛の雲脂《ふけ》　　沢木欣一　昭15・12　北辰
　　松江小泉八雲旧居
汗して見るヘルン愛顧の櫛の雲脂　　沢木欣一　昭16・1　寒雷
　　八雲旧居
汗して見るヘルン愛顧の櫛の雲脂《ふけ》　　沢木欣一　昭16・7　北辰

といったように「秋霖」の醸す物淋しい情趣を後退させ、八雲に対する共感を押し出し、人間臭さが定着した。〈梨売りの…〉や〈はらからの…〉も、同じ志向に立つものであったとすれば、この辺に、秋櫻子に導かれた唯美的傾向を脱して、人間探求に比重を移してゆく欣一の歩みを見てとることが出来よう。

　尚、欣一の姓号について触れておくと、「北辰会雑誌」及び「北辰」では沢木欣一、「馬酔木」や「天香」では沢木沢人、「鶴」では沢木沢人、沢木欣一、沢木露地を用いている。昭和十六年一月の「寒雷」から、沢木欣一に落ち着いた。

＊1　加藤楸邨「寒雷集俳句の表現」（「寒雷」昭16・1）

芭蕉忌や己が脚嚙む寒鴉

初出「寒雷」昭和十六年四月。同年七月の「北辰」にも発表された。昭和十五年の作。冬の句。季語は芭蕉忌。寛永二十一年伊賀上野に生まれた芭蕉は、元禄七年十月十二日（旧暦）に大阪で客死した。この句について楸邨は、「芭蕉忌であることを作者は心中深く覚えてゐる。芭蕉の生涯は、俳句に真率に接してゐる胸中を去来してゐるのであるが、さういふ深層がこの句の作者の内面を形成してゐるのであつて、芭蕉忌といふ季語は、さういふものを表現面で支へてゐるのである。さういふ作者の眼に、荒涼の只中に、己が脚を嘴で嚙みせせる姿が入つて、寒鴉が我と脚を嚙む眼前の覆ふべからざる事象の中に、芭蕉忌の内面の感じに響くあるはげしさを摑んでゐるのである」[*1]と評し、芭蕉忌と、己の脚を嚙む寒鴉は、「あるはげしさ」において響き合っているという見方を示した。

掲句とほぼ同じ時期に発表した「意欲と表現」[*2]と題する一文において欣一は、芭蕉の、

　麦の穂を力につかむ別れかな

の句を評釈している。この句は「五月十一日、武府《ぶふ》を出て古郷に趣《おもむく》。川崎迄人〳〵送けるに」の前書を付す留別の吟で、この時、見送人の中に「彼（筆者注―芭蕉）と宿世の縁深き寿貞と更に子供達も交つて」いたと欣一は見て、風雅の一筋に生きた芭蕉も、別離に際しては「愛欲」との相克に苦悶し、

しかも超克することが出来ず、麦の穂をつかんだのであり、「生」に対する烈しい意欲と一枚になった風雅の「烈しさ」こそ芭蕉の真諦であると説く。

これは、愛欲関係を断ち難い芭蕉の苦悶、その「生」への意欲に〈麦の穂を…〉の句の価値を認めたものであり、掲句の「己が脚噛む寒鴉」は、この芭蕉の相剋に想到して形成された心象[*3]であったということになるのである。

＊1　加藤楸邨「寒雷集俳句の表現」（「寒雷」昭16・4）

＊2　「意欲と表現」（「寒雷」昭16・7）

＊3　欣一は「自句自解」（「俳句」昭32・8）において犀川の河原で見た光景である気がすると記すが、『自註現代俳句シリーズ第二期⑰沢木欣一集』（昭55　俳人協会）では「心象を描いた」として、実景から心象に明確化している。

おびたゞしき靴跡雪に印し征けり

初出「北辰」昭和十五年十二月。冬の句。季語は雪。「断片」の題で発表した十四句のうちの一句。応召兵は雪を踏みしめて金沢駅に入場した。駅前の広場の雪に残された無数の靴跡は、欣一の心に広がってゆく空虚感の具象化である。また、「おびたゞしき」の語感からは、微弱ではあるが厭戦の気分を汲むことも出来る。

掲句は「靴跡」を把握した即物的な作風を示すものであるが、「断片」十四句の全体的な印象について欣一は、「作品は自然の若しくは身辺の冷厳な世界を格調高く表現しようとしたのであるが、表現の不備のため内容貧困な句がある。自分としても暗中模索の状態にあるので、未だ独自な立場を持てず、明彩を欠くのであるが、どうしても自然のために自然を描写することに安住出来ない。それだけに現下の作品には未熟の故観念的恨みが従つて居る」[*1]と自省する。自然に忠実な描写を否定し、自己の世界観の表出を目指す欣一は、「表現の不備」による「観念的恨み」を自作に認めており、「断片」の、

柘榴実となりしか帰省の旅了る

灯蛾に孤り高校生活かくて半ば

等に、観念的傾向を指摘することが出来よう。いずれの句も実体のある季語を詠み込んでいるが、描

写の不十分な点は否めない。逆に、

　　梨売りの頬照らし過ぐ市電の燈《ひ》

の句や掲句は、対象の把握と描写に徹したもので、それは、対象の模写にとどまるのではなく、対象に内面世界――掲句でいえば空虚感、〈梨売りの…〉の句でいえば市井風景への愛惜――を語らせるものであったといえる。

尚、楸邨は選評の中で掲句を取り上げ、「壮行の句は数多く詠まれてゐるが、この句はさうした場合の類型をはるかに超えてゐる。壮行といへば、旗とか歌とか、別離とかが先づ目につくところである。作者はさうしたところを一切描かないで靴跡を鋭くつかんだ。しかも、雪に印し「たおびただしき靴跡」であつて、この目はまさに生かされたのである。過去のあらゆる人生を載せた靴跡の中から、作者は、一路はるかに続く靴跡を、心中に遠くみつめてゐるのであらう」[*2]と讃辞を呈した。楸邨の評言を読み、欣一は自己の方向性に確かな手応えを感じていたのではなかろうか。

＊1　「後記」（「北辰」昭15・12）

＊2　加藤楸邨「寒雷集俳句の表現」（「寒雷」昭16・1）

寒燈に海鳴りのみを聴くものか

初出「北辰」昭和十六年七月。「遠来の友を迎ふ」の前書を付す。昭和十五年十二月の作。句集に収録する際、「原子案山子金沢に来る日」と前書を改めた。冬の句。季語は寒燈。同時発表作に、

　旅に出む末枯の園に弊履捨て

の句がある。

この年の暮れ、原子案山子（公平）が欣一の下宿（犀川上流、桜橋の畔）を訪れた。掲句は、下宿に近い鮴《ごり》屋で公平と酒を酌み交わした折の作である。[*1]犀川下流から響いて来る日本海の海鳴りに、当時の金沢の深閑と更けてゆく様が偲ばれる。

上五の「寒燈」は、寒々しい座に流れる友情の温かさを感知させるが、「海鳴り」の低い響きや、波のうねりが闇の中に砕け散る心象といったものが不安感を呼び起こし、座五「聴くものか」において、その不安感と向き合わなければならない作者の心理状態、いってみれば暗鬱な気分の内攻が示された。

この後、二人は楸邨と波郷の謦咳に接するため、十二月二十五日、松任駅を発って上京する。欣一の句帖[*2]によれば、〈旅に出む…〉の句は、この日に詠まれたものである。彼らは二十八日に駒場に住む波郷を、日を改めて坂下町に楸邨を訪ねた。欣一は楸邨との歓談について、「松風の中に実に静かな暖

く充実したものであつた」と記し、「大東亜戦争開戦の凡そ一年前のことである。世相の暗さと迷路の悲哀を吾々文学少年も味ひつ、あつた」[*3]と述懐する。

暗雲の垂れ込める夜の海鳴りに聞き入る作者の心は、苛酷な運命から逃れがたいという嘆きを十全に伝えているものといえよう。

＊1　「私の昭和俳句㈣現代俳句の出発」（「俳句研究」平2・4）
＊2　沢木欣一自筆句帖　昭和十五年十二月二十四日〜同十六年十二月　日本近代文学館所蔵
＊3　「出会《しゆつくわい》」（「寒雷」昭19・7）

帰り来て雪待つ心糧となし

初出「寒雷」昭和十六年三月。冬の句。季語は雪。東京へ旅行し、金沢に戻った日の作。

上京から帰沢までの欣一の動静を記してみると、昭和十五年十二月二十五日の夕刻、彼は公平と連れ立って急行に乗り、東上する。越中平野から親不知を経て、「雪国」に入った時の心境を欣一は、「其処は雪国であつた。何故か知らぬが僕も雪を恋ふ心は久しかつた。それは大げさに言ふと無為に積る心塵を洗ふ気持であるかも知れぬ[*1]」と語っている。

列車は霜寒の巣鴨駅に到着する。欣一と公平は二十八日に波郷を訪ね、日を改めて楸邨を訪い、歓談した。

大晦日、水道橋駅裏の神田川に塵芥車が塵を投げ落とす光景を見た欣一は、「蜜柑の皮が塵芥に混つて非常に美しかつた[*1]」と振り返る。この時の嘱目吟が、

冬の河崖より芥投捨てられ　　昭16・3　寒雷

である。

昭和十六年の元日を中野で迎え、七日に帰沢した欣一は、後日、「七日金沢に帰るとまだ雪は来てゐなかつた。犀河原の枯葦は赤茶色に灼け雪を待つこと久しい。僕も度々霰打つ音を聴きながら燈によ

り雪を心窃かに待つてゐる」と語っている。冬日に灼けた枯葦の赤錆色に、欣一は自身の「心塵」を投影したのではなかろうか。であるとすれば、上京の途次、豁然とひらけた雪の景に、「僕も雪を恋ふ心は久しかつた。それは」「無為に積る心塵を洗ふ気持である」と感じた余韻が、掲句に響いているということになろう。

このような内向的な傾向は、

セルを着て稚き金魚買はむなど　昭16・9　寒雷
マント被り憶ひ定むる星の位置　昭17・1　寒雷
黍の穂の傾きて思ふこと多し　昭18・11　寒雷

といった句と共に、青春期の欣一の句風の側面を特色づけているのである。

＊1　「歳末上京記」（「寒雷」昭16・3）

セルを着て稚き金魚買はんなど

初出「北辰」昭和十六年七月。初出の句形は、〈セルを着て稚《おさな》き金魚買はんかな〉。夏の句。季語はセル。中七「稚き金魚」は小さい金魚の意。

セルに袖を通した作者の胸中に、ふと、小さな金魚を買おうという考えが浮かぶ。しかし、この感傷を「買はんなど」と打ち消して、自嘲を洩らしたのである。自註に、「セルの感触はもの思いを誘う」[*1]と記す。

初出から推敲の跡を辿ってみると、

（イ）　セルを着て稚《おさな》き金魚買はんかな　　昭16・7　北辰
（ロ）　書を売りて稚なき金魚買はむなど　　昭16・7　寒雷
（ハ）　セルを着て稚き金魚買はむなど　　昭16・9　寒雷

といった変遷を見ることが出来、掲句は、（イ）の「セルを着て稚《おさな》き金魚」と、（ロ）の「買はむなど」を繋ぎ合わせて（ハ）の句とし、改めて「寒雷」に発表したものであったということが知られる。（イ）と（ロ）の句が同時期に発表されたことは、上五を決しがたい欣一の推敲の過程を物語っていよう。（ハ）の句において上五を「セルを着て」と決定づけた直接の因に、楸邨の句との触れ合いが考えられ

るので、この辺の事情について述べてみると、欣一は「意欲と表現」[*2]と題した文中で、

白地着て此の郷愁の何処よりぞ　　楸邨

の句について、「都会に出て生活する人となつた作者の哀愁が白地を浸透して読者の胸に流れる」「此の白地の木綿の冷たさ、やがて温かさが肌に触れるやその瞬間作者の内奥に故里へのノスタルジヤ」が「忽然と産れ」る。「ともかく、白地といふ近い対象と作者の内観は合一して郷愁に形成せられたのである。対象はもや〳〵とした情念に規定を与へ、兎角生活から遊離する此の種の詠歎を巧みに肉体へと近付けてゐる。――この場合、やはり対象は、白地は肌にちやんと触れてゐるではないか。――肉体は観念などよりもずつと先に直接的に感動してしまふのだ」と説明する。

「観念」ではなく「肉体」によって感動的に感動を捉えた楸邨の句に触れ、欣一は〈書を売りて…〉の句が、心中の叙述に終始している点を見直し、上五を「セルを着て」という風に「肉体」へ近づけることで、逡巡する心理を感覚的に伝えようとしたのであろう。

＊1　『自註現代俳句シリーズ第二期⑰沢木欣一集』（昭55　俳人協会）
＊2　「意欲と表現」（「寒雷」昭16・7）

雪しろの溢るるごとく去りにけり

初出「寒雷」昭和十七年六月。春の句。季語は雪しろ。

　白梅に別る襤褸の一抱へ

の句と共に「金沢を去る」の前書で発表し、句集に収める際「四高卒業金沢を去る」とした。同時発表作に、

　　　帰省
　餅を切る母の諸手や帰家の卓
　　上京小石川に居を定む
　釘打つて森閑と冴え返りけり
　水を煮る音や静かに寒明けぬ

があり、卒業後の動静を伝えている。

　掲句は、「雪しろの溢るるごとく」と春の到来を雄渾に描き出すが、座五「去りにけり」の助辞を連ねて長く引く調べは、雪しろの行方を追う作者の心情の表出であり、雪しろが海に出て跡形もなく消えてゆくさまに、戦時下における自己の生のはかなさを重ね見たものである。このはかなさに関して

欣一は、「金沢を去る数日前、雪白のはげしい日があつた。河に雪塊がひしめき、発光して流れて行つた。ひた走りに走つてすぐ日本海に出て融けてしまうわけだが、その盛なる様に感動した。またそのはかなさを思つた。前年暮太平洋戦争は既に始まり、青年達の運命は決まつていた。滔々たる流れに押し流されているという日々の実感が、無意識に流れ去る雪塊をとらえたのであろう」と述べ、「去るのは雪塊であるが、自分も街を去り、何処へ行くかわからないという気持である」[*1]と当時の心境を振り返る。

座五「去りにけり」の詠嘆性は、「雪しろ」に纏綿する漂泊の心ということになるが、卒業を詠むにあたって、「雪しろ」や「白梅」を素材に選んだところに、金沢で暮らした三年間の清らかな思い出を糧に新天地へ赴く青年の一縷の希望――戦時下で見失われつつある――を読み取りたい。

＊1 「自句自解」(「俳句」昭32・8)

妹と東京に会ふ梅雨明るし

初出「寒雷」昭和十七年八月。夏の句。季語は梅雨。「妹上京」の前書で発表し、句集に収める際も同じ前書を付す。同時発表作に、

本郷に慣れ腋ばさむ本の黴

塵のごとくアカシヤの花手に足に

短夜のかにかくに口漱ぎ寝む

があり、新生活も落ち着きを見せはじめていた。

東京帝国大学文学部国文学科に進学した欣一は、小石川区原町十二番地の千家荘に居を定める。欣一が上京した頃、妹美知子も東京の女子専門学校に入学し、大塚の寮に住み始め、時々欣一の許を訪ねて身の回りの世話をしたという。[*1]

欣一が、「昭和十五、六年前後、殆んど青春と呼ぶ青春はありませんでしたが、強いて云えば密室に閉ぢ籠つた観念的なものでした」[*2]と回想しているように、戦争が青春に影を落とす日々の中から生み出された作品が、

遠来の友を迎ふ

寒燈に海鳴りのみを聴くものか　　昭16・7　北辰

セルを着て稚き金魚買はむなど　　昭16・9　寒雷

といった内向的な昏さを伴うなか、妹に会う幸せを前面に押し出し、「梅雨明るし」と心浮き立つ光彩を描いた掲句は、異色であったといえよう。

しかし、実際の生活は相当逼迫していたようで、欣一は「妹と会うのは楽しかったが、東京は既に物資不足、ハイヒールを買ってやろうにも何処にも見当らない。浅草あたりをほっつき歩いてやっと紙のように薄い皮のものを買ってやった」と深刻な物資不足を振り返ると共に、寮で粥や甘藷ばかり食べていたという美知子の食生活についても触れている[*1]。

軍需を優先する政府によって都会の生活は切り詰められてゆくが、掲句は「梅雨明るし」と主観を開放した明るさ、いうなれば、妹と共に眺める世界の輝きに満ちているのである。

＊1　「私の昭和俳句㈨東京へ」（「俳句研究」平2・9）

＊2　「風同人特集㈠作品及アンケート」（「風」昭24・10）

草田男眸つむり光琳笹も夕焼けて

初出「寒雷」昭和十七年九月。初出の句形は〈草田男眼つむり光琳笹も夕焼けて〉。夏の句。季語は夕焼。「中村草田男氏と初めて会ふ」の前書で発表し、句集に収める際、「成層圏句会」と改めた。この句について欣一は、「氏（筆者注―草田男）を中心に東大生十人位が毎月一回赤坂の山の茶屋に集り、指導を受けていた。この句は草田男氏の初印象である。氏はこの時ひどく疲れておられた。高校教授の錬成会か何かの後であつたらしい。俳句の上でも、「京大俳句」事件後の圧迫が加わりつゝあつた時代である。わたしは氏のいた〳〵しい表情を正視出来ないような気になつた記憶をとゞめる。赤坂の崖に夕日があか〳〵と射し、光琳笹のふちを色どつていた。それが美しいのであるが、行き詰つた無力な感じを与えていた[*1]」と自解する。

八・七・五の破調は草田男の存在感を示すもので、斜陽に映える固い瞑目が苦渋の表情を感じさせる。そのような草田男の内面に呼応するように光琳笹も赤々と愁いの色に染まっているのである。八・七・五とすぼみゆく声調と、切れを入れない句法によって草田男の晴れやらぬ陰鬱な心持ちが表されている。

後に欣一は、「高校生の頃の話である」として、昭和十四年から金沢の四高で学んだ私は数人の友人と俳句のグループを作った。そこで草田男俳句をプリントして輪講会のようなことをやった。

妻二タ夜あらず二タ夜の天の川　　草田男

の句など万葉調とも言うべきであると誰かが述べたのを覚えている。丁度その時代は戦争の暗い影が濃くなり次第に空気が薄くなってゆくのを肌で感じるような時期であったので、草田男俳句の健康で明るい青春性とでもいうべき若々しさが一つの救いであり、貴重品のように思われた。[*2]

と記す。

四高時代から欣一は草田男俳句の「健康で明るい青春性」に魅力を感じていた。それだけに、成層圏句会で初めて顔を合わせた草田男の沈鬱な面持ちは、その瑞々しい作風との懸隔を欣一に強く印象づけたのではなかろうか。

＊1　「自句自解」（「俳句」昭32・8）

＊2　「風木舎俳話（八十六）草田男さん逝く」（「風」昭58・9）

曽住の熟れまるめろが垣なす家

初出「寒雷」昭和十七年十月。秋の句。季語はまるめろ。「夏旅」と題して四十五句発表し、句集に収める際、「北陸紀行」として四十二句抄出したうちの一句。

この年の夏、楸邨に同行して北陸地方を旅した。金沢で四高時代の下宿を訪ねると、垣根のまるめろの木が果実をつけて、甘い芳香を放っている。欣一は中七の「熟れまるめろ」について、「梶井基次郎がレモンを愛したのにならつて、わたしは書棚にまるめろを置いて愛玩した」*1と述懐する。黄熟したまるめろは、文学的雰囲気に浸った四高時代の記憶に連なりをもつものであったということになろう。

北陸紀行は、芭蕉の「奥の細道」の足跡を辿る旅であった。東京を発った楸邨と欣一は、金沢に入ると、兼六園、成巽閣、金石の夏祭を見物し、松任に赴く。

二人の師弟関係は地縁によって近づけられた面がある。楸邨は、

千代尼忌や屋根石灼くる街に佇ち　欣一　昭16・1　寒雷

の句を「千代尼の墓のある松任であらう」として、「寂寞たる炎天の屋根石を瞶めて、千代尼忌を心中に感じつつある姿が出てゐる。私も金沢に住み、松任に個人的な深い追憶を持つてゐるので、一入心

を惹かるるものがあつた」と評した。楸邨は石川県立金沢第一中学校を卒業後、父の病臥のため四高への進学を断念し、代用教員として松任小学校に勤めて家計を担った。[3]当時の経済的苦難が思い出されたのであろうか、西日の中、松任を歩き廻る楸邨の様子は、欣一から見て「激情を抑えかねて」「終始不気嫌であった」[4]という。

松任を後にして、二人は市振に投宿する。この夜、『斎藤茂吉ノオト』[5]について熱っぽく語る欣一に対し、楸邨は、

　　青蚊帳に茂吉論などもう寝ねよ

と詠んだ。自分は「早寝早起」で、欣一はその「反対」だったと楸邨は回想する。[6]

＊1　「自句自解」（「俳句」昭32・8）
＊2　加藤楸邨「寒雷集俳句の表現」（「寒雷」昭16・1）
＊3　『新研究資料現代日本文学　第六巻　俳句』（平12　明治書院）
＊4　「私の昭和俳句㈩北陸紀行」（「俳句研究」平2・10）
＊5　中野重治『斎藤茂吉ノオト』（昭17　筑摩書房）
＊6　「世代と俳句」（「寒雷」昭25・1）

天の川柱のごとく見て眠る

この句も「北陸紀行」四十二句中の一句で、「出雲崎」の前書を付す。他に、

　崖下の三味や夏足袋現《うつゝ》ならず

　佐渡見ゆる二日宿りの天の川

の句がある。

楸邨と欣一は市振から、親不知、柏崎を経て出雲崎に入った。〈崖下の…〉の句は、燈火管制が厳しく敷かれているなか、崖下の民家の窓が明るく灯り、三味線に合わせて舞踊する女の艶やかな姿が眺められたというもの。欣一は「虚無的であるがこの世のものでない美しさが凝結していた」と述べ、「時局は急迫、六月ミッドウエー海戦で、日本大敗、八月には米軍ガダルカナル島に上陸、死闘がくりひろげられていたガダルカナルの劣勢は既に伝えられていた」[*1]と当時を振り返る。

座五「現《うつゝ》ならず」は舞踊を垣間見る陶酔であり、そこには、世をはかなむ思いが込められているであろう。

掲句は芭蕉の、

　荒海や佐渡によこたふ天河《あまのがは》

の句を意識したもので、後に欣一は、「闇に直立している光の柱、大げさにいうと、そういう感じであつた。天の川は芭蕉の句から想像されるように佐渡の上空に、平行に横わつてはいない。陸から空を距てた佐渡へなだれ延びていた」[*2]と記す。古句が伝えるイメージとの極端な相異が、この日見た天の川の特徴を躍出させている。

出雲崎を後にした楸邨と欣一は越後鉄道を利用し、新潟駅で皆川弓彦・峯村文人と合流した。四人は佐渡ヶ島に渡り、真野宮に詣でた。

帰京の途次、欣一は新潟平野の稲田を、

　豊年や汽車の火の粉の美しき

と詠んでいる。

＊1　「私の昭和俳句㈩北陸紀行」（「俳句研究」平2・10）

＊2　「自句自解」（「俳句」昭32・8）

ニイチエを読み拍子木が告ぐる除夜

初出「寒雷」昭和十八年二月。昭和十七年の作。冬の句。季語は除夜。ニーチェ（一八四四—一九〇〇）はドイツの哲学者。自註に「ニイチェを読みたくなり、無理して原書を買ったことがある。時代が大きくゆらいでいた頃の年の暮[*1]」とある。

昭和十六年十二月八日、西太平洋において日本が米英と戦闘状態に入った。その事実をラジオのニュースで知った欣一は、「途方にくれて」「現実に働きかける意欲を喪失し[*2]」たという。翌十七年四月十八日、東京帝国大学の安田講堂上空を飛行するアメリカ機B25の機影を目撃した欣一は、同大学の図書館の屋上から東京都心を取り囲むように数個の気球[*3]があげられているのを見る。

ニーチェの原書を訳読して思索に沈潜したのも、こうした体験を経て「現実に働きかける意欲」を失っていったためといえる。夜警の拍子木の響きは、年の夜の孤独な魂に沁みたであろう。

初出誌「寒雷」の楸邨選「寒雷集」には掲句の他に、

御いくさの冬となりけり釘打つ音　皆川弓彦

畏友林貞良少尉戦死す。その郷土秩父にありて（二句）（ノ内ノ一句）

枯山の幹みな白し泪わく　金子兜太

といった句がある。

弓彦の句は「御いくさ」の語がますらおぶりを示しており、兜太の句は、畏友を失った悲しみが感覚を通して真率に打ち出されている。

このように各人各様の戦争の受けとめ方を見せた青年たちは、この年、学徒出陣によって、出征する運命を負っていた。

＊1　『自註現代俳句シリーズ第二期⑰沢木欣一集』（昭55　俳人協会）

＊2　「私の昭和俳句㈨東京へ」（「俳句研究」平2・9）。

＊3　阻塞気球。敵航空機の侵入を防護するためにあげられた。

厨芥車滴り長し二月尽

初出「寒雷」昭和十八年四月。春の句。季語は二月尽。「厨芥車」は家庭の調理場から出た屑を収集する大八車である。生ごみを積んでいるので、荷台から水分がぽつんぽつんと滴り落ちる。寒気のゆるんだ気分を「滴り長し」に反映させているのである。

下宿先の千家荘周辺の嘱目で、後に欣一は、生ごみの中に「蜜柑の皮などが混っていると宝石のように見える。蜜柑などめったにしか口に入らなかった時代である。冬から春へ、その滴りも汚ないとは思えず、かえって美しくさえ感じた」[*1]と自解する。この言葉は、東京で詠んだ、

冬の河崖より芥投捨てられ　昭16・3　寒雷

の句の場面について「蜜柑の皮が塵芥に混つて非常に美しかつた」[*2]と述べた際の美的感覚に連なりをもつものといえるが、〈冬の河…〉の句が都会の生活風景の断面を、好奇の目と、開放的な気分をもって描いているのに対し、掲句は日々の暮らしのなかに春の訪れを捉えたもので、素朴で地味だが、春光にきらめく「滴り」が清新な感覚を見せている。

同時発表作に、

埋火の低さや齢半ばとす

の句がある。欣一の句帖[*3]によれば、この句は二月十日に作られたもので、自註に「前途は暗く、不安におびえていた。夜眠られず、昼には泥のように眠った。乏しい炭火が尽きるまで起きていた」[*4]とあり、不安感にさいなまれながら、欣一は〈厨芥車…〉の句で感覚の冴えた作風を示したということになる。不安に押し潰されて自己を見失いそうになるなかで、彼は個の感覚を愛惜したのであろう。実際、欣一は高校時代を振り返り、「散文よりも詩歌への傾斜の烈しい文学季節であったと思われる。環境へ社会へと外に目を向けることよりも、求心的に、ややともすれば外的なものにふり動かされ、失われようとする自己を確保し、繋ぎ止めようと、懸命であった。一カケラの自分の感覚、感性も、それが真実に自分のものであれば、かけがえのない価値を生じた」[*5]と述べている。

＊1　「私の昭和俳句⑼東京へ」（「俳句研究」平2・9）
＊2　「歳末上京記」（「寒雷」昭16・3）
＊3　沢木欣一自筆句帖　昭和十八年一月一日〜九月十五日　日本近代文学館所蔵
＊4　『自註現代俳句シリーズ第二期⑰沢木欣一集』（昭55　俳人協会）
＊5　「私の結社遍歴」（「短歌研究」昭36・7）

連翹に焼杭を打つ宇治の院

初出『雪白』。昭和十八年四月の作。春の句。季語は連翹。「京都　五句」の前書を付す五句中の最後の句。「連翹」の華やかな色彩が明るい旅情を感知させ、修繕中の生垣も「焼杭」によって風情を帯びたものとなっている。宇治平等院は、戦時下を生きる青年の張り詰めた心にひと時の安らぎをもたらしたものといえよう。

欣一は大学二年の春に京都・南紀・奈良を巡る関西の旅（昭和十八年三月二十六日から四月七日迄）に出た。ここでは、欣一の句帖[*1]から、四月三日までの旅程と作品を紹介したい。

三月二十六日、京都に入った欣一は龍安寺を拝観する。二十七日、大阪府下池田市井口堂に綾子を訪ね、綾子の従妹（真砂子）に会い、卵酒をもてなされた。二十八日は雨。京都寒雷の有志と洛北、嵯峨野に遊び、苔寺に詣でる。この日までに欣一は、

　　下萌に濡れ青竹の節の数

　　白梅や包丁を磨ぐ寺男

といった句を得た。二十九日、京都駅を発して新宮駅に着く。同行は小野協一[*2]と原子公平。三十日、那智の滝を見る。三十一日、横殴りの雨が船窓を打ちつける悪天候の中、瀞へ渡った。四月一日、汽

車で串本から潮岬に至る。句帖に「町より岬迄の道、麦の穂出て、又初蛙を聞き、天又、漸く晴れて、爽快、岬にて燈台を背景に写真を取る」とある。南紀の旅では、

　桃の花牛のける水光りけり
　浜木綿を兵発つ駅に見たりけり
　木蓮や熊野路に入る星一つ
　菜の花や旅路に古りし紺絣

と詠んだ。三日、綾子・公平・谷沢白城[3]と平等院に参詣し、京都寒雷句会に出席、舟で宇治川を渡る。句帖に挟み込まれた欣一の選句用紙には〈宇治の春水にゐて汽車の煙見し　綾子〉等、十句が書き留められている。掲出の〈連翹に…〉の句も、この折の作であろう。

句会を終え、鳳凰堂内部を拝観した後、欣一と綾子は菊水で夕食を共にし、柳屋で抹茶を飲み、夜九時頃に別れた。

＊1　沢木欣一自筆句帖　昭和十八年一月一日〜九月十五日　日本近代文学館所蔵
＊2　公平の三高時代からの友人で東大英文科に在籍。新宮は小野の郷里。
＊3　「寒雷」京都支部に所属。

松風や末黒野にある水溜り

初出『雪白』。春の句。季語は末黒野。この句も関西の旅の作で、昭和十八年四月七日に「奈良」の前書で詠まれたもの。

欣一の句帖[*1]に基づき、四月四日から七日までの旅程を辿ってみたい。四月四日、前日の雨、大降りとなる。二、三の客[*2]があった。深夜、警戒警報が発令された。五日夕刻、臼井書房の臼井喜之介[*3]来訪。句帖に「洒脱にして、親分肌の好漢なり」と記す。歓談は深更に及ぶ。六日、綾子・公平と法隆寺、中宮寺、薬師寺、唐招提寺を巡り、春日野町の古屋ひでを[*4]（秀雄）を訪う。ひでを宅にて、夕食と歓談。句帖に「綾子氏、都合により、帰る。夕刻雨となり、又奈良の町防空の為暗く、見送る」と記す。春日野のほとりの宮川亭に公平と一泊。七日、ひでをと三月堂で日光・月光菩薩を、新薬師寺で十二神将を拝観し、前川佐美雄[*5]を訪問する。夜九時の大阪発にて帰京した。掲句は新薬師寺に向かう途中の嘱目で、句帖に「春日野を下り、水を渡って末黒の野を行けば、志賀直哉の旧宅に出た」とある。松籟が颯々と響き、処々に水溜りが澄んでいる。後に欣一は、この清澄明晰な叙景について、「千々に思い乱れた情念とはうらはらな抑制された形をとり、寡黙静謐の趣である」と自解し、「俳句は、人生態度においても作品の在り方においても極めて屈折したところのある文芸であると思う[*6]」と記す。この

「屈折」は、別のところで、「深刻であればかえつて逆にサラッと言う必要がある。そこに屈折がある」「芸術というものは、個人の嬉しいとか悲しい」といった「個人を超えたものを表現するもの」であり、「生身の自分を表現なんかしたら」「見るに耐えないものになるんだ、そういうものを高めて、もつと自分より大きなものを表現するのが芸術でしょう」と説明されている。[*7]

戦時下を生きる危機意識や苦悩といったものを超えたところに生み出された掲句の明澄な自然描写は、後の欣一の芸術観に連なりをもつものであったということになるのである。

＊1　沢木欣一自筆句帖　昭和十八年一月一日～九月十五日　日本近代文学館所蔵

＊2　蓮池富生（京都）、浅野進治郎（大阪）、谷沢白城（京都）。いずれも「寒雷」に所属。

＊3　詩人。昭和十三年にウスヰ書房を創業。昭和十七年より臼井書房。

＊4　「倦鳥」の俳人。後に「風」同人となる。

＊5　歌人。昭和九年六月に「日本歌人」創刊。

＊6　「即境俳句論」（「俳句」昭45・3）

＊7　「俳句の構造」（「俳句」昭47・12）

浜木綿を兵発つ駅に観たりけり

初出『雪白』。季語は浜木綿。浜木綿は夏の季語だが、春に詠まれたものである。この句も関西の旅の作で、欣一は昭和十八年の句帖[*1]に、「二十九日　快晴　早朝、京都発、大阪天王寺にて原子、小野と待合す筈だつたが、原子と会はず、小野と東和歌山に行き、先行の原子を加へ、新宮行午後七時着」[*1]と記す。小野協一は公平の三高時代からの友人で東大英文科に在籍。新宮は小野の郷里である。

京都を発って南紀に入ると、黒潮の海が開け、浜木綿は開花の時期ではないが、艶々とした緑濃い葉をたくましく茂らせている。自註に、「汽車は海沿いを走り、名も知らない駅で出征兵士を村の人が送っていた。万葉集の「三熊野の浦の浜木綿百重なす心」の歌を想った」[*2]とあるのは、

　み熊野の浦の濱ゆふ百重《ももへ》なす心は思《も》へど直《ただ》にあはぬかも　　巻四―四九六、柿本人麻呂

の古歌について述べたもので、歌意は、熊野の浦の浜木綿の、その葉の重なりのように幾重にも深く心に想うが直接逢うことは叶わないというもの。万葉人の熱情に思いを馳せた浜木綿の句は、戦意高揚の風潮のなかで、人間の真率な心を見定めようとするものであったといえる。

初夏、本籍地の富山で徴兵検査を受けて第一乙種合格と判定された欣一は、十一月に満州へ出征した。後に彼は軍隊生活を振り返って、「兵営のなかに岩波文庫がころがっていることが不思議だが、こ

の「魯迅選集」が内務班の棚の隅にひどいほこりをかぶって置かれてあった。誰も読まないので、捨てられてあったという方が事実に近い。初年兵の私は、おそる〱それを手に取ってみた。ほや〱二等兵に本を読む暇などはない。私はこっそりこの本を私物を入れた風呂敷包みのなかに潜ませた」と記し、語を継いで、「その中には入営のとき持ち込んだ万葉集と芭蕉の文庫本があった。だいたいこの三冊を持って私は各地を転属して廻った[*3]」と述べている。

＊1　沢木欣一自筆句帖　昭和十八年一月一日～九月十五日　日本近代文学館所蔵

＊2　『自註現代俳句シリーズ第二期⑰沢木欣一集』（昭55　俳人協会）

＊3　「樫のうちそと（八）」（「風」昭39・6）

椿の葉まろめて鄙の煙草かな

初出『雪白』。春の句。季語は椿。この句も関西の旅の一句。昭和十八年三月二十九日から四月二日まで、欣一は南紀に遊んだ。後年、「小野は原子と私を熊野川の河口に案内してくれたが、ここで一人の老人に出会った。その人は煙草を喫っているのだが、きざみ煙草を何かの葉っぱに巻いて喫っている。それは椿の葉であった」[*1]と回想する。

この煙草は熊野特有の椿葉巻《しばまき》と呼ばれるもので、佐藤春夫の随筆に「椿の葉の固きに過ぎず軟かきにすぎぬ手ごろのものを円錐形に巻いてその太い方に煙草をつめて吸ふものである。その味は椿の葉の焼ける匂と煙草とが合致して無上と土地の人々は讃美してゐるが思ふにもともとそんな嗜好から出たものではなく、山林の火事を惧れてすひがらの火の用心であらう」[*2]と記されており、水気の多い椿の葉で包むことは吸殻の火力を弱めるのに効果的であるという。更に春夫は、

山かつがけぶり吹きけむあとならし椿の巻葉霜にこほれり　加納諸平

の歌を引用し、熊野山中でよく見かける実景であったとして、「椿葉巻《しばまき》は我等少年の頃までは新宮の町でさへ行はれてゐた」[*2]と記す。春夫の詩「望郷五月歌」の一節に、「のぼり行く路いくまがり／しづかにも登る煙の／見まがふや香炉《かうろ》の煙／山樵《やまがつ》が吸ひのこしたる／鄙《ひな》ぶりの山の煙草の／椿の葉焦《こ》げて落

ちたり」[*3]とある。大意を述べれば、山辺の道を登り行くと山樵（木こり）の吸い残した椿葉巻が落ちている。それが香炉の煙よりかぐわしいというもの。

懐郷を主眼に置く春夫の詩に対し、掲句は天離る「鄙」に遊ぶ旅人の視点から椿葉巻を捉えたもので、「椿の葉まろめて」の写生に、異郷の風習に接した驚きが籠もる。その心の弾みは、中七の四・三音の諧調にのって、座五「煙草かな」に定着する。この生き生きとしたリズムと、即物的把握が、旅心の新しい感動を鮮明にしているのである。

後に欣一はこの句を「往時少年の目がとらえたフォークロアのひとかけらである」[*4]と振り返っている。

＊1　「私の昭和俳句(十四)紀の国の旅」（「俳句研究」平3・2）
＊2　『定本佐藤春夫全集』第21巻（平11　臨川書店）
＊3　『日本の詩歌16　佐藤春夫』（昭50　中公文庫）
＊4　「白い路(上)」（「俳句」昭39・8）

実となれる梨の根株の泉かな

初出「寒雷」昭和十八年十一月。夏の句。季語は泉。「丹波細見綾子氏の許にて　四句」の前書で句集に収めた四句のうちの冒頭句。徴兵検査に合格した欣一は両親に別れを告げるため、大学の夏休みを利用して朝鮮の郡山に渡る。帰京の途次、丹波の氷上郡芦田村東芦田に綾子を訪ねた。

掲句は、清冽な泉の畔に結実した野生の梨の木を描いたものである。間もなく戦場に投入される運命を負った青年は、内面の昏さを表出するのではなく、生命の源（泉が象徴する）に対する憧れを表現してみせた。この句境は、人間探求からの新しい展開を感じさせる[*1]もので、〈実となれる…〉を挨拶句として、連作は、

少女等の風琴鳴れば朝の蟬
山霧に蝸牛生るゝ蔵の壁
天井に折鶴赤し星祭

と展開してゆく。〈天井に…〉の句は、折鶴の色彩が織姫の緋の裳裾を連想させ、ロマンチシズムを帯びている。連作が、綾子との再会を星夜に願う心で結ばれていると考えるのは、穿った見方であろうか。

秋も深まった頃、金子兜太の送別会に出席した欣一は、綾子に長い手紙を送っている。綾子の「思い出をさかのぼって」[*2]から書簡の内容の一部を引用すると、「秩父はもうすつかり晩秋であつた、金子の家では秩父音頭を踊つて見せてくれた、自分は庭の大きな石の上に寝てそれを見た」「そのあとどこまでも歩いて見たい気持ちになつた、釣り橋を渡り川を越えそこに曼珠沙華が咲いていた、その原つぱで夕暮れになつた、もう一週間足らずで自分も出征する、一日一日が長くて短い、今は自分も落ち付きを得ている」というものだ。この時の秩父の夕景は、

曼珠沙華蘂は落暉に開きけり　　昭18・11　寒雷

と詠まれたが、句集には未収録である。

＊1　本書「第二章　欣一の初学時代・「寒雷」時代　自己追求の世界」参照。
＊2　細見綾子「思い出をさかのぼつて」（「俳句」昭43・6）

『塩田』二十五句

塩田《えんでん》　第二句集　昭和三十一年三月五日、風発行所刊。定価二〇〇円。Ｂ六判、二〇四ページ、一ページ四句組み。口絵写真（著者近影）一葉。目次一ページ。年譜四ページ。あとがき四ページ。奥付一ページ。第一句集『雪白』から一六七句を再録し、昭和十八年から同三十年までの五一〇句を選び年代順に収録。総句数は六七七句。新仮名遣いを採用する。

秋山の襞を見ている別れかな

初出「風」昭和二十一年七・八月合併号。「蝸牛の行方」と題して発表した五十句中の一句。初出の句形は〈秋山の襞を見てゐる別れかな〉。昭和十八年の作。秋の句。季語は秋山。句集に収録する際、「人々と別れ入営」の前書を付す。自註に、「十一月一日、大学半ばで金沢の山砲隊に入営した。四高時代の友人や朝鮮から出て来た母が営門まで送ってくれた」[*1]と記す。

昭和十七年十一月から同十八年十月までに「寒雷」では四回にわたって「芭蕉俳句研究」を掲載した。欣一も執筆陣（杉浦正一郎・山崎喜好・小西甚一・皆川弓彦・加藤楸邨）に加わり、熱を帯びた句解を示す。では、「芭蕉俳句研究」に語られた欣一の芭蕉観は、彼の実作にどう反映されているのか、掲出の〈秋山の…〉の句を通して述べてみたい。

芭蕉（元禄七年五月に江戸を出立、同年十月に大坂で客死）の留別吟、

麦の穂を便りにつかむ別れ哉　　芭蕉

について欣一は、「枯野の夢への道途と寿貞への告別の予感的自覚として枕浮くばかりの哀調の全身的表現であ」る[*2]と評している。芭蕉の句は「麦」から「穂」に中心点を絞り、それを「便りにつかむ」と感覚的に把握したもので、欣一の句は「秋山」から「襞」に焦点を定め、それを「見ている」と視

覚的に捉えてゆき、両者は共通して「別れかな」と惜別の情を打ち出す。このように、二句の間に句法上の近似を指摘することが出来る訳だが、眼前の景を「秋山の襞」と写生して自己の感情を抑制した欣一の句には、芭蕉ほどの「哀調の全身的表現」は感じられない。

しかし、これもまた、芭蕉の句風を踏まえたものであったと見たい。欣一は、

ほとゝきす大竹籔をもる月夜　　芭蕉

の句について、「芭蕉が生来の憂愁から脱して一瞬間自然と直面したときの句」[*3]という見方を示した。これは、憂愁の影から離れた明澄な叙景に、自然に集中する芭蕉の詩境を読み取ったものといえるが、秋の山襞を見澄ました欣一の自然描写が、営門をくぐる静境に通じるものであったとすれば、ここにも、芭蕉の影響を認めていかなければならないであろう。

＊1　『自註現代俳句シリーズ第二期⑰沢木欣一集』（昭55　俳人協会）
＊2　「芭蕉俳句研究㈠」（「寒雷」昭17・11）
＊3　「芭蕉俳句研究㈣」（「寒雷」昭18・10）

ペーチカに蓬燃やせば蓬の香

初出「風」昭和二十一年七・八月合併号。「蝸牛の行方」と題して発表した五十句中の一句。昭和十九年の作。春の句。季語は蓬。句集に収める際、「満州老黒山にて」の前書を付した。

昭和十八年十一月一日に金沢の山砲隊に入営した欣一は、満州に派兵され、第六九〇部隊に所属して牡丹江に駐留し、当地に越年する。昭和十九年一月、欣一は綾子に宛てた軍事郵便はがきに、「満州の風景は実に潤ひのない殺風景で、お知らせする迄もありません。文学的に段々頭脳が鈍磨して行きます」[*1]と記すが、春を迎えた頃、牡丹江で、

猫柳殊に光れるところかな

と詠む。蕭条たる満州の景に見出された稀少な自然の輝きは、欣一の詩心を大いに刺激したものと思われる。この句を添えた綾子宛の葉書には、「御地は桜の盛りも過ぎそぞろ歩きによい季節でしょう。こちらには桜は全々ありません。今美しいのは猫柳です。見上げる位に大きな樹になってゐるのがあります」[*1]と綴られている。十月から欣一はソ満国境の綏芬河《スイフンガ》方面で陣地構築に従事し、十二月に老黒山の歩兵部隊に転属した。掲句はこの頃の作で、極寒の兵隊生活のなか、日本への思慕は「蓬」の反復によってせり上げられてゆくのである。

尚、老黒山に転属する前、胸部疾患を患って牡丹江の陸軍病院で安静を得た欣一は、第一句集『雪白』の上梓に手を尽くした綾子への礼状に、[*2]「拝復、本日「雪白」入手感慨無量のものがあります。見事な装幀小生の好みに申分ありません。何から何まで、総べて貴下の手になったことを心から感謝致してゐます。さゝやかな小生の夢が余りにも立派に実現し嬉しさこの上ありません」「こちら漸く草が萌え、昨日初蛙を聞きました」と記し、

一茎の迎春花とてもたらせり

の句を添える。潤いを帯び始めた自然は、『雪白』を受け取った日の作者の喜びに通じている。昭和十九年六月の「寒雷」に発表された六句中の一句で、発表時は、「迎春花《イチユンホワ》」とルビを振っている。

＊1　「兵隊時代の手紙」（「風」昭46・5・6合併号）

＊2　「軍事郵便」と印字された葉書の表面に、「大阪府下池田市井口堂／四三三ノ一／細見綾子様／満州国牡丹江第二軍事郵便所気付／満州第七八九部隊島本隊／沢木欣一」と記す。五月八日着。丹波市立俳人細見綾子生家所蔵。

鮭取りの臀《ししむら》濡れて走りけり

初出「寒雷」昭和二十一年九月。同二十年の作。「秋冬の間」と題して十四句を発表したうちの一句。秋の句。季語は鮭。上五「鮭取りの」は、「臀《ししむら》」と「走り」の双方に掛かる。句集に収める際、「富山県常願寺河原にて　四句」の冒頭句とし、以下、

秋陽沁む獣の骨のちり〴〵に
嶽に雪鳥の足形砂に置き
雪嶺に秋日飴色鯖割かれ

の句が続く。復員後、富山の親戚宅に仮寓していた時期の作である。後に欣一は、この連作に触れて「秋晴れの或る日、自転車を走らせて常願寺川の河原を散歩したことがある。復員したばかりで住むに家なく、生活の資を得る手段もなく、前途暗胆として途方にくれていた頃である」「常願寺川は」「荒涼たる趣を呈していた。意気消沈した私の身心を容赦なく秋風が吹き抜ける。河原の石の間に牛か馬か相当大きな骨が真白にさらされて秋日が沁み込んでいる。飢えの時代であったので食料のために密殺して捨てたのかも知れない」[*1]と記す。

掲句の中七に詠み込まれた「臀《ししむら》」は、肉塊を意味する「肉叢《ししむら》」のルビを「臀」の字に振ったもので、

鮭を追う男の臀部の肉感を表現するが、『塩田』には他に、

　妻濯ぐ流水ひかり豌豆《まめ》の花

　生活《たつき》の海海女指股《また》にえご血色

といった句に見られる「豌豆《まめ》」「生活《たつき》」等、本来の読み方とは異なる、いってみれば表現技法としてのルビの使用が散見し、詩趣を添えている。

　掲出の〈鮭取りの…〉の句意は、鮭を生け捕りにするために男は尻に飛沫をあげて浅瀬を走ったというもの。飛沫のきらめきは、鮭を猛追する人間と、捕食者から逃げ切ろうとする鮭の、命の攻防の具象化である。男の野生的な姿は、欣一の暗澹たる心に強く働きかける力があったのだろう。

　富山を離れて金沢に移った欣一は、敗戦直後の貧しさと食糧難のなか、昭和二十一年五月に「風」を創刊するのである。

＊1　「風木舎俳話（百三十四）鮭取り」（「風」昭62・10）

梅雨の土かゞやきて這う蛆一つ

初出「風」昭和二十一年五月（創刊号）。夏の句。季語は梅雨。初出の句形は〈梅雨の土かゞやきて這ふ蛆一つ〉。敗戦後の虚脱と混迷に人々は希望を失っているが、欣一は蛆虫の這う姿に生命の美を捉え、瑞々しい詩心を示した。

同時発表作に、

桃の葉の吸ひ込まれゆく山羊の口
夏の河舟に人佇ち流れゆく
青々と厨の笊に唐辛子
待つ人あり冬の電燈一つ垂れ
日溜りに駅員等居て煙草喫ふ
春焦土墓はしづかに坂の下

がある。〈桃の葉の…〉の句は、山羊の旺盛な食欲を「吸ひ込まれゆく」と描写したもので、掲句の「かゞやきて這う」と共に、写生が句を生動させている。

創刊から一年後、志城柏は「風」の歩みを顧みて、「少なくともそこには遊びの楽しさや宗匠的世俗に陥込まない、詩情の必然だけはあつた。この混乱の世相の中にたたかひ抜かう人々の止めえぬ心の高鳴りが、作句のモチーフだつた」と記し、掲句に触れて「わずかに指した梅雨の日ざしに、とり分け醜い蛆を這はしめたのも」「決して最早人為を謝絶した天然自身の仕事ではない。作者の心の色調は息吹きのごとく自然を覆つたものに違ひない」[*1]と評しているが、ここでいう「作者の心の色調」とは、「個」の表出に他ならない。

欣一は「俳句時評」[*2]において、「近代的自我」を喪失した俳句界を揶揄する発言を見せ、別のところでは、封建的結社意識の根強い俳句に「個」としての文学的自覚などは「皆無に等しい」と断じた。[*3]これは、俳句における封建性の打破と、作者の「個」の確立を推し進めようというもので、蛆の句に対する志城柏の評言は、俳句近代化の道を切り開こうとする欣一の素志を後押しするものであったといえよう。

＊1　志城柏「風一年の回想と作句のモチーフについて」（「風」昭22・5）
＊2　「俳句時評」（「風」昭21・9）
＊3　「『風』の俳人と作品」（「風」昭21・11・12合併号）

桐の花大学裏に住みつくか

初出「風」昭和二十一年八月。初出の句形は〈桐の花大学裏に住みつきぬ〉で、「蝸牛の行方」と題して発表した五十句中の一句。夏の句。桐はゴマノハグサ科の落葉高木で、初夏に淡紫色の美しい花を開く。句集に収める際、「父母、妹朝鮮より引揚げ金沢に住むこととなる」の前書を付す。

昭和二十年十月に復員した欣一が、朝鮮から引き揚げて来た家族と金沢で再会したのは翌年の一月で、この時、弟の昭二が朝鮮で病没した事実を知らされる。再会の喜びも束の間、昭二を失った悲しみに沈む一家の様子が、「布団に顔を埋めて、すゝりあげる妹の頸筋は垢で真黒だつた。その日は、一日、家族四人、旅館の一室で、弟の大きな遺骨を囲んで慨き合つた」[*1]と語られている。

中七の「大学」は金沢医科大学（のち金沢大学に包括される）を指す。[*2]後に欣一は「自作を語る」[*3]の中で、「金沢に一生いる気はなかった」「東京に出るつもりでいた」が、上京してもたちまち生活に困ることから「金沢にいた」と振り返り、事実は大学前であったが、「大学裏に」と手を加え、「裏」の一字に哀感を込めた由を明かしている。

原句が「住みつきぬ」と結句して、事実を報告的に詠んだものであったのに対し、改作句は「住みつくか」と自らに問い、「いや、そのようなことにはなるまい」と自答して奮起する心情を梢高く咲く桐の花に託している。しかし、地に広がって儚く落花している有様を見ては、「きっと住みつくことになるのであろう」という沈鬱な気分になったであろう。

上京の望みが断たれようとする不安感を句末の「か」に込めたもので、「裏」の一字と共に、戦後を生きる悲哀を漂わせている。

＊1　「眼鏡のつる」（「風」昭21・6）。欣一は「現代俳句」（昭21・10）に「梅雨の空」と題する五句中の一句として、〈夭折の弟が欲りし夏蜜柑〉の句を、「俳句人」（昭22・5）に〈弟も犠牲の一人菊の頃〉の句を発表し、昭二の死を悼む。

＊2　『自註現代俳句シリーズ第二期⑰沢木欣一集』（昭55　俳人協会）に「父母と妹が朝鮮より引揚げて来て、金沢で一緒に住むこととなった。小立野の金沢医科大学のすぐ近くに」とある。

＊3　「自作を語る」（「風」平4・2）

一日《にち》で陽灼け渚の胡桃拾い

初出『塩田』。夏の句。季語は陽灼け。「内灘砂丘にて」と題して「六月、中村草田男氏を案内し内灘砂丘に遊ぶ。この日一年ぶりで句を作る」の前書を付す二十二句中の最後の句。昭和二十三年六月七日の作。「陽灼けは草田男さんの陽灼けである」[*1]と自解する。前書に「この日一年ぶりで句を作る」とあるように、「風」創刊（昭21・5）の翌年から、欣一は文芸評論や小説の執筆に力を注ぎ、俳句の実作から遠ざかっていた。その兆しは、「兵隊の二年間に僕は幾度か俳句を止めやうかと思つた。さうして詩か小説を書けたらと思つた。今でもそんな気持が強い。正直なところ俳句に大きな恐れを抱いてゐる」[*2]といった言葉に見てとることが出来る。このような詩や小説への傾斜は人間への関心を示すもので、彼は、伝統的な花鳥諷詠詩が主流を占める俳句の未来を思い、深憂に堪えなかったということになろう。

しかし、一年間の休止を経て、花鳥諷詠への抵抗は再開された。掲句は、波に洗われる胡桃を無心で拾った草田男の健康的な「陽灼け」に、充実した一日を振り返ったもので、同時作[*3]の、

雉子鳴いて工夫鉄路に油垂らす　　昭23・9　風

等と共に、人間中心の句風は、自然中心の花鳥諷詠と対峙するものであったといえる。

欣一は、「この時の一連の句には私のロマンチックな傾向が最も強く出ているようだ[＊4]」として、

　妻を恋ふ六月渚雲雀得て　　昭23・9　風

等、相聞的な句を挙げて連作に流れるロマンチシズムを強調しているが、この傾向は、草田男が引き出したものではなかろうか。欣一は「風木舎俳話（八十六）草田男さん逝く[＊5]」で草田男の死を悼み、〈妻二夕夜あらず二夕夜の天の川〉の句に触れて、「戦争の暗い影が濃くなり次第に空気が薄くなってゆくのを肌で感じるような時期」に「草田男俳句の健康で明るい青春性とでもいうべき若々しさが一つの救いであり、貴重品のように思われた」と四高時代を回想している。

＊1　「自句自解」（「俳句」昭32・8）

＊2　「蝸牛の行方」（「風」昭21・7・8合併号）

＊3　「風」（昭23・9）に「栗崎砂丘にて」と題して「昭和二十三年六月七日、中村草田男氏と共に栗崎海浜に遊ぶ。久しく作句を事とせざれど、この日即興す」の前書を付す三十句を発表。この中の〈旅人の幸夏海に胡桃拾ふ〉は、掲出の〈一日《にち》で…〉の原句であろう。

＊4　「自集自註」（「天狼」昭31・4）

＊5　「風木舎俳話（八十六）草田男さん逝く」（「風」昭58・9）

古塔の下空鑵に焚く火に寄りて

初出「寒雷」昭和二十四年三月。冬の句。季語は焚火。「冬の緑」と題して発表した八句中の一句。句集に収める際、「正月奈良へ綾子と旅して　七句」の前書を付して七句の連作とした冒頭句で、他に、

正月の小川跳び越え旅の夫婦

リュックに詰める松葉正月飛火野に

等がある。「古塔」は興福寺の五重塔を指す。[*1]

旅中、欣一は奈良富雄の右城暮石宅で西東三鬼に会い、

三鬼氏にはじめて会ふ三句（ノ内ノ一句）

鶯を笑ひ甘藷《いも》提げ三鬼去る　昭24・4　風

と詠んだ。自解に、「オーソドックスの鳴き方をしない鶯を三鬼氏は嘲笑しながら、暮石夫人の収穫した甘藷をリュックに詰めていた。皆食糧にはまだ困っていた」[*1]と記す。三鬼の屈託無い人柄に、欣一は親しみを覚えたのであろう。

しかし、この時期、欣一は実作態度をめぐって三鬼と鋭く対立する姿勢を見せている。具体的に引用してみると、昭和二十四年の「現代俳句批判座談会」[*2]において三鬼の作品を「ヒユーマニテイにお

いて人をうつというものは全然ない」と難じ、その一方で、「誓子はヒユーマニテイを背負つている」「誓子にはまだ心を打つものがある」と発言した。翌年、この考え方を文学一般に及ぼし、「戦後文学に最も欠けて、いるものは、表面の意匠のざん新さとうらはらな人間への愛情の欠如ではなかろうか。戦争中から人間圧殺が戦後におよんでいるのであろうが、めまぐるしい世相の転変と共にこの最も単純なことが、どこかへ吹飛んでしまつたようだ[*3]」と記す。

　掲句は、この間に詠まれたもので、自解に、「浮浪児が塔のすぐ傍でブリキの空鑵に焚火していた。危険だと思つたが、余りに寒いのでその焚火に当らして貰つた[*1]」と述べ、古塔周辺に顕在化した戦後社会の暗部に触れている。作品から戦災孤児の問題を読み取ることは出来ないが、浮浪児との触れ合いは、戦後文学に対して「人間への愛情」を要請してゆく一つの契機になったのではなかろうか。作品自体は、燃え盛る空缶に寒さを凌ぐ旅情を詠んだもので、焚火を囲む人間同士の温かい交流がヒューマニティーを感知させる。

＊1　「自句自解」（「俳句」昭32・8）
＊2　「現代俳句批判座談会」（「風」昭24・1）
＊3　「森山啓覚書」（「北国文化」昭25・12）

炎天や地に分配の塩こぼれ

初出「風」昭和二十四年九月。初出の句形は〈炎天や地に分配の塩零《こぼ》れ〉。夏の句。季語は炎天。大阪の下町で詠まれたもので、自解に「配給時代がまだ続いているときの作。陋港の露路々々から主婦が現れ、一角に列をつくる」[*1]と記す。同時発表作に、

身の飢えや主婦等の掌には白き塩

の句があり、都市部で続く深刻な食糧不足を窺わせている。

掲句は、配給の「塩」に着眼し、俳句に政治（統制経済を実施する）を持ち込んだものである。欣一は昭和二十二年の「風知草と五勺の酒」[*2]において、中野重治の小説「五勺の酒」を評し、「文学における政治性と芸術性の問題も中野文学により深い一致と調和を期待出来るのではなかろうか」といった展望を示した。この翌年、「文学に興味を持つより前に、政治に関心を得て、そこから文学的表現の場に臨ん」[*3]だ竹本員子の創作態度を肯定的に受けとめた欣一は、戦後の文学が広い「現実」と密着するためには竹本のような素人が積極的に自ら筆を執るべきであると説き、竹本の小説「遺族」について、「私」の燃焼がなければ文学的リアリティーは希薄になるといった注文も付けている。

これらをまとめれば、「政治」に関心をもつことによって「現実」と「文学」を密着させる場合、そ

こに「個」の燃焼が加えられなければならないということになる。

　では、このような文学観は掲句にどのように反映されているのか。欣一は掲句について、「湿地の黒い土に配給の塩が点々と残つているのを発見して敬虔な気持になつた。配給というのは人間の政治であるが、わたしはこの塩を神からの授かり物のように感じた」[*1]と説明しており、中七に詠み込まれた「分配」が、神の恩恵に思い至ったという作者の詩的燃焼によって生み出された語であるということが知られる。ここに、政治に対する関心が、文学的に表現されてゆく過程を認めることが出来るのである。

＊1　「自句自解」（「俳句」昭32・8）
＊2　「風知草と五勺の酒」（「文華」昭22・7）
＊3　「二つの作品」（「文華」昭23・10）

息白し長屋の空に変圧器

初出「風」昭和二十五年二月。同二十四年の作。冬の句。季語は息白し。大阪の鶴橋辺りの嘱目で、「一つの古びた電柱の上の変圧器が、何十軒かの家庭の生活を統べている」ことは「わたしにとっては今更ながら新しい発見」で、「一家族の生活が密接につながり合っているということの実感は感動すべきものであつた」[*1]と自解する。「長屋の空に変圧器」の絵画的構図が、変圧器の存在感と作者の感動の余韻を響かせているのは、座五「変圧器」の体言止めの効果によるものといえる。

戦後十年を経て、欣一は、

西瓜の赤封じ込めたるガラス函　昭21・9　風

の句を挙げ、「食糧事情のひどく悪かつた頃。インフレに悩まされた。西瓜が貴重品のようにガラス函に納まつていた。それを見て、とても買えなかつたが、喉から手が出た。当時の飢えと虚脱感の息づまるような気分を出したかつた。戦後の一年間ほどのぼくの句は殆んど「個の貧の詩」である」[*2]と振り返り、別のところでは、「草田男は「個の貧の詩はみすぼらし」と云つたが、みすぼらしだけではすまされない。「個の貧の詩」はどし〳〵作られるべきであろう。しかし個の貧が大衆のなかの個として共感を呼ぶべきものであつて始めて、庶民的感覚と云われるべきであろう」[*3]と説く。

柱上変圧器を通して長屋的な繋がりに想到した掲句には、この「庶民的感覚」が既に息づいており、〈西瓜の赤…〉のような「個の貧の詩」からの進境を感じさせる。

つまり、欣一は貧しさに喘ぐ「個」を超えて、「大衆」の連帯に希望を見出したのである。

この年、彼は「風」の投句者に対して、「ほんとうに感動したものから出発すること」を説き、「俳句も文学のはしくれであるからには絵空事でないことは確かだ」[*4]と述べている。敗戦後の貧困のなかで、生きる感動を現実に即してどう表現してゆくのかといった文芸性の追求を掲句から受けとめることが出来よう。

＊1　「自句自解」（「俳句」昭32・8）
＊2　「自集自註」（「天狼」昭31・4）
＊3　「戦後俳壇新人論㈠」（「俳句」昭31・3）
＊4　「選後評」（「風」昭24・6）

出征旗まきつけ案山子立ち腐れ

初出「風」昭和二十五年四・五月合併号。同二十四年の作。初出の句形は〈出征旗まきつけ案山子立ち腐る〉。秋の句。季語は案山子。出征旗は、武運長久を祈って家族や知人が日章旗に寄せ書きしたもので、それを兵士は大切に身につけた。自註[*1]によれば、河内辺りの嘱目吟である。朽ち果てようとする「案山子」の姿は、戦争で荒れた国土と、労働力の不足を窺わせている。「案山子」に巻きつけられた野ざらしの「出征旗」は、敗戦後、日本人の価値観が大きく転換したことを如実に示すものだ。

この頃、欣一は戦争に対する抵抗精神の欠如した青春時代を自省しているので、その言葉を引用してみると、

○戦争に対して確固とした批判精神を持ち得ず、押流されてしまつた自分を情なく思[*2]います。

○当時の吾々の世代は戦争から感情的に逃避し、背をむけたが、一言にして云へば、社会に対して無智で、戦争に対して抵抗出来なかつたことが残念です[*3]。

といったものであるが、これは裏を返していえば、戦後社会に対する関心を作句の基盤としてゆく意志を言外に含めた悔悟であったと受けとめられる。

昭和十八年の晩秋、戦争に対して抵抗することの出来ないまま欣一は出征した。戦後、このことに

対する自己批判から出発して、彼は「社会的なテーマ」[＊4]に取り組んだということになろう。そのためには、戦中の価値観を否定する必要があった。

このように理解すれば、掲句のねらいも自ずと明確になってくるのであり、それまでの歩みに、

氷屋の旗垂れ還り来し友と　　昭21・7・8合併号　風
玻璃越しに冬のマラソン食なき街　　昭21・9　寒雷
残り音の虫に家なき児とその母　　昭22・12　寒雷
戦後三年なめくじ水に溺るゝよ　　昭23・11　風
アセチレン臭き夜祭戦争《いくさ》遠かれ　　昭24・1　寒雷

といった句を位置づけることが出来るのである。

＊1　『自註現代俳句シリーズ第二期⑰沢木欣一集』（昭55　俳人協会）
＊2　「風同人特集㈠作品及アンケート」（「風」昭24・10）
＊3　「世代と俳句」（「寒雷」昭25・1）
＊4　「あとがき」（『塩田』昭31　風発行所）

眉濃ゆき妻の子太郎栗の花

初出「風」昭和二十五年七月。初出の句形は〈眉濃ゆき妻の子は吾子栗の花〉。「産屋」と題した十一句中の一句として「帝王切開により長子誕生、太郎と名付く」の前書で発表し、句集に収める際、「六月、帝王切開により長子誕生　五句」と改めた五句中の冒頭句。夏の句。季語は栗の花。産後の妻の衰顔に眉毛が目立って濃く見えたのを「眉濃ゆき」と印象的に詠んだものである。同時発表作に、

バケツに百合煙草を買ひに産屋より

時計盤の光沢《つや》緑陰の産屋なり

等の句がある。

原句の中七が「妻の子は吾子」と散文的であるのに対し、改作句では「ツマノコ、タロウ」の4・3音の諧調が、作者の胸の高鳴りと共に赤子の生命感といったものを打ち出す。

これ以後、欣一は太郎の成長に「栗の花」を配してゆく一つの形式を生み出しているので、列挙してみると、

赤ん坊に少年の相栗の花　昭26・8　北国文化

栗の花いよ〳〵くどく子を叱る　昭45・7　風

栗の花子に叱られてばかりゐる　　平2・5 風

といったものである。二句目に「いよ〳〵くどく子を叱る」とあり、三句目に「子に叱られてばかりゐる」とあるように、子を責め立て、逆の立場も味わうことになるのであるが、「栗の花」が常に太郎への愛情を裏づけ、季語として動かない。

昭和二十八年、欣一は「楸邨俳句覚書」[*1]の中で楸邨の俳句について、

一、短歌的詠嘆による骨格の弱さ

二、対象との結びつきの弱さ

三、感性を通して実体を把握することとの弱さ

といった三つの弱点が相互に関連して観念的な句を生み出していることを指摘し、二の傾向を難じて、「主観」を「対象」に「しっかり接着してこれを融して主客合一する」あり方に言及する。

これを掲句に即していうならば、長子を授かった日の喜び（主観）と、栗の花（対象）の強固な結びつきによって親心（観念）は具象化され、作者の個の感性が発揮されているということになるのである。

＊1　「楸邨俳句覚書」（「俳句」昭28・3）

三等車神父めざめる谷の雪

初出「風」昭和二十六年三月。初出の句形は〈三等車神父めざむる谷の雪〉。冬の句。季語は雪。同年同月の「俳句往来」にも「塩鮭」と題する五句中の一句として〈三等車に神父のめざめ谷の雪〉の句形で発表している。この句について欣一は、「北陸線、今庄から敦賀に至る間は降雪の多い難所である」として、「三等車でカソリックの神父と隣合せた。ドイツ人らしかつた。一般の人々と同じように眠りこけていたが、今庄あたりで眠りをさまし、車窓にすれ〱に迫る雪に目を注いでいた。三等車は雪の谷底を這うように除行《ママ》していた」[*1]と記す。同時発表作に、

　妻に一句

産後の額髪整ふや雪来る

　句集「顔」出版記念会に一句

緑の草枯草よりも地に深く

がある。前句は、妻の体が妊娠前の状態に回復したことへの喜びを詠んだものである。後句は、北陸の「風」作家による合同句集『顔』の出版（昭和二十五年十月）に寄せた祝句で、欣一は翌年の一月十四日に犀川ほとりの牛肉屋で催された出版記念会に出席している。[*2]掲出の〈三等車…〉の句が醸し出

す穏やかで清浄な世界は、こうした日々の充実感の上に描き出されたものであったといえよう。

欣一の日記[＊3]にキリスト教徒への不信感をあらわにした叙述が見られるので引用してみると、「今日は広島原爆投下の日なり。アメリカを恨み、キリスト教徒の偽善を信ぜず」（昭和四十五年八月六日）というもので、アメリカに対する宿怨からキリスト教を「偽善」と極言している。先掲の「ドイツ人らしかつた」という自解も、三等車に乗り合わせた神父がアメリカ人ではなかったという安堵感の表れではなかったであろうか。

　このようなキリスト教に対する見方は、平成に入って一つの曲折を見せる。平成三年六月十五日の日記[＊4]の中で再び、キリスト教ほど理想と現実の乖離したものは無いと非難した欣一だが、そこに、「しかし魅力あり」と書き添えた揺らぎは、戦争終結から四十六年を経て、キリスト教の本質を見極めようとする意識が欣一のなかに芽生え始めたことを物語っていよう。

＊1　「自句自解」（「俳句」昭32・8）
＊2　「風信」（「風」昭26・3）
＊3　沢木欣一自筆日記　昭和四十五年一月〜十二月　日本近代文学館所蔵
＊4　沢木欣一自筆日記　平成三年一月〜十二月　日本近代文学館所蔵

行商の荷に油紙能登の雪

初出「風」昭和二十七年二・三月合併号。冬の句。季語は雪。句集に収録する際、「七尾線　一句」の前書を付した。七尾線は当時、津幡から七尾、和倉を経て輪島まで運行した。自解に、「行商は魚の行商である。七尾在の石崎というところは主婦の魚行商人が多く、金沢に大挙して魚を運ぶ。帰りには雑貨などを買つて戻る」[*1]と記す。

昭和二十六年、欣一は「風」の投句者に対して「表現技術として写実に徹すること」[*2]を求め、その翌月には「写実」のあり方について、「作者の主体性のない冷たい眼だけの写真術を希望しているのではな」く、「先づ感動することが第一要件である」として、「如何に小さな対象に向つてもそこに作者の主体を通した解釈がなければならない」[*3]ことを説く。このような「主体」の強調は、花鳥諷詠のあり方――主体（作者）の参入を最小限にとどめ、自然をありのままに写し取る――に抗してゆく姿勢を前面に押し出したものといえる。

遡って、花鳥諷詠に対する欣一の批判を引用すると、昭和二十二年に「今こそ氏（筆者注―富安風生）等の立つ花鳥諷詠の立場があらゆる観点から鋭く反省されるべき時ではないか」として、俳句の主流が「生を写す本来の意義を忘れて単なる外面描写の末枝に走」[*4]っていることに危機感を強める。同一十六年には、日本派の「擬似的平面描写」を難じ、「俳句の世界においても自覚された俳人には虚子流の写生はもうほとんど前代の遺物である」[*5]と断じた。

この「外面描写」や「擬似的平面描写」といった批判の線上に、欣一は「作者の主体性のない」「写真術」を否定したものと見てよい。

掲句の行商人は雨雪を凌ぐため荷造りに「油紙」を用いている。この「油紙」に対する「作者の主体を通した解釈」とは、座五に示された雪深い能登の心象風景であり、その心象風景が即物的な把握に支持されているところに、虚子的な写生（内面的に写すことを拒絶した）との違いを指摘することが出来るのである。

*1　「自句自解」（「俳句」昭32・8）
*2　「選後感」（「風」昭26・6）
*3　「選後感」（「風」昭26・7）
*4　「新しき主体」（「寒雷」昭22・3）
*5　「写生文派と自然主義」（「北国文化」昭26・5）

海の上妊婦と青菜運ばるる

初出「風」昭和二十七年七月。「加藤楸邨、深田久弥氏らと七尾より船に乗つて」の前書を付し、句集に収める際、「加藤楸邨、深田久弥、加藤勝代氏らと能登北大呑村青木重之の生家にゆく」と改めた。季語は青菜。春の句であるが、実際には夏に詠まれたものである。

六月一日、楸邨を迎えて「風」六周年記念俳句大会が金沢市の北国会館で開かれた。翌二日、欣一・楸邨・久弥・勝代・重之の一行は汽車で金沢を発ち、七尾港から小汽船に乗り、七尾湾を出て南下、北大呑村に向かう。この時の船客に妊婦が交じっていた。欣一は、「七尾対岸の能登島に船が寄ると、妊婦は伝馬舟に乗り移り、離れて行つた。荷物の青菜が新鮮に感じられた」*1と振り返る。

欣一は、この年の「風」一月号に、「生活と現実に密着した新しい実作上の試みを期待したい」*2と巻頭言を寄せ、生活及び現実に根ざした新風に期待を込めた。

では、具体的にどのような作品が欣一の目に留まったのか、同誌から欣一の選句を示してみると、

石ケンの圧字消え冬小市民　足立威宏　昭27・1
冬の雷ガードの下に人住める　銀の箭　昭27・4
おぼろ夜の畜舎つづきの厠に入る　野中草雨　昭27・7

といったもので、選評において欣一は〈石ケンの…〉の句を「鋭く現実の生活を把握した新しい方向の句である」と推し、〈冬の雷…〉の句を「作者の暖い生活感情の滲んだ佳句」と推称し、〈おぼろ夜の…〉の句を「農民生活に根ざしたその生活をいとおしんでいる句である」と評した。

これらの句評から、欣一は、質朴な生活を愛惜する俳風を尊重することで「新しい実作上の試み」への方向づけをねらったものと考えられる。

掲句は、この方向性を実践によって自ら示したものといえよう。伝馬船の描写を大胆に省筆することで波に揺れ動く妊婦の姿を描き出すが、その自然の律動が、島暮らしの素朴な生活感情を伝えている。海光の明るさと、青菜の瑞々しさは、帰島する妊婦の幸福感の象徴であるといえよう。

＊1 「自句自解」（「俳句」昭32・8）
＊2 「巻頭言」（「風」昭27・1）

赤錆の秋篠川に葦垂直

初出「天狼」昭和二十八年七月。「唐招提寺」と題して発表した十句中の一句。句集に収録する際、「唐招提寺行」と改めて二十二句の連作とし、「三鬼、不死男、予志氏らと同行、RRセンターに近接した唐招提寺　二二句」の前書を付した。「RRセンター」は駐留米軍の慰安施設である。自註に「葦が角ぐんでいた」[*1]と記す。この頃、欣一は「天狼」の唱道する「根源俳句」をめぐる論争に対し、「天狼」同人の立場から、「「根源」探求が我々の社会と時代を斬りすてた観念的なものになることを恐れます」[*2]とアンケートに答え、社会と時代を即物的に把握してゆく自己の立場を匂わせている。そこで、連作「唐招提寺行」から、「社会と時代」を映し出した作品を抄出してみたい。

ジープの風畦へ散る児の風車

この句は、軍用ジープが児の傍らを疾駆した瞬間を捉えたもので、「散る」の語が占領軍を受け入れた奈良の現実の重さを響かせている。

紅唇やアイスモナカゆ指離し

この句の上五「紅唇や」は米兵相手の私娼を想起させる。とすれば、

バラックに兵の大靴麦熟るる

の中七に詠み込まれた「大靴」は、私娼の許を訪れた米兵のブーツであろうか。米兵に依存して生活しなければならない人々に寄せる作者の哀憐は、座五「麦熟るる」の旅愁を深めている。

掲句の「赤錆」が米軍基地による水質汚染を表現したものであったということは、「唐招提寺付近を流れる秋篠川は大変よごれていた。近くに米軍基地があり、あたりは荒れ放題[*1]」という自解によって確かめられる。座五「葦垂直」は、汚染された環境に息づく葦の根強い生命力を描写したもので、現実に対する作者の抵抗感が捉えた自然の姿であったということになろう。

　これまでに発表された欣一作品の中で、

梅雨の土かゞやきて這ふ蛆一つ　　昭21・5　風
鮭取りの臀《ししむら》濡れて走りけり　　昭21・9　寒雷
息白し長屋の空に変圧器　　昭25・2　風

といった句が作者に生きる力を与えるものであったのに対し、掲句に描く自然の相は、作者の生き方が投影されているのである。

＊1　『自註現代俳句シリーズ第二期⑰沢木欣一集』（昭55　俳人協会）
＊2　沢木欣一他「天狼論争について」（「俳句」昭28・3）

鉄板路隙間夏草天に噴き

初出「風」昭和二十九年一月。「内灘にて」の前書で発表した五句中の一句。同二十八年の作。夏の句。季語は夏草。句集に収める際、「内灘基地となる」と題して、「七句」の連作とした。上五「鉄板路」は、戦車や砲弾を運搬するため内灘砂丘に敷設された鉄板道路のことである。

昭和二十七年に米軍試射場として接収された石川県河北郡内灘村（現在内灘町）の砂丘地をめぐって、翌二十八年、試射中止及び土地の返還を求める基地反対運動が展開された。同年八月、基地反対運動に参加するため、横浜から古沢太穂が金沢市の欣一居を訪れた。この時、太穂は内灘事件をテーマに十五句の連作を詠み、後に「四十路一歩」の題で『古沢太穂句集』[*1]に収める。欣一は「四十路一歩」から、

白蓮《しらはす》白シャツ彼我ひるがえり内灘へ
青蘆暁色一細胞員とし深く息すう
暁に漁せし昼寝戸毎へビラ入れゆく

等七句を取り出し、そこに「党生活者として闘争に身を挺している」太穂の気魄の凝集を見て、政治と俳句を密着させ、しかも芸術的な密度を以て定着させた点を高く評価する一方で、〈白蓮《しらはす》白シャツ

…〉の句に表れた「古沢の決意と行動者の胸を張った健康さ」を疑問視する。これは、内灘闘争における基地反対派の敗北が濃厚となり、「疲労困憊いた〳〵しい姿の古沢」を金沢に見た記憶が〈白蓮《しらはす》白シャツ…〉の颯爽とした句風に違和感を抱かせたもので、欣一は「四十路一歩」に対して、「現実のきびしさが一連の句には殆んど見られない」「現実が客観的に把握され、作品化されていない」と率直に不満を述べ、「現実を現実として直視すべきだ[*2]」と説く。

この批評の中心となる現実を直視する客観精神の重視は、掲句に裏打ちされたものといえそうだ。「鉄板路」は反基地闘争の厳しさを物語っており、その僅かな隙間に「夏草」を把握することで民衆の抵抗精神に迫っている。太穂の〈白蓮《しらはす》白シャツ…〉の句は、闘争に駆けつける共産党員の勇姿を描き、〈青蘆暁色…〉の句は党を組織する「一細胞」としての自覚を感慨深く詠んだもので、いずれも党員としての生き方の理想を前面に押し出しているのに対し、鉄板路の句は、民衆の痛憤に比重を置くことで現実への密着を確かなものにしているのである。

＊1　『古沢太穂句集』（昭30　現代書房）

＊2　「戦後俳壇新人論㈠」（「俳句」昭31・3）

街路樹の芽を確かむる星なき夜

初出「風」昭和二十九年六月。初出の句形は〈街路樹の芽をたしかむる星なき夜〉。春の句。季語は木の芽。句集に収録する際、「広島にて」と題して「「夕凪」大会に香西照雄と出席／広島を一巡、惨禍をまのあたり見る。一五句」の前書を付した。十五句中の第二句。上五の「街路樹」は戦後に植えられた若木で、欣一は「見上げるような高さではなかった」[*1]と回想する。

五月二日、「夕凪」の大会に招かれて広島市を訪れた欣一は、翌日、爆心地、原爆ドームを巡り、

　春の雨原爆焦土枯色増す

　ドームより爆音と黒き雨そゝぐ

と詠んだ。十五句中の第八句〈春の雨…〉は滅びのイメージが濃厚である。第九句〈ドームより…〉の「黒き雨」について欣一は「悲惨な廃墟に五月雨が注いでいた。空の一隅に飛行機の爆音が聞えた。ひんまがつた鉄骨の間から落ちて来る雨を黒いと感じた。衣服が黒く染まつてしまわないかと思う位無気味で、不安であつた」[*2]と記す

敗戦の年の十月、朝鮮から佐世保に復員し、汽車で広島を通った日のことを欣一は、「原子爆弾のものすごい威力で数万の人命が失われ、何十年か草や木も生えないに違いないということで、ここを通

過するのさえ恐怖をおぼえた[*1]」と振り返る。

　この時に植えつけられた戦慄が、欣一に街路樹の芽を確かめさせたものといえよう。掲句の「街路樹の芽を確かむる」という根強い不安感を雨雲に閉ざされた「星なき夜」が象徴する。その不安感は、〈春の雨…〉や〈ドームより…〉といった句を通して増幅し、昏さを伴う心情表出の一つの流れを形成してみせる。

　尚、連作「広島にて」には、他に、

　　主婦たゝら踏むメーデーやヒロシマに
苜蓿や義肢のヒロシマ人《びと》憩う
死の河の両岸現世鯉幟
指とゞくバラックの屋根薔薇の箱

といった句があり、掲出の〈街路樹の…〉の句と共に、広島の復興を確かめたいという作者の眼を感じさせる。

＊1　「風木舎俳話（十八）広島」（「風」昭52・8）
＊2　「自句自解」（「俳句」昭32・8）

白桃に奈良の闇より藪蚊来る

初出「風」昭和二十九年十月。「水暗し」の題で発表された二十五句中の冒頭句。句集に収録する際、「綾子、太郎と奈良日吉館」の前書を付す。夏の句。季語は藪蚊。同時発表作に、

青芒妻を追ひ来る鹿叱る

星月夜生駒を越えて肩冷ゆる

といった句がある。〈青芒…〉の句は、人馴れした奈良の野生の鹿を詠んだもの。〈星月夜…〉の句の中七「生駒を越えて」は古代への憧れを潜めたもので、万葉集には、

妹許《いもがり》と馬に鞍置きて生駒山うち越え来《く》れば黄葉《もみち》散りつつ　巻十―二二〇一、作者不明

夕さればひぐらし来《き》鳴く生駒山越えてぞ吾《あ》が来《く》る妹が目を欲《ほ》り　巻十五―三五八九、秦間満《はだのはしまろ》

といった歌があり、「生駒」の地名は古代との繋がりにおいて句の中にその位置を占め、「肩冷ゆる」と万葉人の旅愁を実感しているのである。

この年の夏、欣一は綾子と太郎を伴い奈良を経て大阪へ旅行した。七月三十一日は現代俳句協会近畿支部会の草田男歓迎会に出席し、翌日は「萬緑」の大会に招かれて大阪に入った。

掲句はこの旅中の作で、自解に「太郎を連れて夫婦で日吉館に泊つた。果物屋で見事な白桃を買つ

て帰り、夜食にした。白桃の香を慕つて藪蚊が押し寄せて來た。奈良の闇ということが面白かった」[*1]と記す。「奈良」の地名と「闇」の結びつきは、古代の漆黒の闇を連想させる。即ち、古歌に詠まれた「ぬばたまの夜」の趣であり、大和（奈良県）の万葉歌としては、

ぬばたまの夜さり来《く》れば巻向《まきむく》の川音《かはと》高しも嵐かも疾《と》き　巻七―一一〇一、柿本人麻呂

が名高い。

掲句は、「生駒」と同様、地名が古代の浪漫を感じさせる。「白桃」の香に誘われて、古代と現代を繋ぐ「奈良の闇」より「藪蚊」の群れが現れた。幻想的な雰囲気を帯びているのは、闇夜に浮かぶ「白桃」の視覚的効果に加え、時間の流れを超えてゆく存在として「藪蚊」が捉えられているためであろう。

尚、同時発表作の、

妻子眠る数個の桃を蚊帳の外

が掲句の情景を補っている。

＊1 「自句自解」（「俳句」昭32・8）

水浸く稲陰《ほと》まで浸し農婦刈る

初出「風」昭和二十九年十月。「水暗し」の題で発表された二十五句中の一句。秋の句。季語は稲刈。句集に収録する際、「富山県氷見十二町潟にて　二句」の前書を付す。十二町潟は氷見市にある潟《せき》湖《こ》で、自解に「万葉集の布勢の海である」[*1]と記されているように、大伴家持の長歌に〈布勢の海に舟浮け据ゑて沖辺漕ぎ〉（巻十七―三九九一）と詠われた万葉の故地である。農婦が田舟を浮かべる湿田の景に、古代の湖水の面影が揺曳している。

掲句に対する従来の見方を要約して列記すると、

○歎きはあるが、思想が密着していない。[*2]（福島俊成　昭30）

○〈陰《ほと》まで浸し〉に、農村の貧困、停滞性に対する苛立ちが感じられる。[*3]（新田祐久　昭53）

○深い悲しみを蔵したリアリズムの俳句。[*4]（林徹　平6）

といったもので、等しく貧村の停滞性に対する作者の慨嘆を汲みとっているが、このように暗く、重苦しい面だけを強調したものと言い切れるのであろうか。この頃の欣一の選句態度は、農村生活から生まれた健康的な作風を推称する傾向にあり、[*5]とりわけ、「風」の投句者の〈手鼻かむ吾等農夫に蛭集ふ　百合子〉の句を「健康な農民の生活感情をぶちまけた句である。作者は農民であることに誇りを感じて、力強く詠い上げている。そしてその底から農民の苦しみが現実感を以て滲み出ている」[*6]と評している点は注目に値する。こうした姿勢に照らし合わせるならば、掲出の〈水浸く稲…〉の句も又、健康的な農婦の姿に滲出する「苦しみ」を描いたものということになろう。女陰を意味する「陰《ほと》」は古事記に見られる語で、労働の中心を担った古代の女性の姿を連想させ、一句に素朴で健康的なイメージをもたらすが、たくましく働く農婦が水田に局部まで押し浸す現実の描写は、働く者の心底の「苦しみ」に触れるものであったといえる。

＊1　「自句自解」（「俳句」昭32・8）
＊2　福島俊成「作品特集批評」（「風」昭30・2）
＊3　新田祐久「沢木欣一百句（七）」（「風」昭53・4）
＊4　林徹「俳句と生活」（「風」平6・7）
＊5　「風作品の佳句」で欣一が選評した〈藁塚にもたれ昼餉の熱き白湯　新田祐久〉——「健康で少しの影もない句」（「風」昭29・1）、〈山焼くや炭木あまさず竈へ詰め　孫二〉——「健康な農村人の生活の息吹が感ぜられる」（昭29・5）等々。
＊6　「風作品の佳句」（「風」昭29・9）

冬日逃げるな河原の穴に石取女

初出「風」昭和三十年二月。冬の句。季語は冬日。自註に「福知山線沿線の谷間、暮れかかる河原で女が採石作業をしていた」[*1]とある。

この年、欣一は金子兜太・鈴木六林男・古沢太穂の作品がある程度文語を脱却していることを指摘し、自身の作品についても四十、五十代作家と比較して口語に近づいていることを自覚する言葉を見せており、[*2]掲句の「逃げるな」の口語表現は、三十代を中心とする若い世代の新動向を示すものであったといえる。しかし、「冬日」へ呼びかけるという発想は、古典に依拠するものと考えられる。戦中に遡るが、欣一は「寒雷集」の作品（楸邨選）の中から投句者の、

ぬくみ追ひ凍る手かたき胸をさする　貞

の句を取り上げ、「兄逝くといふ前書がある。肉親追慕の激情より此の句は生れた。感情の高揚の場合やゝもすれば表現は観念に流れてしまふ。しかし此の句にあつては、作者の愛情の慟哭は執拗な肉体の動作となる。肉体の慟哭である。柿本人磨の「靡けこの山」と言つた慟哭」又「芭蕉の「塚も動け」の慟哭皆感傷は肉体性に支へられてゐるのである」[*3]と評した。「靡けこの山」は石見国の現地妻と別れて帰京する人麻呂の絶唱であり、「塚も動け」は弟子の一笑の死を悼む芭蕉の慟哭である。山や塚と

いった非情の存在に対して訴えかけずにはいられない古人の心情を「冬日逃げるな」が踏襲しているということは充分に考えられることであり、古典の伝統を踏まえることで文語体に劣らぬ格調をねらったものといえそうだ。

また、欣一は口語の導入について「話し言葉に近づいた方がよい」が「俳句は韻文だから、その話し言葉から、いかに適当な詩語を選択するかということが問題だ[*2]」と発言し、翌三十一年に、

　白髪みごとしかし俺には神を説くな

　疲れるな鯨のハムをパンにはさむ

といった句を太穂の代表作として推す。[*4] ここで欣一は、「説くな」「疲れるな」といった対他的な「話し言葉」に「詩語」の一つの可能性を見出したものと思われ、このことは、掲句の「冬日逃げるな」を念頭に置いたものであったと考えられるのである。

*1　『自註現代俳句シリーズ第二期⑰沢木欣一集』（昭55　俳人協会）
*2　「現代俳壇あれこれ」（「風」昭30・12）
*3　「寒雷集鑑賞（五月号）」（「寒雷」昭17・7）
*4　「戦後俳壇新人論㈠」（「俳句」昭31・3）

汐汲むや身姙りの胎まぎれなし

初出「俳句」昭和三十年十月。無季の句。「能登塩田」と題し、「輪島よりバスで二時間町野町に一寒村あり、最も原始的な塩田を営む、嘗て二十余を数えたが衰えて二、三遺る、二十五句」の前書を付して発表した二十五句のうちの第二句。同じ題と前書で句集に収録した。前書に「最も原始的な塩田」とあるように、中世に主流を占めた揚浜式塩田を訪れた折の作である。

この連作は、

塩一石汗一石砂積み崩し
塩田夫陽焼け極まり青ざめぬ
新じやが匂う塩焼小屋の厚き煤

等、「汗」「陽焼け」「新じやが」といった夏の季語を有する一部の作品を除き、二十一句が無季である。戦後、欣一は無季俳句を肯定的に受けとめている。例えば、昭和二十二年、「俳壇時評」[*1]において穎原退蔵の季題否定論（子規によって連句から独立させられた発句に季題を残すことはアナクロリズムであり、自らの内容狭化である。また、本来俳句は風景詩ではなく、人生を対象にしたものであるというもの）に注目し、同二十七年には「風作品の佳句」[*2]の選評を通して、無季俳句を価値づけている。この選評について具体的に記し

てみると、「風」の投句者の、

炊煙が陽包み昇りみな貧し　茎

の句に対して、「無季ではあるがいき〳〵と冬の季感が感じられる」「貧しさの共感とでもいうべきか素朴な人間愛が底に流れているしつかりとした句である」と評したもので、翌年、今後の現代俳句のあり方に関するアンケートに「無季の句の立派なものが期待されます[*3]」と回答する。

　こうした発言を整理すれば、欣一のいう「無季の句の立派なもの」とは、季感を有したまま対象を自然から人生に拡充し、そこに「人間愛」を通わせたものであったということになろう。

　炎天下の苛酷な労働を描いた連作「能登塩田」は、正しく、「季感」「人生」「人間愛」に支えられたものであり、掲出の〈汐汲むや…〉の句では、身重の嫁も汗を流して重労働に加わる原初的な気風に触れた感動が、座五「まぎれなし」に打ち出されている。

＊1　「俳壇時評」（「文華」昭22・3）
＊2　「風作品の佳句」（「風」昭27・4）
＊3　「アンケート　今後の現代俳句の在り方について、貴下はどうお考えになりますか」（「風」昭28・6）

塩田に百日筋目つけ通し

初出「俳句」昭和三十年十月。無季の句。昭和三十年十月の「風」に「能登町野町の塩田　十句」の前書で発表されたうちの一句でもある。したがって、この句は「俳句」と「風」の両誌に同時発表されたものということになる。

能登奥地で営まれる揚浜式塩田について欣一は、「日本海の怒濤を柄杓で汲んで、桶で運び、腕力で撒き散らす」[*1]と説明する。句意は、潮の撒かれた塩田の砂面に、炎天下、百日にわたって筋目を入れ続けるというもの。中七「百日筋目」の緊密な声調は、たゆむことのない肉体労働を表現し、座五「つけ通し」が苛酷な労働の実態を浮彫にする。

掲句について欣一は、「炎熱のなかで続けられる忍耐づよい労仂をそのまゝ詠つた。そういう労仂の苦しさの現実感を出したかつた」[*2]と自解するが、この「現実感」には、人間への愛が底流しているものと考えられる。昭和二十五年、欣一は「森山啓覚書」[*3]において、森山の諸作品に一貫して流れる「無名の人々へのあたたかい愛情」に注目し、戦後文学一般に対して、「田舎にひしめいている無名の人々の、しかも真面目に生活しているが、どうにもならない人々の実態をレアルに作品化すること」を要請し、昭和二十九年に、自然は素材であるが主題ではなく、社会現象も素材であって主題ではない。素材のなかに主題を探求していかなければならない[*4]と述べ、主題を尊重する考え方を明らかにした。

当然、掲句においても塩田労働という素材を通して主題が探求されたということになろう。「森山啓覚書」の中で欣一は、「文学にはいろいろの形式や表現のものがあるが、結局は人間への愛がその底に深く多面的に存在してないならば、それはツクリモノ、装飾品に過ぎない」といった文学観を示した。「ツクリモノ」の否定が、掲句において「労仂の苦しさの現実感」を追求させたとすれば、そのリアリズム精神は、「人間への愛」という普遍的テーマに支持されているということになるのである。

＊1「自句自解」(「俳句」昭32・8)
＊2「自集自註」(「天狼」昭31・4)
＊3「森山啓覚書」(「北国文化」昭25・12)
＊4「昭和俳句の反省」(「俳句」昭29・12)

水塩《みず》の点滴天地力合せ

　この句も昭和三十年十月の「俳句」に「能登塩田」と題して発表された二十五句中の一句であり、同年同月の「風」に「能登町野町の塩田　十句」の前書で発表されたうちの一句でもある。無季の句。海水を撒いた塩田は、烈日に灼かれて乾燥し、砂の表面に塩を結晶させる。その砂を掻き集めて木箱に詰め、上から海水を注ぎ込む。海水は、砂の表面から塩の結晶を洗い流しながら濃度を増して、木箱の栓から滴り落ちる。これが上五の「水塩《みず》」で、自註に「天と地の神の力が一つになった神秘的な滴り[*1]」と記す。「テンテキテンチ」の律動に弾みを得た「チカラアワセ」の3・3音の荘重な調べは、天地の神気に満ちてくるのを感じさせる。無論、現在との連なりにおいて神代を捉えることで、雄渾な調べを助けているものともいえる。

　山口誓子が「天地力合せ」に「古事記的な創成[*2]」が感じられると評しているように、掲句は〈天地固唾《かたず》呑んであり〳〵塩結晶〉の句と並んで「能登塩田」中の異色作といえる。この連作は、

　汐汲むや身姙りの胎まぎれなし
　塩田に百日筋目つけ通し
　塩一石汗一石砂積み崩し

大釜に煮詰まる塩と夜明け待つ

等々、労働の各手順の頂点を写実的に表現することに力点が置かれているが、掲句と〈天地固唾《かたず》…〉の句の存在によって浪漫的要素が加味されている。

ちなみに、連作中の、

汐柄杓濃き汐も澄み能登荒磯《ありそ》

の句に詠み込まれた「荒磯《ありそ》」の語は、万葉集に例が多い。一例を示せば、柿本人麻呂が石見国《いわみのくに》から妻と別れて上京した折の長歌の一節に〈和多豆《にきたづ》の荒磯《ありそ》のうへにか青なる玉藻《も》沖つ藻〉（巻二――一三二）とある。「荒磯《ありそ》」からは、作者の古代への憧憬を読み取ることが出来、これも、掲句と同じく欣一の浪漫的傾向の表れと見てよい。

〈水《みず》塩の…〉、〈天地固唾《かたず》…〉、〈汐柄杓…〉といった神代或いは古代へ通じてゆく句が、塩田労働の現実と渾然たる調和を見せているのは、この一連が、塩田を受け継ぐ一家の純朴な気風に貫かれているからであろう。

＊1　『自註現代俳句シリーズ第二期⑰沢木欣一集』（昭55　俳人協会）

＊2　山口誓子「能登塩田」（「風」昭30・11）

塩田さらば汗ほしいまゝ崖能登路

　この句も昭和三十年十月の「俳句」に「能登塩田」と題して発表した二十五句中の一句で、連作の最尾に据えられた。夏の句。季語は汗。句意は、塩田に別れを告げ、汗を存分に流して断崖の能登路を辿ってゆくというもの。破調による塩田への呼びかけと、心ゆくまで汗にまみれる姿に作者の心の高ぶりを感じ取ることが出来る。

　欣一が「百日一家身を文字通り粉にして働いても、採れる塩は素人の予想以上に少ない」[*1]と振り返っているように、連作の序盤には、

　塩田に百日筋目つけ通し
　塩一石汗一石砂積み崩し
　塩田夫陽焼け極まり青ざめぬ

といった句を通して衰滅が自明の塩田労働に身を捧げる一家の性根が描かれているが、中盤では、

　一家額《ぬか》集め地の隙《すき》塩雫
　大釜に煮詰まる塩と夜明け待つ

といったように労働が報われることへの期待感を詠み、更に、

水《みず》塩の点滴天地力合せ
天地固唾《かたず》呑んであり〳〵塩結晶

の句に見る天壌の擬人化は、労働を尊いものとして描こうとする作者の意図を窺わせる。終盤の、

暗がりの塩箱満たす塩の光沢《つや》
塩握り緊め塩のなか塩の音

といった句は、塩の出来映えを確かめる感覚が、満足感を伴い迫って来るのである。

田川飛旅子は連作「能登塩田」を、「労働のかなしさ、その神秘的な根源性、残され疎外されるものの孤独感、そのようなものの織りなす人間の根源的詠嘆が、これらの句の力動性を支配しているように思える」*2と評しているが、このような「人間の根源的詠嘆」を内包しながらも尚、力強く生きようとする素朴な人間像の描出に一連の特色を見出すことが出来るのであり、その末尾に掲句を置くことで、働くこと、延いては生きることの手応えを実感した作者の心の張りが、塩田を守り続ける一家の刻苦を清々しいものにしているのである。

＊1　「自句自解」(「俳句」昭32・8)
＊2　田川飛旅子「社会性俳句の頃の沢木氏」(「俳句」昭43・6)

一筋の糸引出すや繭躍る

初出「風」昭和三十年十一月。「糸引女」と題して発表した九句中の一句。句集に収録する際、「丹波青垣町　十句」の前書を付した。夏の句。季語は糸引。八月上旬から九月上旬まで綾子と丹波に滞在中、青垣町佐治にある小さな工場で糸繰りを見学した。自註に、「繭から一本の生糸が引き出されるのは手品のよう」[*1]と記す。座五「繭躍る」の躍動感は、労働を肯定的に描こうとする作者の志向に基づくものといえるが、この志向は、推敲のあり方を規定するものであった。同時作を抽出し、「風」に発表した原作と、句集に収めた改作の主な異同を示してみると、

繭煮ゆる湯に指ふやけ稼ぐ小銭（原作）
繭を煮る湯に指ふやけ稼ぐ銭（改作）
繭の値を知らずと糸引女が苦笑（原作）
繭の値を知らずと糸引女の笑い（改作）

というものである。〈繭煮ゆる…〉の句は、低賃金で働かざるを得ない女工の哀愁を詠んだものであるが、座五の「小銭」を「銭」に置き換えることで、改作句では、一家の稼ぎ手として働くたくましさが打ち出されている。〈繭の値を…〉の句は、座五の「苦笑」を「笑い」に改め、屈託ない笑顔を描く

ことで労働の明るさを強調してみせた。

これらは、「吾々に強く明るい生活の充実感をあたえてくれる俳句がほしい」[*2]という自らの俳風の理想に近づけるための改作であったものと考えられ、掲句についても、座五「繭躍る」のリズミカルな動的描写は、女工の労働意欲の高さを即物的に表現したものであったといえるのである。

連作の末尾には、

　　就労十何時間夏山のひだ冷え切る

の句が据えられている。糸繰りは、深更に及んだ。女工は労働で酷使した体を夜気に当てて帰ってゆく。しかし、改作を通して形づくられた女工のひたむきさ、純粋さといったものが、長時間労働の悲哀に充実感を加味しているのである。

＊1　『自註現代俳句シリーズ第二期⑰沢木欣一集』（昭55　俳人協会）

＊2　「選後評」（「風」昭25・3）

沢木欣一年譜

凡　例

◉本年譜は、沢木欣一の出生した大正八年から昭和三十一年に至る三十八年間（『塩田』出版まで）を編年体により作成した。

◉上段は、個人・評論（散文）・単行本・代表句（『雪白』、『塩田』より）の順で記載した。下の数字は刊行月を示す。評論（散文）は利用の便とスペースの関係で取捨選択した。

◉下段は、同時期の俳壇の動向・評論・単行本・雑誌・個人消息と、一般事項を記した。歳は満年齢。

◉本年譜作成については、主に沢木欣一自筆文書（澤木くみ子所蔵、日本近代文学館所蔵）・細見綾子自筆日記　昭和十七年十月二十一日〜同十八年九月十一日、昭和十八年九月十三日〜同十九年六月二十八日（澤木くみ子所蔵）・「年譜」（『塩田』沢木欣一　風発行所　昭和31）・「風」・「寒雷」・「北国文化」・「天狼」・「俳句」・「俳句研究」・「近代俳句年表」（『俳句辞典　近代』松井利彦編　桜楓社　昭和52）・『日本史総合年表』（加藤友康　瀬野精一郎　鳥海靖　丸山雍成編　吉川弘文館　平成13）を参照した。

年号	個人・俳論・事項	俳壇・一般
大正8年（1919）	富山県富山市梅沢町二十九番地に生れる。10月6日　父茂正は富山県立富山中学校の国語教師、母園は富山市内の小学校の教師。富山県上新川郡山室村の地主の三男に生まれた茂正は、第四高等学校から東京帝国大学に進学。短歌に親しみ、尾上柴舟主宰「水甕」に作品や柿本人麻呂の情歌に関する考察（未完）を寄せる。同誌の創刊に加わった石井直三郎（六高出身、東京帝国大学国文科卒）と交流があった。大学卒業後、大正四年十月に石川県立七尾中学校教諭、同六年九月に富山県立富山中学校教諭、同八年十一月に大分県立宇佐中学校教諭に任命され、一家は宇佐神宮境内の宮司の離れ家に仮寓する。	森澄雄生まる。2月28日 佐藤鬼房生まる。3月20日 西垣脩生まる。5月19日 安東次男生まる。7月7日 原子公平生まる。9月14日 金子兜太生まる。9月23日 **中学校令を改正、公布。2月7日**
大正9年（1920） 1歳		草間時彦生まる。5月1日 飯田龍太生まる。7月10日 **戦後恐慌、東京株式市場の株価暴落に始まる。3月15日** **新婦人協会発会。3月28日** **第一回メーデー（東京上野公園）。5月2日** **日本社会主義同盟結成（翌年五月、政府の弾圧により解体）。12月9日**
大正10年（1921） 2歳		「社会改造と俳人の使命」野田別天楼　倦鳥　7月 「俳句の連作に就て」前田普羅　ホトトギス　10月 「連作の選に就て」島村元　ホトトギス　11月 目崎徳衛（志城柏）生まる。2月19日

		日本労働総同盟友愛会を日本労働総同盟と改称。10月1日 原敬首相、東京駅頭で刺殺される。11月4日
大正11年（1922） 3歳	父が京城第一高等普通学校に転任となり、一家は京城府（現在ソウル）並木町に移住する。10月	山口誓子、東大入学。4月 中田みづほ、水原秋櫻子、山口誓子ら東大俳句会を復活。4月8日 「土上」創刊。1月 「馬酔木」創刊。4月 楠本憲吉生まる。12月19日 ワシントン海軍軍縮条約に調印（米・英・仏・日・伊）。2月6日 全国水平社結成。3月3日 日本農民組合結成。4月9日 日本共産党結成（非合法）。7月15日
大正12年（1923） 4歳		高浜虚子、「ホトトギス」発行所を丸の内ビルディングに移す。1月 「選句制度の不合理と合理性」河東碧梧桐　碧　4月 「写生俳句雑話」高浜虚子　ホトトギス　5月 『八年間』刊　河東碧梧桐　1月 「碧」創刊。2月高柳重信生まる。1月9日 波多野爽波生まる。1月21日 関東大震災。9月1日 甘粕事件。9月16日

大正 13 年（1924） 5 歳	妹美知子生れる。11月	「写生といふこと」（一）〜（八） 高浜虚子 ホトトギス 10月〜大正14年6月 『井泉句集』刊 荻原井泉水 3月 『雑草』刊 長谷川零余子 6月 『島村元句集』刊 島村元 7月 「辛夷」創刊。11月 森田峠生まる。10月16日 **婦人参政権獲得期成同盟会結成（翌年六月、婦選獲得同盟と改称）。12月13日**
大正 14 年（1925） 6 歳	咸興府雲興里に転居。7月	「ホトトギス」投句者激増のため、雑詠投句数十句を五句に制限。11月 「連句に就て思ふことども」臼田亜浪 石楠 1月 『漱石俳句研究』刊 寺田寅彦他 7月 『青峰集』刊 嶋田青峰 8月 「碧」終刊。2月 「三昧」創刊。3月 「若葉」創刊。9月 **治安維持法公布。4月22日** **普通選挙法公布。5月**
	咸興小学校に入学。	九大俳句会結成。秋 「内部律と外部律とに就て」山口誓子 ホトトギス 10月

昭和元年・大正15年（1926）7歳	昭和2年（1927）8歳	昭和3年（1928）9歳
	弟昭二生れる。2月	
『大空』刊　尾崎放哉　6月 『鬼城句集』刊　村上鬼城　12月 林徹生まる。3月4日 内藤鳴雪没。2月20日 尾崎放哉没。4月7日 **労働農民党結成。3月5日**	「俳句に蘇りて」杉田久女　ホトトギス　9月 「近代俳句私考」（一）～（五）水原秋櫻子　ホトトギス　12月～昭和3年4月 『花氷』刊　日野草城　6月 『澄江堂句集』刊　芥川龍之介　12月 松井利彦生まる。2月5日 中山純子生まる。7月15日 芥川我鬼没。7月24日 **金融恐慌勃発。3月中旬**	山口青邨、「ホトトギス」俳句講演会で山口誓子・阿波野青畝・水原秋櫻子・高野素十のイニシャルをとり「四S」と呼ぶ。9月24日 「秋櫻子と素十」高浜虚子　ホトトギス　12月 『芭蕉襍記』刊　室生犀星　5月 『虚子句集』刊　高浜虚子　6月 長谷川零余子没。7月27日

昭和4年（1929） 10歳		**第十六回総選挙（初の普通選挙）。2月20日** **三・一五事件。3月15日** 高浜虚子、斎藤茂吉を招いて座談会を開き、写生観の対立があらわとなる。5月13日 「ホトトギス」四百号祝賀記念会を行う。11月16日 「俳諧趣味」高浜虚子　ホトトギス　2月 『シャツと雑草』刊　栗林一石路　4月 『新興俳句への道』刊　河東碧梧桐　11月 「かつらぎ」創刊。1月 「まはぎ」創刊。9月
昭和5年（1930） 11歳	全州府花園町に転居。全州小学校に転校。9月	『葛飾』刊　水原秋櫻子　4月 『普羅句集』刊　前田普羅　9月 「玉藻」創刊。5月 「夏草」創刊。6月 鷹羽狩行生まる。10月5日 芝不器男没。2月24日 **ロンドン海軍軍縮条約に調印（日・英・米）。4月22日。** **浜口雄幸首相、東京駅で狙撃され重傷を負う。11月14日** **この年、昭和恐慌勃発（昭和七年頃まで）。** 水原秋櫻子、「ホトトギス」を離れる。10月 「自然の真と文芸上の真」水原秋櫻子　馬酔木　10月 『月並研究』刊　高浜虚子　11月

年	事項	俳壇・社会
昭和6年（1931） 12歳		『秋櫻子句集』刊　水原秋櫻子　12月 平井照敏生まる。3月21日 岡田日郎生まる。11月3日 満州事変。9月18日
昭和7年（1932） 13歳	群山中学校に入学。 元山府明治町一〇ノ一に転居。7月 元山中学校に転校（同級に原子公平あり）。9月	「馬醉木」に表題を付した連作、はじめて公表される。5月 河東碧梧桐「日本及日本人」の選を退く。5月 『青芝』刊　日野草城　3月 『凍港』刊　山口誓子　5月 『山廬集』刊　飯田蛇笏　12月 上海事変。1月28日 関東軍、ハルビンを占領。2月5日 満州国、建国宣言。3月1日 五・一五事件。5月15日
昭和8年（1933） 14歳	野球部に入部、全国中等学校優勝野球大会朝鮮地区予選に出場する。	河東碧梧桐、還暦祝賀会の席上で俳壇引退を表明。3月25日 「連作俳句の設計図」水原秋櫻子　馬醉木　8月 『草の花』刊　富安風生　11月 『新樹』刊　水原秋櫻子　12月 「京大俳句」創刊。1月 日本政府、国際連盟に脱退を通告。3月27日 特別高等警察に逮捕された小林多喜二、築地署の取調べで死亡。2月20日

昭和9年（1934） 15歳	この頃、画家を志して油絵やデッサンに励む。	**この年、滝川事件（京大事件）起こる。** 「還暦座談会」（一）〜（三）虚子・風生・たけし・草田男・花蓑・友次郎他　ホトトギス　2月〜昭和10年1月 「写生構成」山口誓子　俳句研究　3月 「連作俳句の新造船」東京三　土上　5月 『不器男句集』刊　横山白虹編　2月 『川端茅舎句集』刊　川端茅舎　10月 「俳句生活」創刊。1月 「俳句研究」創刊。3月 **日本ワシントン海軍軍縮条約から脱退。12月**
昭和10年（1935） 16歳	この頃、正岡子規の短歌に触れて詩歌に興味を覚える。	山口誓子、「ホトトギス」を辞し、「馬酔木」に参加。5月 「都会俳句に就いて」東京三　土上　1月 「俳句は強靭な詩である」吉岡禅寺洞　天の川　4月 「新興俳句の将来と表現」加藤楸邨　俳句研究　4月 『黄旗』刊　山口誓子　2月 『松本たかし句集』刊　松本たかし　12月 「旗艦」創刊。1月 **美濃部達吉、貴族院議員を辞任（天皇機関説事件）。9月18日** 日野草城、吉岡禅寺洞、杉田久女、「ホトトギス」同

昭和 11 年（1936） 17 歳		人より除名される。10月 『分類俳句全集』刊　正岡子規　3月 『長子』刊　中村草田男　11月 『句日記』刊　高浜虚子　11月 『子規言行録』刊　河東碧梧桐　12月 篠原鳳作没。9月17日 日本、ロンドン海軍軍縮条約から脱退。1月 二・二六事件。2月26日 メーデー禁止。3月24日 日独防共協定に調印。11月25日
昭和 12 年（1937） 18 歳	元山中学校卒業。金沢市仙石町の第四高等学校の入学試験に失敗し、原子公平らと上京する。	『五百句』刊　高浜虚子　6月 「鶴」創刊。11月 松瀬青々没。1月19日 河東碧梧桐没。2月1日 盧溝橋事件。7月7日 国民精神総動員中央連盟結成。10月12日 日独伊防共協定締結。11月 日本軍、南京を占領。この前後、南京虐殺事件起こる。12月13日
		雑誌の用紙制限始まる。10月 『俳諧道』刊　松根東洋城　3月 『俳句表現の道』刊　加藤楸邨　7月

昭和 13 年（1938）19 歳	昭和 14 年（1939）20 歳	
	第四高等学校文科乙類に入学。金沢市蛤坂新道六（現在清川町）田中均方に下宿（犀川に架かる桜橋南詰の橋畔）。この頃より俳句を作りはじめ、沢木沢人の俳号を用い、水原秋櫻子主宰「馬酔木」に投句する。4月 「新しい俳句の課題」（「俳句研究」第六巻　第八号）を読み、人間探求派に傾倒する。8月 「馬酔木」の秋櫻子選「新樹集」に〈しぐるるや窓を掠むる鳥つぶて〉で初入選。12月 雪晴れに足袋干すひとり静かなる	元山府に帰省。江口帆影郎（「山葡萄」主幹）の正月句会に列座。帰路、新興俳人に交じり、〈中学生朝の眼鏡の稲に澄み　草田男〉の句の価値を力説し、共感を得る。1月 「北辰会雑誌」第百四十六号（第四高等学校北辰会文芸部発行）に「新羅野」十五句を発表。3月
『鉄』刊　細谷源二　8月 『炎昼』刊　山口誓子　9月 『雪解』刊　皆吉爽雨　9月 村上鬼城没。9月17日 **国家総動員法公布。4月1日** **国民精神総動員朝鮮連盟発足。7月**	「新しい俳句の課題」波郷・草田男・楸邨・梵　俳句研究　8月 『現代俳句の出発』刊　東京三　2月 『寒雷』刊　加藤楸邨　3月 『砲車』刊　長谷川素逝　4月 『華厳』刊　川端茅舎　5月 『鶴の眼』刊　石田波郷　8月 『火の島』刊　中村草田男　11月 **ノモンハン事件。5月11日** **国民徴用令を公布。7月8日**	「京大俳句」関係者として、平畑静塔、井上白文地、中村三山、波止影夫、仁智栄坊、宮崎戎人、京都検事局に検挙される。2月14日 「京大俳句」関係者として和田辺水楼・堀内薫・石橋辰之助・三谷昭・渡辺白泉・杉村聖林子、検挙される。5月3日

昭和15年（1940）
21歳

「北辰会雑誌」第百四十七号に「雪」二十句を発表。7月

元山府に帰省。原子公平（当時第三高等学校生）他二人の友人と金剛山に遊び、作句に熱中する。帰途、山陰地方を廻り、松江の小泉八雲旧居を吟行。夏

指導者に大河寥々教授を迎え、四高俳句会を発足させる。会員は、目崎徳衛（志城柏）・木下圭紹・市川定三・泉健三・青園謙三郎・森正夫・大味谷某・竹内某・加納某・欣一。11月

「北辰」第百四十八号（第四高等学校北辰報国団文化部発行）に「断片」十四句を発表。市川定三・石灰茂・石上晃と共に文化部文芸班編集委員として同誌の編集に携わる。12月

京都から来沢した原子公平と犀與亭（松任）で鋤焼をつつく。12月24日

公平と急行で金沢を発ち、東上する。12月25日～1月2日（十二月二十六日、巣鴨駅着。二十八日、公平・木村真澄・藤本某と駒場・渋谷を歩き、駒場の石田波郷を訪う。三十日、坂下町四十番地の加藤楸邨方を訪ね、楸邨と歓談。三十一日、公平・真澄・藤本と酌み交わした後、渋谷の喫茶店で交響曲第九番を聴く）

この年、石田波郷主宰「鶴」、新興俳句綜合雑誌「天香」、加藤楸邨主宰「寒雷」に投稿句が入選する。

　梨売りの頬照らし過ぐ市電の燈
　おびたゞしき靴跡雪に印し征けり

「京大俳句」関係者として西東三鬼、検挙される。8月31日

「連句礼讃」高浜虚子　ホトトギス　1月

「連句―俳句的世界との関係」小西甚一　馬酔木　5月

『現代俳句の中心問題』刊　加藤楸邨　3月

『結婚まで』刊　池内友次郎　3月

『松籟』刊　富安風生　6月

『宰相山町』刊　山口誓子　7月

『江山抄』刊　水原秋櫻子　8月

『穂高』刊　加藤楸邨　12月

『展望車』刊　日野草城　12月

「京大俳句」終刊。2月

「天香」創刊。4月

「天香」終刊。6月

「寒雷」創刊。10月種田山頭火没。10月11日

塩谷鵜平没。12月8日

津田左右吉著『古事記及日本書紀の研究』が発禁処分となる。2月10日

日独伊三国同盟調印。9月27日

大政翼賛会発会式。10月12日

昭和16年（1941）22歳

京都で公平と会う。翌日、京都植物園を吟行。3月5日〜6日

関釜連絡船（下関―釜山間）で帰省。春

「北辰」第百四十九号（第四高等学校北辰報国団発行）に「半歳」四十二句を発表。市川定三・石灰茂・石上晃・佐藤文哉と共に文化部文芸班編集委員として同誌の編集に携わる。7月

沢木家、群山府千代田町二ノ一〇一へ転居。夏

登校中に香林坊でラジオニュースを聴き、米英に対する日本の宣戦布告を知って愕然とする。12月8日

「歳末上京記」　寒雷　3月

「意欲と表現」　寒雷　7月

　冬の河崖より芥投捨てられ

　セルを着て稚き金魚買はんなど

「土上」関係者として嶋田青峰・東京三（秋元不死男）・古家榧子、「広場」関係者として藤田初巳・細谷源二・中台春嶺・林三郎、「俳句生活」関係者として栗林一石路・橋本夢道・神代藤平・横山林二、「生活」関係者として平沢栄一郎、検挙される。2月5日

「真実感合」加藤楸邨　寒雷　8月

『海燕』刊　橋本多佳子　1月

『方寸虚実』刊　石塚友二　2月

『萬緑』刊　中村草田男　6月

『野守』刊　松本たかし　7月

「旗艦」終刊。5月

川端茅舎没。7月17日

国民学校令を公布。3月1日

日ソ中立条約締結。4月13日

東条英機内閣成立。10月18日

日本海軍航空部隊、真珠湾を奇襲攻撃、米英に宣戦布告。太平洋戦争開戦。12月8日

「北辰」第百五十号記念号に「露」十五句を発表。2月

第四高等学校卒業。3月

東京帝国大学文学部国文学科（三年制）に入学、原子公平（仏文科）を頼って東京市小石川区原町十二番地千家荘に下宿。4月

日本文学報国会結成（会長徳富蘇峰）。5月26日

富安風生、日本文学報国会俳句部幹事長となる。6月

「民族詩高揚の秋」飯田蛇笏　俳句研究　1月

「まことのうたをうたはむ」安住敦　旗艦　3月

「日本精神の昂揚―日本的であり得る時が来た―」前田普羅　俳句研究　3月

昭和17年（1942）　23歳

加藤楸邨に同行し、佐渡へ旅行。東京を発って金沢、市振、親不知、柏崎、出雲崎を経て、皆川弓彦・峯村文人と合流、佐渡に渡って真野宮に詣でる。中野重治著『斎藤茂吉ノオト』（昭和十七年刊）を携えての旅。7月

群山府に帰省。10月2日

中村草田男指導の成層圏句会（赤坂の山之茶屋）に出席。草田男の〈富士秋天墓は小さく死は易し〉の句に触れて複雑な気持ちになる。会者十四、五名。11月2日

世田谷区下代田二二一八の加藤楸邨居にて楸邨・原子公平・青園謙三郎と歓談。楸邨より随筆『隠岐』を貰う。日記に「楸邨の人となりには、涙出づる思ひなり」と綴る。11月15日

中部・近畿方面に旅行。11月20日～27日（十一月二十日午後九時、上野を発つ。翌朝八時金沢着、四高訪問。二十三日、卯辰山散策。二十四日、急行で金沢を発つ。京都着、河原町に出る。二十五日、分校太平の案内で大阪府下池田市井口堂四三三ノ一の小川方に仮寓の細見綾子に初めて会い、箕面に清遊。綾子より中宮寺観音の写真を貰う。二十六日、京都を発って、名古屋に入る。二十七日、名古屋城・熱田神宮を巡り、帰京の途につく）

この年、「寒雷」の編集・校正に関わる。同誌を充実させるため、俳壇（句）時評の掲載、随筆の掲載（毎号）、「寒雷集」作品を県別に排列すること、カットを多く入

『桃は八重』刊　細見綾子　3月
『久保田万太郎句集』刊　久保田万太郎　5月
『立子へ』刊　高浜虚子　5月
『四季俳体』刊　富安風生　7月
『雪蘆抄』刊　水原秋櫻子　7月
『山行』刊　石橋辰之助　7月
『えごの花』刊　松本たかし　8月
『七曜』刊　山口誓子　9月
『国原』刊　阿波野青畝　10月
『隠岐』刊　加藤楸邨　10月
『鉄輪』刊　松本たかし　10月
『剃刀日記』刊　石川桂郎　11月
鈴木花蓑没。11月6日

ミッドウェー海戦。6月5日～7日
大日本言論報国会設立総会。12月23日

れること、寒雷俳句会の復活等について立案する。また、句集出版（卒業迄）を一つの目標とする。

「芭蕉俳句研究㈠」　寒雷　11月

　雪しろの溢るるごとく去りにけり

　天の川柱のごとく見て眠る

昭和18年（1943）　24歳

肋膜炎になった妹美知子を帝大病院に入院させる。母が朝鮮から上京。2月

近畿地方へ旅行。3月26日～4月7日（三月二十六日、京都着、龍安寺に参詣。二十七日、細見綾子・泉健三と大阪心斎橋にて貝鍋を食べる。二十八日、原子公平・泉健三・京都寒雷有志と洛北、嵯峨野吟行。野々宮、落柿舎、去来墓、祇王寺、二尊院、常寂光寺、嵐山、西芳寺を巡る。二十九日～四月二日、原子公平・小野協一と新宮に入り、那智の滝・瀞八丁・潮岬を巡る。三日、京都寒雷句会に出席するため、綾子・公平・谷沢白城と平等院へ。六日、綾子と法隆寺・中宮寺・薬師寺・唐招提寺を巡る。七日、古屋ひでをと三月堂にて日光・月光菩薩を、新薬師寺にて十二神将を拝観。午後三時半、前川佐美雄を訪問。午後九時の大阪発で帰京の途につく）

静岡県駿東郡原里村の瀧河原廠舎東大学生隊に所属して、御殿場から一里半ほどの富士の裾野で教練に参加。4月16日頃～4月22日

兵庫県氷上郡芦田村東芦田の細見綾子方に滞在。8月8

石田波郷、入隊。9月

「連句と俳句」高浜虚子　ホトトギス　7月

「俳句的耐乏」石田波郷　鶴　9月

「此の刻に当りて」石田波郷　鶴　10月

『友人子規』刊　柳原極堂　2月

『浮寝鳥』刊　瀧井孝作　5月

『風切』刊　石田波郷　5月

『現代俳句読本』刊　大野林火　6月

『五百五十句』刊　高浜虚子　8月

『犀星発句集』刊　室生犀星　8月

『俳談』刊　高浜虚子　9月

『富士』刊　渡辺水巴　10月

『雪後の天』刊　加藤楸邨　11月

『磐梯』刊　水原秋櫻子　11月

『俳句の五十年』刊　高浜虚子　12月

「天の川」終刊。12月

日～8月15日
千葉県検見川の東京帝大農場にて勤労作業（トウモロコシの収穫など）に従事。9月18日～9月23日
秩父に旅行。海軍主計として出征する金子兜太の送別会に出席する。9月25日～9月26日
本籍地（富山県）の役場から通知が届き、臨時召集により金沢に入営が決まる。10月8日
菊池卓夫と大阪へ旅行。梅田駅で細見綾子と落ち合い、四ツ橋で文楽観劇。伊勢神宮・奈良に遊ぶ。綾子の従妹真砂子が同行。10月17日～10月20日
水戸大洗の「魚来庵」で欣一の壮行会。細見綾子・母園・加藤楸邨・原子公平・菊池卓夫・皆川弓彦らが集う。10月23日～10月24日
上野を夜八時に発つ。10月26日
止宿先の金沢市西町の龍明館で綾子に手紙を書く。10月31日
連隊の門前まで、母園・「寒雷」の句友・友人に見送られ、大乗寺山麓の山砲隊（東部第五二部隊）に入営。11月1日
満州を目指し博多港を出発。11月8日
満州牡丹江省牡丹江満州第六九〇部隊に所属。11月中旬
「芭蕉俳句研究㈡」　寒雷　1月
「『隠岐』を読んで」　寒雷　1月

在学徴集延期臨時特例を公布。10月2日
出陣学徒壮行会（明治神宮外苑陸上競技場）。10月21日
大東亜共同宣言採択。11月6日
第一回学徒兵入隊（陸軍）。12月1日

昭和19年（1944）
25歳

「現代人の芭蕉観〔上〕」　俳句研究　4月
「現代人の芭蕉観〔下〕」　俳句研究　5月
「蕪村随想」　寒雷　6月
「芭蕉俳句研究㈢」　寒雷　7月
「芭蕉俳句研究㈣」　寒雷　10月

厨芥車滴り長し二月尽
松風や末黒野にある水溜り
実となれる梨の根株の泉かな

牡丹江陸軍病院に入院。所属は満州第七八九部隊。3月～5月
幹部候補生に採用される。3月
細見綾子・原子公平の尽力によって第一句集『雪白』刊行。3月30日
病床に『雪白』届く。4月（他日、斎藤茂吉・辰野隆・中野重治・潁原退蔵・能勢朝次・保田与重郎・杉浦正一郎・山崎喜好・高木市之助等から礼状が届く）
満州第六九〇部隊に復隊。6月
綏芬河《スイフンガ》方面にて陣地構築。10月～11月
老黒山の歩兵部隊（満州第八九四部隊、後、滿進五一部隊）に転属。明暗台にてソ満国境を望み越年。12月
この年、東京帝国大学九月卒業の通知を受け取る。
「出会《しゅつくわい》」　寒雷　7月

俳句雑誌の統合行われる。5月
「戦局緊迫と俳句道」　飯田蛇笏　俳句研究　4月
『汀女句集』刊　中村汀女　1月
『高浜虚子』刊　大野林火　3月
『子規の回想』刊　河東碧梧桐　6月
「倦鳥」終刊。4月
「辛夷」休刊。4月
片山桃史没。1月21日
嶋田青峰没。5月31日
福田把栗没。9月10日
学童疎開本格的に始まる。8月
学徒勤労令公布。8月23日
米軍、B29爆撃機による日本本土への爆撃開始。11月

昭和20年（1945）
26歳

『雪白』青陵社　3月
ペーチカに蓬燃やせば蓬の香

部隊は釜山に南下。4月
予備陸軍軍曹に任命される。6月30日
釜山洛東江河口の漁村で終戦を迎えた部隊は、汽車で京城に向かう。車窓より朝鮮独立の旗を見る。8月15日
京城府龍山に入る。8月16日
京城から漢江を経て天安に入る。同地に一箇月ほど滞留。9月
仁川から米軍のリバティ船に乗船し、佐世保に復員。10月20日（郷里へ帰還する途次、丹波に寄り、綾子の許に十日間滞在）
親戚を頼って富山市新庄町（金岡孫三方）に寄寓。当地は焼野となっていた。11月6日
金沢市橋場の石川新聞社に編集局整理部記者として入社。月給百円その他手当て若干。金沢市土取場永町六六ノ五の従兄方に下宿。12月1日
弟昭二、朝鮮光州府不動町にて病没。12月2日
社用で長野に旅行。12月17日～12月20日
　南天の実に惨たりし日を憶う
鮭取りの臀《ししむら》濡れて走りけり
上京して、加藤楸邨・原子公平・菊池卓夫に会い、楸邨

山口青邨、日本文学報国会の幹事長を代行。解散。9月15日
「馬酔木」復刊。12月
東京大空襲。3月9日～10日
硫黄島陥落。3月17日
米軍、沖縄本島へ上陸開始。4月1日
広島に原子爆弾投下。8月6日
長崎に原子爆弾投下。8月9日
御前会議、天皇の裁断でポツダム宣言受諾を決定。8月14日
戦争終結の詔書を放送（玉音放送）。8月15日
神奈川県の厚木飛行場に連合国軍最高司令官ダグラス・マッカーサー到着。8月30日
治安維持法廃止。10月15日
総司令部、財閥解体を指令。11月6日
治安警察法廃止。11月21日
総司令部、農地改革を指令。12月9日
衆議院議員選挙法を改正、公布（婦人参政権実現等）。12月17日
労働組合法を公布。12月22日
「山口誓子覚書―その近業に就て―」安東次男　風

昭和21年（1946）
27歳

顧問の出版社の設立、「寒雷」の復刊について打合せをする。1月2日～9日
朝鮮光州府から引き揚げた父母・妹美知子と再会。1月26日（欣一の仮寓に同居する）
上京して、原子公平・小野協一・中村草田男に会う。帰沢後、石川新聞社を退職。2月末頃
東京帝国大学大学院入学。同日、「風」創刊。同誌の編集兼発行者となる。発行所を金沢市竪町五五黒田桜の園方に設置。定価二円五十銭。編集同人は原子案山子（公平）・沢木欣一・菊池卓夫・黒田桜の園、中西舗土。発刊の辞で「俳句における文芸性の確立」を作句の理念に掲げる。5月1日
金沢市野田寺町のつば甚で「風」創刊記念金沢句会を開く。黒田桜の園、中西舗土ら十名。5月12日
四高俳句会（四高茶寮）に出席。京都より並木鏡太郎ほか三名を加え、飴山実ら十二名。5月25日
奈良市あやめ池に橋本多佳子を訪ねる（細見綾子・飴山実・大和田文三郎同行）。9月
「風」発行所、金沢市土取場永町六六から同市荒町三丁目十七番地小西政二方に移転。10月
上京して、加藤楸邨はじめ東京同人と歓談。10月4日～17日
高島筍雄・飴山実らと金沢市小立野台の鈴木敏方にて草田男研究を行う（全二回）。秋

9月
「俳句表現の連作性」小西甚一　現代俳句　10月
『激浪』刊　山口誓子　7月
『小諸百句』刊　高浜虚子　12月
『春寒浅間山』刊　前田普羅　12月
「辛夷」復刊。1月
「春燈」創刊。1月
「浜」創刊。1月
「萬緑」創刊。10月
「俳句人」創刊。11月
杉田久女没。1月21日
渡辺水巴没。8月13日
昭和天皇、「新日本建設に関する詔書」（人間宣言）を発して自らの神格を否定。1月1日
日本農民組合結成（翌年、分裂した反共派が全国農民組合を結成）。2月9日
部落解放全国委員会結成。2月
第十七回メーデー。5月1日
極東国際軍事裁判（東京裁判）。5月3日～昭和23年11月12日
飯米獲得人民大会（食糧メーデー）開催（皇居前広場）。5月19日
日本労働組合総同盟結成。8月1日

	「風」編集兼発行者、欣一から小西政二に交代。12月 湯浅芳子来沢、半日共に兼六園を散策する。冬 「芭蕉と現代人」　風　5月 「眼鏡のつる」　風　6月 「俳句時評」　風　9月 「『風』の俳人と作品」　風　11・12月合併号 　大学の庭の大根花咲けり 　梅雨の土かゞやきて這う蛆一つ 　短夜の飢えそのまゝに寝てしまう	全日本産業別労働組合会議結成。8月19日 農地調整法改正、自作農創設特別措置法を公布（共に第二次農地改革を推進）。10月21日 日本国憲法公布。11月3日
昭和22年（1947） 28歳	金沢市広坂通の石川師範学校（女子部）講師となる。3月31日 金沢市十一屋町市営住宅第一号に転居。父母と同居。6月 黒田桜の園・中西舗土・小西政二と桜の園方にて句作。これを「四人句会」と称した。9月17日 綾子と結婚。11月24日 結婚披露宴の茶話会をデパートの一室で行う。11月25日 この年、句作から離れて評論の執筆に比重を置く。 「俳壇時評」　文華　3月 「新しき主体」　寒雷　3月 「中野重治素描」　文華　6月 「風知草と五勺の酒」　文華　7月 「中野重治の歌」　寒雷　11月	現代俳句協会、石田波郷、西東三鬼らにより成立。9月 高浜虚子、疎開先の小諸から鎌倉に移り住む。10月25日 『六百句』刊　高浜虚子　2月 『遠星』刊　山口誓子　6月 『信濃』刊　橋本多佳子　7月 『初鴉』刊　高野素十　9月 『来し方行方』刊　中村草田男　11月 『晩刻』刊　山口誓子　12月 「海紅」創刊。1月 「風花」創刊。4月 「天の川」復刊。8月 石橋秀野没。9月26日 教育基本法、学校教育法を各公布。3月31日 独占禁止法を公布。4月14日 日本国憲法施行。5月3日

昭和23年（1948）29歳
石川師範学校（広坂通）講堂で中村草田男と共に講演。草田男と内灘砂丘、那谷寺、片山津温泉に遊び、矢田屋に投宿。6月4日～7日 文部教官に任命され、石川師範学校勤務（常勤、女子部国語科授業担当）となる。8月23日 東京帝国大学大学院一期終了。8月31日 「風」十一月号の編集を担当（会計、発送等は本号まで小西）。11月 「踏切」　赤門文学　6月 「二つの作品」　文華　10月 「俳句の近代化過程」　風　11月 「『歌のわかれ』の青春」　赤門文学　11月 「俳句に於ける抒情と近代性」　現代俳句　12月 　一日《にち》で陽灼け渚の胡桃拾い
「酷烈なる精神」西東三鬼　天狼　1月 『野哭』刊　加藤楸邨　2月 『雨覆』刊　石田波郷　3月 『冬雁』刊　大野林火　6月 『石鼎句集』刊　原石鼎　9月 『夜の桃』刊　西東三鬼　9月 『妻子』刊　石橋辰之助　11月 「天狼」創刊。1月 「七曜」創刊。1月 石橋辰之助没。8月21日 潁原退蔵没。8月30日

昭和24年（1949）30歳
「風」発行所を十一屋町の欣一方に移す。編集兼発行人を小西政二から引き継ぐ。1月 綾子と奈良へ旅行。興福寺、春日野に遊ぶ。奈良県富雄村三碓の右城暮石方で西東三鬼に初めて会う。1月 綾子を伴い上京、楸邨を見舞う。5月上旬 石川師範学校、昭和二十四年法律第百五十号国立学校設置法公布により国立金沢大学に包括される。5月31日 丹波・大阪へ旅行。大阪にて西東三鬼・安東次男・右城
「漂泊の思想」（一）～（八）志城柏　風　3月～昭和25年4月 「枯淡と近代」能勢朝次　俳句研究　8月 「否定精神の欠除」田川飛旅子　現代俳句　10月 『桜濃し』刊　石橋秀野　3月 『定本亜浪句集』刊　臼田亜浪　4月 『一碧楼句抄』刊　中塚一碧楼　5月 『起伏』刊　加藤楸邨　7月

暮石・榎本冬一郎らと句会。8月
千代田区神田神保町二ノ五の関本有漏路方で開かれた「風」東京同人句会に出席。会者は、神田秀夫・加倉井秋を・関本有漏路・金子兜太・安東次男・石川桂郎・田川飛旅子・原子公平ら十九名。11月3日（学会のため上京。東京に一週間程度滞在）
「犬筑波集の世界」　国語と国文学　1月
「誓子のデーモン」　現代俳句　8月
「『雲母代表作家句集』によせて」　雲母　11月
　古塔の下空鑵に焚く火に寄りて
　リュックに詰める松葉正月飛火野に
　出征旗まきつけ案山子立ち腐れ

『胸形変』刊　石田波郷　11月
『近代句珠』刊　清水孝之・今井文夫　12月
「氷海」創刊。6月
「炎昼」創刊。12月
青木月斗没。3月17日
佐藤紅緑没。6月6日
下山事件。7月5日
三鷹事件。7月15日
松川事件。8月17日

昭和25年（1950）
31歳

西東三鬼・橋本多佳子・右城暮石を兼六園に案内し、金沢教育会館（仙石町）で「風」金沢句会を開く。三鬼・多佳子・暮石ほか出席者二十八名。1月28日
急性盲腸炎にて入院、手術を受ける。5月
金沢市泉野町レの一七（柏野方）に転居。（父母と「風」発行所の住所は十一屋町のまま）夏
長男太郎誕生（金沢の内田病院）。6月19日
金沢大学法文学部講師（専任、国文学）となる。8月1日
有志で金沢俳諧研究会を発会。窪田敏夫・密田良二らと

小宮豊隆を会長とし、俳文学会設立される。11月
「未完の告白」　栗山理一　俳句研究　3月
「俳句の悲劇」　窪田敏夫　風　4月
「芸はみをくう」　金子兜太　風　7月
『瘤』刊　秋元不死男　6月
『惜命』刊　石田波郷　6月
『笹目』刊　星野立子　9月
『眼光』刊　榎本冬一郎　11月
朝鮮戦争勃発。6月25日
警察予備隊令公布（即日施行）。8月10日

「大坂独吟集」の輪講を行う（週一回）。秋
「回想の故郷」　北国文化　9月
「森山啓覚書」　北国文化　12月
　眉濃ゆき妻の子太郎栗の花

低迷の日本経済、朝鮮特需で活気づく。

昭和26年（1951）
32歳

丹波に滞在（家族同伴）。3月末〜4月15日
石川桂郎を迎えて「風」五周年記念金沢大会（富士久旅館）を開催。「主要なる現代俳人」と題して講演。参会者八十余名。6月3日
金沢市弓の町一〇番地の発心寺（佐藤方）に転居。7月
地名変更に伴い、「風」発行所の住所十一屋町が金沢市若草町一番戸となる。夏
奈良県丹波市町の天理図書館で開かれた俳文学会総会に出席。翌日、研究発表会で杉浦正一郎・井本農一・香西照雄に初めて会う。夕刻、大阪天狼句会に照雄と参加、橋本多佳子・右城暮石・榎本冬一郎・波止影夫・永田耕衣と歓談。11月3日〜4日
「新人は現状では育たない」　俳句往来　3月
「描写と観念」　風　4月
「写生文派と自然主義」　北国文化　5月
　三等車神父めざめる谷の雪
富山県大門町の呉羽紡績へ講演旅行の西東三鬼・榎本冬一郎に同道。翌日、三鬼・冬一郎と共に金沢市下本多町の

高浜虚子、「ホトトギス」の雑詠選を年尾に任せる。3月
「写生」山本健吉　現代俳句　1月
「俳人格」平畑静塔　馬醉木　3月
『都鳥』刊　中村汀女　3月
『紅糸』刊　橋本多佳子　5月
『今日』刊　西東三鬼　10月
『雪峡』刊　飯田蛇笏　12月
竹下しづの女没。8月3日
臼田亜浪没。11月11日
原石鼎没。12月20日
サンフランシスコ講和条約（対日平和条約）、日米安全保障条約を調印。9月8日
高浜虚子、「ホトトギス」主宰を年尾に譲る。3月
「俳句は滅亡する」風巻景次郎　俳句　6月

昭和27年（1952）　33歳

北国会館（旧前田藩家老本多邸跡）で開催された北国俳句大会（北国新聞社主催）に参加。「風」定例句会に三鬼・冬一郎を招く。三鬼、根源俳句について語る。夜、発心寺の寓居にて句会（山田良・坂本一郎・綾子・中山純子・柏禎・北市都黄男ら）。1月19日～20日

「風」編集兼発行人、欣一から綾子に交代。3月

加藤楸邨を迎えて「風」六周年記念俳句大会（北国会館）開催。出席者約百三十名。6月1日

加藤楸邨・深田久弥・加藤勝代・青木重之と能登へ旅行し、江泊に滞在。6月2日～4日

上京し、秋元不死男・神田秀夫・加倉井秋を・石川桂郎・原子公平・橋本夢道・角川源義らに会う。7月下旬（一週間程滞在）

現代俳句協会に入会。8月

丹波への途次、大阪で下車、香里園の西東三鬼を訪う。翌日、三鬼と甲子園決勝戦（芦屋高校対八尾高校）を観戦。二人で八尾高校を応援する。8月19日～20日

北陸新聞「北陸俳壇」選者となる。秋

西東三鬼に「天狼」同人受諾の手紙を書く。10月30日

細見綾子の第二句集『冬薔薇』出版記念会及び同句集の第二回茅舎賞受賞記念会（東京大学前の「白十字」）に出席。11月8日

「俳句は亡びない」平畑静塔　俳句　6月

「水原秋櫻子の位置―『葛飾』の作者として」吉田精一　俳句　9月

「女性に於けるイロニー―現代女性俳句概観―」神田秀夫　俳句　10月

『驢鳴集』刊　永田耕衣　1月

『雪片』刊　高野素十　4月

『冬薔薇』刊　細見綾子　8月

『杉田久女句集』刊　杉田久女　10月

『清瀬村』刊　石田波郷　11月

『残鐘』刊　水原秋櫻子　12月

『高浜虚子』刊　水原秋櫻子　12月

『春の鳶』刊　阿波野青畝　12月

『蛇の笛』刊　富沢赤黄男　12月

「断崖」創刊。6月

「俳句」創刊。6月

日米行政協定調印。2月28日

メーデー事件。5月1日

破壊活動防止法公布（即日施行）。7月21日

警察予備隊、保安隊に改編。10月15日

「月光唱曲について」　俳句研究　11月

行商の荷に油紙能登の雪

昭和28年（1953）　34歳

細見綾子・神田秀夫と共に「天狼」同人に参加。1月

上京し、俳文学会に出席。夜、中村草田男・井本農一・神田秀夫・森澄雄・田川飛旅子・原子公平と歓談。5月上旬

西東三鬼・秋元不死男・谷野予志と奈良に遊ぶ。5月

東京から中村草田男・神田秀夫・原子公平を迎えて「風」七周年俳句大会（北国会館）を開催。大阪より夜行で駆けつけた西東三鬼が飛び入り参加。参会者約百七十名。翌日、草田男・三鬼・秀夫・公平・綾子と那谷寺に遊び、粟津温泉の「対岳館」に一泊。6月14日～15日

内灘基地闘争のために横浜から来沢した古沢太穂を寓居に一晩泊める。8月

丹波に滞在（家族同伴）。8月～9月上旬

細見綾子と天狼五周年大会（大阪の大手前会館）に出席。11月下旬

「『黄旗』について」　俳句　2月

「楸邨俳句覚書」　俳句　3月

「中村草田男氏への手紙」　俳句　6月

「『風』の行方」　俳句　7月「俳句と社会性の吟味　草田男の場合」　俳句　11月

「庶民の場としての俳句」加藤楸邨　寒雷　1月

「芭蕉について」日野草城　俳句　5月

「松本たかしについて」原子公平　俳句　6月

「現代俳句の諸問題」中村草田男　風　8月

「俳句の非社会性」能村登四郎　俳句　11月

「俳句の社会性の吟味」細谷源二　俳句　11月

「俳句に於ける寓意と象徴」井本農一　俳句　12月

『俳文芸の論』刊　井本農一　1月

『銀河依然』刊　中村草田男　2月

『冬繭』刊　加藤知世子　5月

『青水輪』刊　大野林火　7月

『人生の午後』刊　日野草城　7月

『野花集』刊　高野素十　12月

石川県内灘試射場の無期限使用を閣議決定。6月2日

朝鮮休戦協定、板門店で調印。7月27日

昭和29年（1954） 35歳	苗代に音なし旅の吾等過ぐ 鉄板路隙間夏草天に噴き	金沢大学学生（新田祐久ら）が新設した句会「北馬の会」に綾子と参加。1月 金沢市桜町四番町二四番地三に転居。3月6日（両親・妹と同居する。「風」発行所を同住所に移す） 細見綾子・西村公鳳と国鉄・東洋紡績・敦賀セメント合同俳句大会（敦賀市）に出席、同地に一泊。4月11日 大阪市田辺で開催された関西風同人会及び幸治燕居句集『無口湖』出版記念会（たちばな旅館）に黒田桜の園・林徹子と共に出席。4月29日 香西照雄と広島へ旅行。和多野石丈子に招かれて「夕凪」俳句大会（広島市）に出席。原爆ドームを見学して宮島に遊ぶ。5月2日～3日 広島を発って大阪に入り、金子兜太・鈴木六林男らと歓談。5月4日 福井県・石川県・富山県における俳句界の水準向上を目的とする「北陸俳話会」の発会式（富山県庁）に出席。幹事に選出される。5月23日 秋元不死男・大野林火を迎え、「風」八周年記念俳句大会開催（北国会館）。参加者、百五十名余。6月6日 石川県立富来高等学校記念講演会にて講演。「風」富来支部結成句会（富来町）に出席。6月19日	高浜虚子、文化勲章受賞。11月 「俳句と意味の世界」中島斌雄　俳句　2月 「虚子『五百句』」平畑静塔　俳句　3月 「秋櫻子『葛飾』」加藤楸邨　俳句　3月 「草田男『長子』」秋元不死男　俳句　3月 「詩のこと、俳句のこと」安東次男　俳句　4月 「物体詩としての俳句」秋元不死男　風　8月 「現代俳句の二つの道」大野林火　風　8月 「自由律俳句史—碧梧桐を中心として—」阿部喜三男　俳句　10月 「大正俳句年表草稿」神田秀夫　俳句　10月 『火口壁』刊　中島斌雄　2月 『雪櫟』刊　森澄雄　6月 『百戸の谿』刊　飯田龍太　8月 『無礼なる妻』刊　橋本夢道　8月 『浅蜊の唄』刊　赤城さかえ　10月 『帰心』刊　水原秋櫻子　12月 前田普羅没。8月8日

関西へ旅行（家族同伴）。現代俳句協会近畿支部会で開かれた草田男歓迎会に出席し、奈良の日吉館に投宿。大阪に入り、「萬緑」大会・懇親会に参加する。7月31日~8月1日

鈴木六林男・金子兜太と共に、西東三鬼・平畑静塔を囲み座談会（大阪）を行う。8月中旬

片山津温泉吟行句会に細見綾子と参加。10月31日

西東三鬼・西村公鳳と共に金沢鉄道管理局の俳句大会（松濤閣）に招かれ、片山津温泉に遊ぶ。翌日、三鬼・公鳳と共に金沢に帰り、北陸俳話会（浅野川の白糸茶屋）に出席。句会後、三鬼の講演「戦後の俳句の諸問題」を聴く。11月20日~21日

「故郷の夏」　天狼　8月

「俳句と社会性」　風　11月

「昭和俳句の反省」　俳句　12月

「荒木田守武の環境」　金沢大学法文学部論集　12月

　山国の小石捨て〳〵耕せり

　苜蓿や義肢のヒロシマ人《びと》憩う

　白桃に奈良の闇より藪蚊来る

第五福竜丸事件。3月1日

MSA協定（日米相互防衛援助協定）調印。3月8日

防衛庁・自衛隊発足。7月1日

西鶴墓（大阪）に詣でる。1月

関西風の会（大阪近鉄の光風寮）に出席する。参加者十五名。句会後、金子兜太・鈴木六林男らと夜を徹して

「父、高浜虚子」立子　玉藻　3月

「『鳩』の思想　私の俳句に於ける社会性」永田耕衣　俳句研究　4月

昭和30年（1955）
36歳

句を案ずる。3月19日

上京。久松潜一還暦記念祝賀会（上野精養軒）に参加。翌日、角川源義新邸落成記念俳句会に出席する。原子公平・田川飛旅子・加倉井秋をらと座談会を催す。6月4日～5日

深田久弥・窪田敏夫を迎えて「風」俳句大会（北国会館）開催。講演は原子公平による「俳句と社会性」、金子兜太による「俳壇批判」、鈴木六林男による「俳句雑感」。出席者百二十名。6月12日

奥能登へ旅行。下谷行人の案内で、町野町曽々木で塩田を見学。輪島の海女の集落を訪れる。7月

丹波に滞在（綾子同伴）。青垣町佐治の工場で糸引きを見学し、「風」丹波句会に出席。8月上旬～9月上旬

北国新聞俳句欄「北国俳壇」選者となる。10月

細見綾子と上京。加倉井秋を句集『午後の窓』出版記念会（芝の郵政会館）に出席。11月18日大野林火を迎えて「風」百号記念北陸俳句大会を開催（北国会館）。出席者約百二十名。11月20日

大阪市梅田の大阪会館で開かれた金子兜太句集『少年』及び鈴木六林男句集『谷間の旗』出版記念会に出席。11月26日

敦賀市俳句大会（気比神宮）で芭蕉について講演する。11月27日

「昭和俳句と社会」（一）～（四）松井利彦　天狼　8月
「俳句とモラル」柏禎　俳句研究　9月
「社会性について　一つの手紙」金子兜太　風　11月
『月下の俘虜』刊　平畑静塔　1月
『和服』刊　山口誓子　1月
『夜の崖』刊　佐藤鬼房　4月
『六百五十句』刊　高浜虚子　6月
『浚渫船』刊　原子公平　8月
『谷間の旗』刊　鈴木六林男　9月
『山脈』刊　加藤楸邨　10月
『少年』刊　金子兜太　10月
『古沢太穂句集』刊　古沢太穂　10月
『雁列』刊　皆吉爽雨　11月
『女身』刊　桂信子　11月
『花文字』刊　田川飛旅子　11月
能勢朝次没。2月25日

第一回原水爆禁止世界大会広島大会開催。8月6日
社会党統一大会開催。10月13日
自由民主党結成。11月15日

「暁台」国文学　解釈と鑑賞　1月
「中村草田男」俳句　5月
「和服鑑賞」天狼　5月
「季語・切字」国文学　解釈と鑑賞　6月
「社会性について二、三」俳句　11月

　わが妻に永き青春桜餅
　塩田に百日筋目つけ通し
　一筋の糸引出すや繭躍る

昭和31年（1956）37歳

落成した新居（東京都武蔵野市境七四六番地）にて、東京風句会を催す。細見綾子・原子公平・加倉井秋を・田川飛旅子ら二十八名が集う。3月18日

金沢大学法文学部助教授となる。4月1日

第一回「風」関西大会（大阪府立労働会館）に出席。参加者約四十名。大会終了後、同会館食堂で西東三鬼らが発起人となり、『塩田』出版記念会を開催（金子兜太・桂信子・中山純子・平畑静塔・鈴木六林男・右城暮石・波止影夫・林徹子・榎本冬一郎・松井利彦ら）。橋本多佳子より祝電。4月8日

富山新聞俳壇の選者となる。6月

『塩田』『雉子』合同出版記念会（東京芝の郵政会館）。出席者六十余名（原子公平・深田久弥・湯浅芳子・井本

「社会性論議の実態」（全八回）赤城さかえ　寒雷　1月～3月、5月～6月、8月、11月～12月
「本格俳句―その序論」金子兜太　俳句研究　2月
「社会性と俳句性―社会性論議について二三の感想―」栗林農夫　俳句研究　5月
「俳句性と思想性―沢木欣一小論―」古館曹人　夏草　9月
「造型など―俳壇時評―」香西照雄　萬緑　11月
『ロダンの首』刊　角川源義　5月
『雉子』刊　細見綾子　6月
『背骨』刊　榎本冬一郎　6月
『母郷行』刊　中村草田男　6月
『家郷の霧』刊　飯田蛇笏　11月

農一・森澄雄・神田秀夫・加藤知世子・坂本一郎・能村登四郎・三谷昭・大野林火・角川源義・中島斌雄・赤城さかえ・石原八束・飴山実・藤田湘子・香西照雄・高柳重信・西垣脩・加藤勝代・加倉井秋を・田川飛旅子・橋本夢道・松崎鉄之助ら・細見永子ら）。9月8日

金沢大学助教授から文部省事務官（初等中等教育局教科書課教科書調査官）に配置換えとなる。10月16日

「風」発行所を武蔵野市境の自宅に移転。11月

「風」十周年記念大会（北国会館）。講演は鈴木六林男・金子兜太・佐藤鬼房・加倉井秋を・堀葦男・田川飛旅子・細見綾子。11月11日

「戦後俳壇新人論㈠古沢太穂」　俳句　3月

「戦後俳壇新人論㈡―原子公平・金子兜太―」　俳句　4月

「自集自註」　天狼　4月

「『背骨』往復書簡」　天狼　6月

「一茶俳句の社会性」　国文学　解釈と鑑賞　9月

『塩田』　風発行所　3月

『含羞』刊　石川桂郎　12月

松本たかし没。2月21日

日ソ共同宣言に調印。10月19日

国連総会、日本の加盟を承認。12月18日

この年、景気上昇（神武景気）。

「経済白書」、「もはや『戦後』ではない」と宣言。

あとがき

昭和三十二年二月の「俳句」に掲載された座談会「俳壇は動きつゝあるか」（中村草田男・秋元不死男・沢木欣一・森澄雄）の小見出しを一部抜き出してみると、「社会性」「戦後の諸問題」「政治主義」「社会性俳句の反省」「流行した「社会性」」「社会性俳句の悪影響」といったもので、この座談会の主要なテーマが窺える。

この中で、沢木欣一は「社会性」という言葉について、「世間一般に悪いやうな印象を与へ、新しいやうな意味を与へてゐるんで、今更社会性といふものを引つ込めることはできない」と述べ、具体的な「社会性俳句の悪い影響」について、「すぐハンマーを振つたり、貨車を押したりといふやうな、素材的なかたよりがどの雑誌でも甚だしいと思ふ」として、「ただ、貨車やハンマーといふやうなことで社会性を標榜」する作品に疑義を呈し、この現象を「或る段階に伴ふ弊害」であると難じた。

社会性に対する世間の理解が不十分であるという苦言には、痛恨の念が滲み出ている。本書を通し、欣一俳句を原点から眺め、社会性の本質に迫ることが出来れば幸いである。

これまでの研究にあたって、栗田靖・河原地英武両先生から身に余る御指導と励ましを賜った。また、栗田先生が創刊し、河原地先生が継承した「伊吹嶺」にて多くの方々に支えられ、育てられたことに、この上ない幸せを感じる。

澤木くみ子さんには、欣一に関する貴重な資料の使用を快諾して下さった御厚意に対し、篤く御礼申し上げたい。

本書に収めた論文の初出を以下に記す。

「俳句の文芸性――欣一の主張とその継承をめぐって――」

「日本現代詩歌研究」第十四号（令2・3）に「平成の俳壇を振り返る――沢木欣一による文芸性の主張を中心として――」の題で発表。

「『雪白』における写生――アララギ派歌論の受容を中心として――」

「俳句文学館紀要」第十九号（平28・11）に「『雪白』時代における沢木欣一の「写生」に関する考察――アララギ派の写生説との関係を通じて――」の題で発表。

「人間の探求――ひたぶる心の流露――」

「俳句文学館紀要」第十九号（平28・11）に「沢木欣一の人間の探求――学生時代の作品を中心として――」の題で発表。

「芭蕉の継受」

「俳句文学館紀要」第二十号（平30・11）に「沢木欣一と芭蕉」の題で発表。

「自己追求の世界」

「日本近代文学館年誌　資料探索」14（平31・3）に「人間探求からの展開――沢木欣一の自筆句帖をめぐって――」の題で発表。

「四高時代の二つの作品」

「伊吹嶺」（令元・8）に「四高時代の二つの作品に関する考察――沢木欣一の句帖をめぐって――」の

題で発表。

「初版『塩田』に見る口語体への接近」

「伊吹嶺」（令2・4）に発表。

「思想・抒情の尊重――俳句近代化への志向――」

「伊吹嶺」（平30・9）に「沢木欣一による俳句の近代化」の題で発表。

「「写生」の内実――社会性俳句に至る道筋を通して――」

「俳句文学館紀要」第二十一号（令2・12）に「沢木欣一の「写生」の展開に関する考察――社会性俳句に至る道筋を通して――」の題で発表。

「新しい抒情の解放――抽象的思惟の抒情に関する考察――」

「俳壇」（令3・2）に「新しい抒情の解放を目指して――戦後の沢木欣一の歩み」の題で発表。

「「社会性俳句」の本質」

本書のために書き下ろし。

「『雪白』二十五句」

「伊吹嶺」（平28・1～平29・3）に「『雪白』の考察」の題で発表。

「『塩田』二十五句」

「伊吹嶺」（平29・4～令2・1）に「『塩田』の考察」の題で発表。

最後に、出版にあたって、翰林書房社長の今井肇・静江夫妻の御厚情に心より感謝申し上げたい。

令和四年三月

荒川英之

【著者略歴】

荒川英之（あらかわ ひでゆき）

昭和52年　名古屋市生まれ。
平成14年　中京大学文学部国文学科卒業。
現在　　　愛知県立大府高等学校（定時制）教諭。
　　　　　俳句雑誌「伊吹嶺」編集長。俳人協会幹事。
「『雪白』時代における沢木欣一の「写生」に関する考察」（「俳句文学館紀要」第十九号）で第二回俳人協会新鋭評論賞受賞。
著書に『沢木欣一の百句』（令和3年・ふらんす堂）。

沢木欣一　十七文字の燃焼

発行日	2022年5月30日　初版第一刷
著　者	荒川英之
発行人	今井　肇
発行所	翰林書房
	〒151-0071 東京都渋谷区本町 1-4-16
	電 話　(03)6276-0633
	FAX　(03)6276-0634
	http://www.kanrin.co.jp
	Eメール◉ kanrin@nifty.com
装　釘	須藤康子＋島津デザイン事務所
本文組版	松浦法子（組猫屋）
印刷・製本	メデューム

落丁・乱丁本はお取替えいたします

ISBN978-4-87737-467-9